I0641544

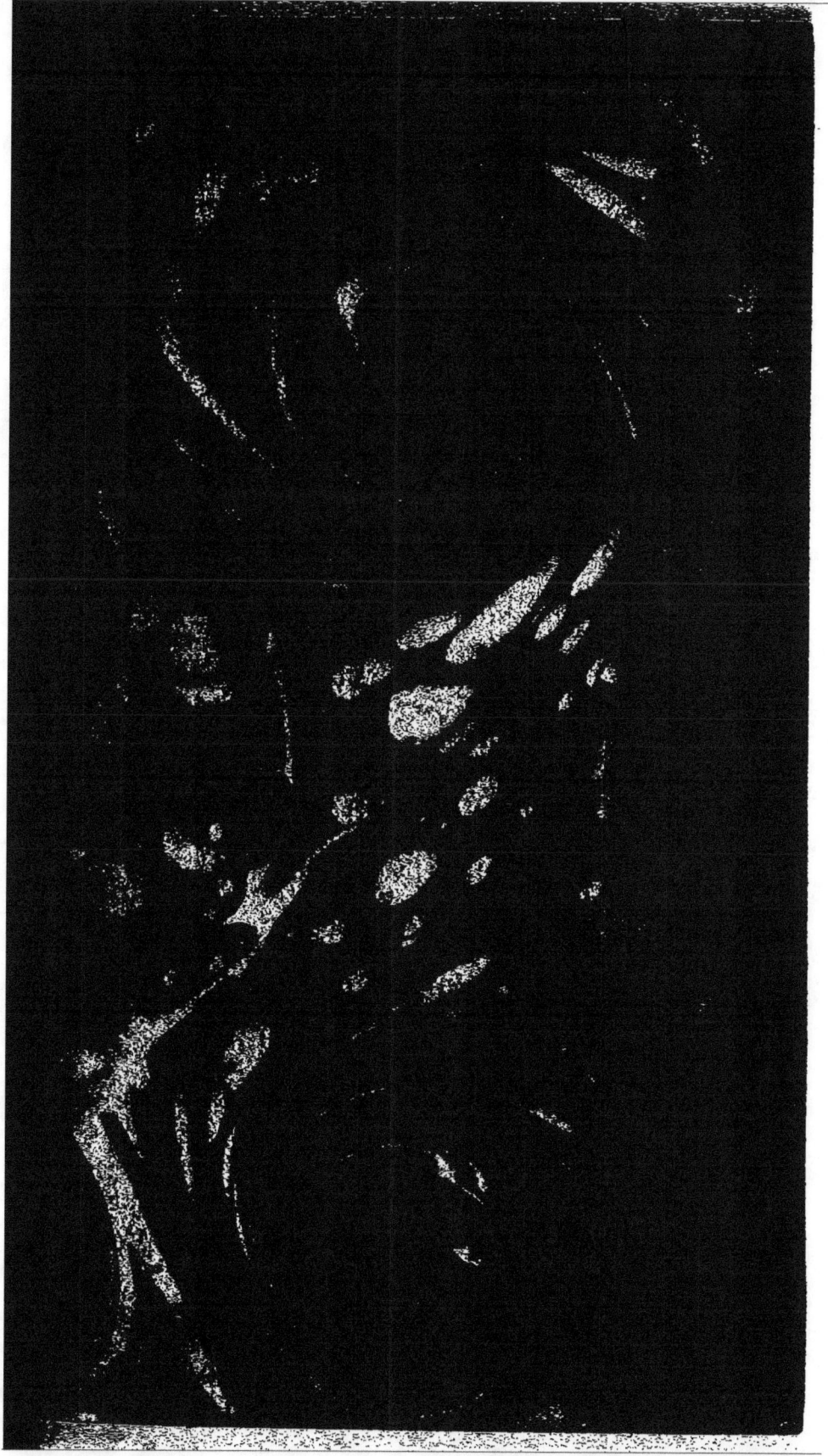

Jurisspr. n.º 1185.A.

CHOIX

DE NOUVELLES

CAUSES CÉLEBRES,

AVEC LES JUGEMENS

QUI LES ONT DÉCIDÉES,

CHOIX
DE NOUVELLES
CAUSES CÉLEBRES,
AVEC LES JUGEMENS
QUI LES ONT DÉCIDÉES,

Extraites du Journal des Caufes célebres, depuis fon origine jufques & compris l'année 1782.

PAR M. DES ESSARTS,
Avocat, Membre de plufieurs Académies.

TOME QUATRIEME.

A PARIS,

Chez MOUTARD, Imprimeur-Libraire de la REINE, de MADAME, & de Madame Comteffe d'ARTOIS, rue des Mathurins, Hôtel de Cluni.

M. DCC. LXXXV.
Avec Approbation, & Privilége du Roi.

AVERTISSEMENT

DU LIBRAIRE.

LES Collections du Journal des Caufes célebres étant épuifées, les Volumes de ce Choix les remplaceront. Au lieu de faire une réimpreffion difpendieufe, on a préféré de donner un extrait : ainfi, en joignant à ce Recueil les années qui ont paru depuis 1782, & qu'on trouvera au Bureau du Journal des Caufes célebres, chez M. des Effarts, rue Dauphine, Hôtel de Moui, on aura l'avantage de réunir ce qu'il y a de plus intéreffant dans les cent douze Volumes qui ont été publiés avant cette époque, avec la fuite de cet Ouvrage périodique.

CHOIX
DE CAUSES
CÉLEBRES.

ASSASSINAT.

A dix lieues de Grifolles, à quatre de Reims, eſt une petite ville qu'on appelle *Cormicy.*

C'étoit là que le ſieur M..... avoit tranſporté & fixé ſon domicile. Le 21 Octobre 1768, il y avoit cinq mois révolus qu'il y habitoit une maiſon louée long-temps auparavant.

La nuit du 21 au 22, à une heure, une heure un quart du matin, une voix qui partoit de cette maiſon, fit retentir ces cris effrayans: *Au vol, au*

Tome IV.   A

meurtre, aux affassins. On entendit
enfuite le bruit d'un coup de fufil. A
ces cris, à ce bruit, les voifins s'éveil-
lent, s'élancent hors du lit, accourent
en défordre. On apporte une lumiere;
elle fe multiplie: on entre. Quel fpectacle! un homme dans fon lit, nageant
dans le fang, la gorge ouverte, &
percée par trois coups de poignard.....

La maifon du fieur M.... eft à peu
près fituée au centre de la ville. La
rue qui lui fert d'entrée & d'iffue,
aboutit, d'un côté, aux preffoirs de
plufieurs Vignerons du lieu; de l'autre,
elle communique à la place de Cormicy, &, en détournant fur la gauche,
à une grande rue, à l'extrémité de laquelle fe trouve une porte de la ville,
nommée *la Porte-au-Bourg.*

Cette maifon eft défendue, du côté
de la rue, par un mur de clôture qui
a plus de douze pieds de hauteur; à
peu près au milieu de ce mur, eft une
grande porte qui donne fur la cour.

Quatre pieces, qui prennent tout le
jour qu'elles reçoivent fur cette cour,
compofent le rez-de-chauffée. On entre
d'abord dans une falle à manger, au
fond de laquelle eft un petit cabinet,

où il y a un lit que personne n'occupe. Cette salle communique, à
droite, à une chambre à coucher : c'étoit
là que gisoit le cadavre. A gauche,
elle communique à la cuisine, qui, de
même que la salle, a une porte sur la
cour. Dans la cuisine est un escalier
qui conduit au premier, à un corridor
dont la fenêtre donne aussi sur la cour :
le long de ce corridor sont les appartemens du premier étage.

Le sieur M.... avoit deux domestiques. L'une étoit sa gouvernante depuis
dix-huit mois : il y en avoit onze que
l'autre le servoit.

La nuit du 21 au 22, le domestique
ne coucha pas dans la maison de son
maître.

Depuis un mois, ou au moins trois
semaines, un étranger étoit logé dans
cette maison. C'étoit le sieur Abbé Bérard, Chapelain du Roi au Château de
Madrid. Suivant un témoin, cet Ecclé-
siastique étoit un ami intime du sieur
M....; il le recevoit de son mieux, &
notamment dans ce dernier voyage
ils ne se quittoient pas.

On n'a pas su positivement quelle
étoit la fortune de cet Abbé, ni sur

quel genre d'intérêt étoient fondées ſes
liaiſons avec le ſieur M....

Depuis le jour de ſon arrivée, l'Abbé
Bérard couchoit dans la chambre du
rez-de-chauſſée, contiguë à la ſalle à
manger. Quant au ſieur M...., il couchoit dans l'appartement d'en-haut ; il
n'en a jamais occupé d'autre.

Un ci-devant domeſtique du ſieur
M...., & qui n'étoit ſorti de chez lui
que cinq jours avant l'événement, a
déclaré que jamais ſon maître n'avoit
occupé l'appartement d'en-bas, ſoit
avant, ſoit depuis l'arrivée de cet étranger. Tous ceux qui ont eu des liaiſons
néceſſaires ou intimes dans cette maiſon,
ont dépoſé le même fait : en ſorte qu'il
ne reſte aucun doute ſur une circónſ-
tance dont on verra l'importance, &
qui fut diſſimulée long-temps.

La domeſtique avoit, de même, ſa
chambre à coucher au premier étage.

L'Abbé Bérard devoit bientôt partir.

Le 21 Octobre, le ſieur M.... &
l'Abbé Bérard ſouperent enſemble. G....
Q...., Garde-chaſſe, fut un des convives. Cet homme, dont les affaires
paſſoient pour très dérangées, connoiſ-
ſoit le ſieur M.... avant que celui-ci

vînt demeurer à Cormicy ; mais, depuis leur entiere réunion, il étoit devenu son ami intime.

A quelle heure ces convives se reti- rerent-ils ? Qui ferma les portes ? Les laiſſa-t-on ouvertes ? A quelle heure ſe coucherent l'Abbé Bérard, le ſieur M...., ſa ſervante ? Toutes ces circonſ- tances ſont inconnues.

La nuit du 21 au 22, il y avoit près de la porte d'entrée de la cour, & dans l'écurie, deux chiens de chaſſe qu'on y renfermoit ordinairement.

L'intérieur de cette maiſon étoit auſſi gardé, cette nuit-là, par une chienne de chaſſe qui n'appartenoit pas au ſieur M...., mais qui y vivoit familiérement, & par une autre petite chienne qui couchoit dans la cuiſine contiguë à la chambre où l'Abbé Bérard fut égorgé. Aucun voiſin ne leur entendit donner de la voix avant les cris & le coup de fuſil.

La plupart des Vignerons, qui ſont en grand nombre à Cormicy, étoient ſur pied : les uns preſſuroient leurs ven- danges, les autres tranſportoient leur vin d'un endroit dans un autre, & traverſoient les rues de la ville. Tous

étoient occupés à ces travaux qui rempliſſent les nuits fécondes de l'automne.
Aucun d'eux ne remarqua la moindre
tentative : perſonne ne vit ni voleurs
ni aſſaſſins eſcalader le mur & s'introduire furtivement dans cette maiſon.

Ce fut cependant dans cette même
nuit , à une heure , où , ſuivant les
tables aſtronomiques de l'année 1768 ,
la lune brilloit encore au deſſus de
l'horizon , & oppoſoit ſa lumiere aux
entrepriſes des aſſaſſins ; ce fut , dis-je ,
dans cette nuit , que le malheureux
Abbé fut égorgé dans ſon lit. Ce fut
lui en effet qu'on trouva froid , mort ,
inondé de ſang dans la chambre du
rez-de-chauſſée , où il couchoit depuis
plus de trois ſemaines , & que le ſieur
M.... n'occupa jamais.

On trouva la porte cochere qui donne
dans la rue & ſur la cour , preſque
entiérement ouverte. La clef tenoit à
la ſerrure en dedans.

On trouva dans la rue , du côté op-
poſé à la maiſon du ſieur M.... , une
échelle couchée par terre : elle appartenoit à un Vigneron , dont le jardin ,
clos d'un mur qui n'a que cinq pieds
d'élévation , donne ſur la même rue.

C'eſt dans ce jardin que cette échelle
avoit été priſe ; mais les aſſaſſins ne
s'en ſervirent certainement pas pour
eſcalader le mur de clôture du ſieur
M.... & s'introduire par là dans ſa cour.
1º Cette échelle étoit dans un état de
vétuſté & de délabrement qui la rendoit entièrement inhabile à ſupporter
le moindre fardeau. 2°. Cette échelle
n'a que dix pieds & demi de hauteur :
le mur en a plus de douze : or l'échelle
auroit dû être plus élevée encore que
le mur, parce que, pour en faire uſage,
il faut néceſſairement l'incliner & lui
donner une pente proportionnée à la
hauteur où il s'agit d'atteindre. 3°. La
couverture du mur n'avoit reçu aucune
altération, du moins récente. La partie
ſupérieure de ce mur étoit ſurmontée
par de grandes herbes, dont les tiges
étoient droites, dans leur état naturel,
ſans avoir été foulées. Or, comme l'ob-
ſerva le Maçon, qui, huit ans auparavant, avoit refait la couverture de
ce mur, il étoit impoſſible que les aſſaſſins euſſent monté ſur le mur, non
ſeulement ſans avoir foulé les herbes
qui le dominent, ce qui eſt évident,
mais encore ſans avoir briſé beaucoup

A iv

de tuiles plates , & dérangé plusieurs faîtieres; en un mot , sans s'être frayé comme un chemin sur ce mur. Ainsi , quand on écarteroit les considérations tirées , & de la petitesse de l'échelle , & de son état de délabrement , il est démontré que ce n'est point à l'aide de l'échelle que les assassins se sont introduits dans la cour. L'état où étoit la couverture détruit toute supposition contraire.

Près de la porte cochere , dans la cour , du côté du poulailler , on trouva une bobeche d'argent hachée; plus loin , un chandelier de tôle & une chandelle cassée. Le tout avoit été pris dans la cuisine du sieur M....

On trouva aussi dans la cour la clef d'une malle.

La porte des commodités & celle du fournil étoient fermées & barricadées d'une maniere inusitée , & avec des précautions extraordinaires.

La porte de la cuisine , ou celle de la salle à manger n'avoit pas été fermée. On ne trouva aucune effraction ni à l'une ni à l'autre de ces deux portes , ni aux quatre fenêtres qui composent la façade du rez-de-chaussée.

Dans la cuisine, sur un siége, à côté de l'escalier qui conduit au corridor du premier étage, on trouva deux pistolets d'arçon, garnis en fer, tout couverts de rouille, ayant chacun un pied sept pouces de longueur. Ces pistolets étoient chargés à balles, chacun de quatre doigts, avec une amorce nouvelle. A côté de ces pistolets, on trouva deux bouteilles de liqueurs, dont l'une étoit à moitié bue; dans la salle à manger, un buffet ouvert & forcé, quinze pieces d'argenterie volées. Dans le cabinet au fond de cette salle, une malle aussi forcée, excessivement dérangée, & dont on n'avoit rien enlevé. La clef qu'on trouva dans la cour, étoit précisément celle de cette malle.

Sur l'oreiller du lit qui est dans ce petit cabinet, on trouva l'empreinte d'une main ensanglantée.

Dans la chambre de l'Abbé Bérard, les trois tiroirs d'une commode placée en face du lit, étoient par terre : on avoit forcé & presque entièrement arraché les serrures de deux de ces tiroirs. Quant au troisieme, il étoit dans son état naturel, quoique placé par terre comme les autres. Tout étoit aussi dé-

A v

rangé & bouleversé dans ces tiroirs, sans qu'on eût détourné aucun des effets, ou des papiers qui y étoient.

Dans l'un de ces tiroirs, sur du linge & des papiers, dormoit paisiblement une chienne de chasse qui avoit passé la nuit dans cette maison : c'étoit la chienne du Garde-chasse.

La montre de l'Abbé Bérard étoit suspendue par son crochet, presque au dessus de la commode, & en face du lit.

Au pied du lit, sur une bergere, étoient ses vêtemens. On les fouilla : on y trouva sa tabatiere d'or & beaucoup d'argent.

Dans la même chambre est une armoire : les serrures en étoient forcées; mais il n'y manquoit que deux bouteilles de liqueurs. C'étoient celles qu'on avoit trouvées dans la cuisine, sur un siége, à côté des pistolets d'arçon, & dont l'une étoit à moitié bue. Au bas de la même armoire est un buffet : on n'y trouva rien de dérangé, quoiqu'il ne fermât pas; mais il y manquoit une bouteille de liqueurs.

Les rideaux du lit étoient à demi ouverts. Le cadavre étoit couché sur le côté gauche , & sa tête penchoit du côté de la ruelle. Les coups mortels n'avoient été ni frappés au hasard , ni portés dans l'obscurité. De trois coups portés dans la gorge , chacun dans une direction différente , l'un coupe la veine jugulaire du côté droit , déchire la trachée artere , & pénetre jusqu'à la poitrine ; l'autre, au dessous de la mâchoire inférieure , aboutit au palais : enfin le troisieme, dans la partie la plus basse du cou , pénetre jusqu'à l'épaule. Chacune de ces ouvertures étoit d'environ trois doigts de largeur.

On détourna bientôt les yeux avec horreur ; mais qu'apperçut-on ? A terre , & près du lit , un couteau à manche long & plat, & à lame large : elle étoit ouverte : cinq à six personnes le voient en même temps. On l'examine , on observe du sang au bout du manche & proche la lame , qui étoit encore grasse & comme imparfaitement essuyée. La fille Lévêque , interrogée sur ce fait , répondit qu'il n'étoit pas étonnant qu'il y eût du sang à ce couteau ; qu'elle s'en étoit servi la veille pour dépouiller un lievre. On le porta dans la salle à manger , où le sieur M.... ,

A vj

affis dans un fauteuil, s'abandonnoit à fa douleur. » Ah ! les malheureux, » s'écria-t-il à la vue de cet objet en- » fanglanté, ils fe font fervis de mon » couteau. Pourquoi faut-il que mon » couteau ait fait une pareille chofe ? » Ils l'ont pris dans le buffet, pour af- » faffiner mon ami «.

La foule s'écoula enfuite de la mai- fon, & infenfiblement chacun rentra chez foi.

Le fieur M...., preffé de déclarer comment il s'étoit apperçu de cet af- freux événement, répondit qu'il fut éveillé en furfaut par fa domeftique, qui lui crioit : *Monfieur, mon cher Monfieur, nous fommes perdus, nous fommes volés : les gueux ont tué M.. l'Abbé ; ils font dans fa chambre, je viens de les voir paffer ;* que lui, pen- dant toutes ces clameurs, ne prit que le temps de fauter en bas de fon lit, tout nu, d'attraper un de fes fufils, & d'ouvrir violemment, conjointement avec fa domeftique, la fenêtre du cor- ridor, & de lâcher un coup de fufil droit à la porte d'entrée, qui étoit en- tr'ouverte, mais de maniere à garantir les affaffins, déjà échappés ; qu'à peine une demi-minute s'étoit écoulée, que les cris de sa domestique & le coup de fusil attirerent dans la maison le nommé V...., le plus proche voisin, & qu'il lui cria par la fenêtre d'appeler du secours, & d'aller frapper fortement à la porte du sieur Q....

Voici actuellement le récit de la fille Lévêque. Elle raconte que, sur les une heure du matin, elle entendit aboyer une petite chienne qui couchoit dans la cuisine ; qu'ayant avec sa main coulé les rideaux de son lit, elle vit la lueur d'une chandelle dans la cour, qui vacilloit ; qu'aussi-tôt elle se leva avec précipitation, & courut à la fenêtre qui donne sur la cour, regardant à travers les vîtres si elle ne verroit rien ; qu'aussi-tôt elle vint dans le corridor, descendit trois marches de l'escalier, & s'étant penchée par un petit trou, elle vit que la petite chienne étoit dans sa niche, ce qui fit qu'elle remonta les trois marches, & alla droit à la chambre de son maître, pour savoir s'il étoit couché ; que l'ayant trouvé dans son lit, elle le prit par la main, en le secouant fort, & en lui disant : » Mon cher Monsieur, les voleurs sont chez vous « ;

qu'auffi-tôt elle entendit des perfonnes qui dirent : *Oh ! fauvons-nous ;* que le fieur M.... fe leva auffi-tôt, fauta à fon fufil, & que, pendant qu'il le prenoit, elle ouvrit la fenêtre du cor- ridor, & apperçut deux hommes qui fe fauvoient avec précipitation, lef- quels elle ne put diftinguer par leurs habillemens, mais qu'ils lui parurent gros & gras, & que fur le champ elle fe mit à crier de toutes fes forces : *Aux voleurs.*

Cette fille ne fut entendue en dé- pofition que le Dimanche 23 Octobre, c'eft-à-dire, près de deux jours après l'événement, & par conféquent dans le moment de fa vie où, après avoir recueilli toutes les facultés de fon ame, fa mémoire fembloit devoir lui rap- peler avec le plus de force & de netteté tout ce qui s'étoit paffé fous fes yeux ; cependant, lors de fon récolement, un mois après, elle ajouta, qu'étant effrayée, & n'étant pas trop à elle lors de fa dépofition, elle avoit omis de dire, qu'en ouvrant la fenêtre du cor- ridor, elle vit fortir de la cuifine & courir à la porte de la rue, qui étoit entr'ouverte, deux hommes grands &

forts, qui faisoient de grands pas, &
ensuite un troisieme plus petit, qui
couroit moins vîte, & qui lui paroissoit courbé & chargé de quelque chose;
que c'est sur ce dernier que son maître
a tiré.

C'est la voix d'une petite chienne
qui éveille la servante. Que faisoit cependant cette chienne de chasse étrangere, qui, pendant cette nuit, avoit
pris asile dans la maison ? Pourquoi
n'a-t-elle pas donné de la voix ? Il est
vrai que le sieur M.... répondit au sieur
F...., Brigadier de Maréchaussée, qui
paroissoit frappé de cette singularité;
il lui répondit qu'un petit chien avoit
donné un coup de gueule ; mais que
ceux qui avoient commis l'assassinat
avoient eu la précaution de prendre
un autre chien, & de l'enfermer dans
un tiroir ou dans quelque autre endroit. Quel expédient pour faire taire
un chien ! Mais ce tiroir, c'étoit celui
de la commode ; il étoit par terre :
le chien étoit libre, il n'étoit point
renfermé.

La servante entre dans la chambre
de son maître : Les gueux, s'écrie-t-elle,
ont tué M. l'Abbé ! Qu'en savoit-elle ?

Enfin, ce troisieme assassin courbé & chargé de quelque chose, de quoi pouvoit-il l'être ? Dans toute la maison il ne manquoit que quinze pieces d'argenterie & une bouteille de liqueurs. Est-il vraisemblable qu'il emporta l'un ou l'autre de ces objets sur ses épaules ?

Il y a un fait très-singulier & bien connu à Cormicy. Charles G...., voisin du sieur M...., aidoit à pressurer chez un Vigneron du lieu. Sa femme & Simon G...., leur fils, celui-ci âgé de quinze ans, attendoient, l'une son mari, l'autre son pere. La mere & le fils ne se coucherent en effet qu'après le retour de celui-ci. En attendant, ils veilloient dans une chambre contiguë à celle de l'Abbé Bérard, d'où l'on entend distinctement ce qui se dit dans l'autre à voix haute. Avant le retour de son mari, c'est-à-dire, avant minuit, la femme G.... entendit un bruit confus, une sorte de râlement, des especes de plaintes qui la troublérent. Son fils jouoit & causoit ; elle le fit taire : elle prêta une oreille attentive ; mais elle n'entendit plus rien.

Les voisins accoururent aux premiers cris de la servante & au bruit du coup de fufil. On leur annonça de la fenêtre du corridor, que l'Abbé Bérard étoit affaffiné. D'où leur venoit, encore une fois, cette certitude ? Si ces brigands nocturnes étoient des voleurs, car on avoit tout lieu de le penfer, il fe pouvoit qu'ils euffent épargné ce malheureux : ce n'eft pas la foif du fang, c'eft celle de l'or qui les attire dans nos maifons. Leur foin le plus preffant eft de s'approprier nos richeffes ; ils ne donnent ordinairement la mort que lorfque le péril les rend cruels, & pour mettre leur vie en fûreté. En fuppofant que ce fuffent des affaffins, tout n'étoit pas encore défefpéré. Les affaffins font eux-mêmes en danger lorfqu'ils verfent le fang d'autrui : le trouble, l'effroi dont ils font faifis, rend quelquefois leur main tremblante & mal affurée, &, grace à leur frayeur, les coups qu'ils portent à leurs victimes ne font pas toujours mortels.

Peu avant ou peu après les cris & le coup de fufil, trois particuliers inconnus, & qui fortoient par la Porte-au-Bourg, furent apperçus par plufieurs particuliers ; mais ces différens témoins, dans leurs dépofitions, ne s'accorderent

pas même entre eux fur une circonftance auffi indifférente.

Quoi qu'il en foit, il eft certain que
perfonne ne vit fortir les affaffins, ni
de la maifon, ni de la rue du fieur
M...., de même que perfonne ne les
y avoit vu entrer. Cependant deux voifins accoururent immédiatement aux
premiers cris de la fervante. L'un fut le
fieur le Gry, dont la maifon eft fituée
prefque vis-à-vis celle du fieur M....
Il diftingue de fon lit la voix de la fille
Lévêque; il fe leve & va au fecours.
Il étoit derriere fa porte, il en ôtoit
les verrous lors de l'éclat du coup de
fufil. Il ouvre, regarde ; mais il ne voit
ni n'entend courir perfonne. L'autre
voifin fut le nommé V...., dont l'apparition fut fi fubite, que le fieur M....
le vit & lui parla en moins d'une demi-
minute après les premiers cris & le coup
de fufil. Cet homme a dit qu'il n'avoit
vu ni rencontré perfonne.

Ce tragique événement fut accompagné de plufieurs autres circonftances,
qui, comme les précédentes, parurent
ne fervir qu'à mettre en défaut la fa-
gacité des Juges, & à leur faire perdre
la trace des coupables : ce font, par

exemple, trois cavaliers rencontrés fur les deux heures du matin, par un Vigneron de Guyancourt, village éloigné d'une lieue de Cormicy ; c'eft un mauvais couteau de chaffe, dont le ceinturon étoit également mauvais & dépareillé, trouvé le Samedi matin, lendemain de l'affaffinat, par le domeftique de Q...., dans la cour du fieur M....; c'eft fon argenterie retrouvée par un Pâtre de Cormicy, dans un petit foffé, à un quart de lieue de la ville, deux jours après l'affaffinat ; enfin c'eft un petit fouet, c'eft un gros bâton de chêne verd, & un cifeau de fer à l'ufage des Charpentiers, trouvés par le même homme, dans un petit bois peu éloigné du foffé où il avoit trouvé l'argenterie.

Telles font les circonftances connues, prochaines ou éloignées, utiles ou indifférentes de l'affaffinat de l'Abbé Bérard. Quel mélange incroyable d'atrocité & de bizarrerie, de fureur & de calme, d'imprudence & de fuccès ! Des voleurs qui emportent de l'argenterie à un quart de lieue de là, mais qui, dès qu'ils font hors de danger, fe débarraffent de leur proie ; des vo-

leurs qui, trouvant une clef à la fer-
rure d'une malle, préferent de la forcer,
& égarent à plaifir cette clef dans la
cour, qui commettent une multitude
d'effractions néceffairement bruyantes
& tumultueufes, mais uniquement pour
les faire, & fans rien prendre; qui laiffent l'or, l'argent, les bijoux qui étoient
fous leurs mains, & emportent une
bouteille de liqueurs. Mais auffi quels
affaffins ! Sans prévoyance, fans précaution, tout leur réuffit : les portes
femblent s'ouvrir myftérieufement &
comme d'elles-mêmes devant eux : ils
vont fe livrer au plus affreux brigan-
dage, & ils laiffent entr'ouverte celle
qui donne fur la rue, qui, cette nuit-
là, étoit fréquentée; ils entrent dans
une cuifine que gardoient deux chiens,
& ils ont l'art de les corrompre : ces
animaux, fymbole de la fidélité, dé-
mentent leur inftinct, & demeurent
muets à la vue de brigands qu'ils ne
connoiffoient pas. Munis d'inutiles armes, de piftolets d'arçon, dont les
canons & la batterie font couverts de
rouille, d'un couteau de chaffe & d'un
ceinturon qui femblent n'avoir été ap-
portés que dans le deffein d'être oubliés,

ils fe procurent dans la maifon même l'inftrument fatal de la mort. Enfin, dans le fein d'une ville, ils égorgent, & , au milieu du fang, à côté du ca- davre, ils fe livrent paifiblement à une débauche de liqueurs, comme fi, re- doutables encore, ils étoient dans leurs cavernes, au centre d'une forêt épaiffe. Toutes ces circonftances, vraiment fin- gulieres, donnent à l'efprit le tourment de la perplexité la plus cruelle : loin d'éclairer, elles confondent toute pru- dence humaine.

Le Juge, le Procureur-Fifcal de Cor- micy, accompagnés du Greffier, fe tranfporterent fur le champ dans la mai- fon du fieur M...., & y drefferent leur procès-verbal.

Ce premier pas dans la marche de l'inftruction criminelle eft fouvent dé- cifif : ainfi l'extrême exactitude eft moins alors un mérite, qu'un devoir indifpenfable : rien n'eft minutieux où tout eft d'une conféquence infinie.

On dit que ce fut fur la priere que l'on fit au Juge de Cormicy, de ne faire aucune mention du couteau trouvé par terre & à côté du cadavre, que ce Juge déclara, dans fon procès-verbal, qu'on n'avoit trouvé aucune arme dans la chambre de l'Abbé Bérard, en forte que cette arme homicide n'a jamais fait partie des pieces du procès. Il n'appofa point les fcellés fur les effets du mort, ni ne fit la defcription de fes papiers : il ne fit mefurer ni la hauteur du mur, ni celle de l'échelle, dont il ne conftata point l'état de vétufté & de délabrement, de même qu'il ne dreffa point procès-verbal de l'état où étoit la couverture du mur. Il ne fe fit point ouvrir les portes du fournil & des lieux d'aifance, quoiqu'elles fuffent fermées & barricadées d'une maniere inufitée, & que ces précautions duffent lui paroître fufpectes.

Le Procureur-Fifcal fut le feul qui rendit plainte. Le Juge permit d'informer : il ordonna la vifite du cadavre ; elle fut faite par deux Chirurgiens qui en drefferent leur rapport. On entendit treize témoins : le fieur M.... fut du nombre : ainfi point de dénonciation juridique de fa part ; ces deux qualités font incompatibles.

Le Dimanche 23, deux autres témoins furent entendus ; le Pâtre qui venoit de retrouver l'argenterie, & la fille Lévêque, qui, à cette époque, n'avoit vu fuir que deux hommes : on l'avoit affignée la veille comme les autres témoins ; mais elle s'étoit mife au lit ; & même le Dimanche, le Juge fut obligé d'aller recevoir fa dépofition dans fa chambre : elle fe tint dans fon lit jufqu'au lendemain.

On continua d'informer, & quelques jours après, trois particuliers furent décrétés & arrêtés dans leurs maifons. Ces trois malheureux, chargés de fers, font traînés par fix Cavaliers de Maréchauffée, d'abord à Cormicy : là, fur une charrette, dans la rigueur du plus grand froid, ils demeurent pendant deux heures expofés fur la place de la Ville, aux regards avides d'un peuple indigné, qui fe repaiffoit du fpectacle de leur fupplice. Quelques jours après, conduits à Reims, ils font précipités dans des cachots féparés, les fers aux pieds & aux mains ; &. pour rendre l'étreinte de ces fers plus pénible & plus douloureufe, on leur en donne de fi étroits, qu'on ne peut les leur adapter qu'en leur faifant la violence la plus extrême ; en un mot, ils font traités avec cette rigueur inflexible, qui reffemble plutôt

à une peine qu'on inflige à un coupable
déjà convaincu, qu'aux moyens fimples
& naturels de s'affurer de la perfonne
d'un accufé qui peut être innocent. Le
Juge Ducal de Reims leur fit fubir plufieurs interrogatoires. Enfin, après un
mois de la captivité la plus dure, il
intervint une Sentence qui ordonna
un plus amplement informé, & cependant rendit la liberté aux accufés. Le
Public vit, avec autant d'étonnement
que de fenfibilité, fortir des prifons ces
trois malheureufes victimes, qui ne pouvoient plus fe foutenir, & dont les
jambes étoient déchirées & couvertes
de plaies.

Voici quels étoient ces trois particuliers, & la caufe de leur infortune.

A Chante-Merle, Paroiffe de Bezu-
lès-Fere, à une lieue de Château-
Thierry, demeure un bon Laboureur,
né en cet endroit, pere de famille. Ce
bon homme, Fermier depuis vingt ans
du Marquis de la F..., ayoit acquis,
par un long travail, de l'aifance & de
la réputation.

Ses enfans étoient tous établis; il ne
lui reftoit plus qu'un fils à pourvoir. Il
ayoit des vûes pour fon établiffement;
mais

mais l'amour en difpofa autrement. Il y
avoit dans cette maifon une jeune perfonne, nommée A.... T...., niece de
P.... T...., âgé de foixante ans, Laboureur & Voiturier à Seringes, village
fitué à une lieue de Fere, & fœur de
J.... B.... T...., âgé de vingt-huit ans,
Berger à Cour-Poil, Paroiffe d'Efpiez,
à deux lieues de Château-Thierry. Le
jeune homme & la fille T.... avoient
pris du penchant l'un pour l'autre. Ils
afpiroient au moment de fe voir unis
par le mariage; & l'amour heureux rendoit encore ce vœu plus preffant de leur
part. Cependant le pere du jeune homme
oppofoit quelques difficultés, & débat-
toit, fuivant l'ufage, les affaires d'intérêt avec les parens de la fille.

La fille étoit filleule du fieur Abbé
de T...., ancien Prieur de Ventelay,
demeurant à Romain, village éloigné
de Cormicy de trois lieues. Celui-ci avoit
écrit au Curé d'Efpiez, de veiller à ce
que le mariage n'échouât pas. Il lui avoit
mandé en même temps, que fi les parens venoient le trouver, il faciliteroit
les arrangemens qu'il y avoit à prendre
pour ce mariage.

Tome IV. B

Sur cette nouvelle, le pere du jeune homme, l'oncle & le frere de la future, concerterent entre eux ce voyage. Ils partirent le Jeudi 20 Octobre; le pere étoit à cheval, les deux autres étoient à pied : ils arriverent tous trois fur le foir, à Fifmes, à quatre lieues de Cormicy. Ils logerent chez P. D...., Aubergifte.

Le lendemain Vendredi 21, ils fe rendirent tous trois à pied à Romain, où ils arriverent à huit heures & demie du matin. L'Abbé de T.... étoit à Reims. Sa fervante leur dit qu'ils le trouveroient peut-être à Ventelay, où il devoit paffer à fon retour. Ils fe nommerent tous; ils annoncerent l'objet de leur voyage.

Les trois Voyageurs fe rendirent à Ventelay. Ce village eft éloigné de Cormicy de deux lieues. C'eft là le point le plus voifin par lequel ils aient abordé cette ville, où ils n'avoient jamais été de leur vie. Le Curé de Ventelay les adreffa au château de Maloufin, fitué dans la même Paroiffe. Ils s'y rendirent, mais ils n'y trouverent pas l'Abbé de T.... Ils revinrent dîner à Ventelay, & de là à Romain, où l'Abbé de T....

n'étoit pas encore de retour ; ils reprirent le chemin de Fifmes.

Après avoir goûté dans leur Auberge à Fifmes, & rendu compte de l'inutilité de leurs courfes, ils annoncerent qu'ils alloient coucher à quelques lieues de là, à Chery-Chartreuve, chez J. J. Cabaretier. Ce village eft à fept lieues de Cormicy. Les trois Voyageurs fe mirent en route : ils arriverent en effet à Chery, dans cette Auberge qu'ils avoient indiquée, le même jour 21 Octobre, à huit heures du foir ; là, ils raconterent avec la même naïveté, comme ils avoient fait par-tout ailleurs, l'objet & l'inutilité de leur voyage.

Il y avoit neuf jours qu'ils étoient de retour, lorfqu'on les arracha avec violence de leur maifon, au milieu des cris & des pleurs de leur famille, dans le temps des travaux les plus précieux de la campagne. Une cohorte d'Archers leur apprit en même temps, que la nuit du 21 au 22 on avoit commis un affaffinat à Cormicy, & qu'on les accufoit de ce crime.

Voici quel fut le fondement de cette odieufe vexation. Lorfque la femme Q...

B ij

apporta, en préfence du Juge, les piſtolets qu'elle venoit de trouver ſur un
ſiége dans la cuiſine : Voyez-vous, Meſſieurs, ces piſtolets, s'écria le ſieur M...,
ils étoient pour me tuer. Qu'il eſt malheureux d'avoir un ami tué en ma place!
Ces premieres impreſſions furent adoptées témérairement par la multitude ;
on crut, on publia bientôt de toutes
parts qu'en aſſaſſinant l'Abbé Bérard,
on s'étoit trompé ; qu'on en vouloit au
ſieur M...., dans le lit duquel, diſoit-
on, cet Eccléſiaſtique étoit couché.

Enfin ce prétendu aſſaſſin du ſieur
M....., qui, le flambeau à la main,
s'étoit trompé ſur le choix de ſa victime, c'étoit le Chevalier de C....
Habile à ſaiſir la moindre circonſtance,
cet ennemi ſecret donna pour preuve,
que la veille de l'aſſaſſinat, on avoit
vu à Romain & à Ventelay trois particuliers des environs de Château-
Thierry.

Ce fut dans ces circonſtances qu'on
décréta ces trois infortunés. Leur crime
étoit moins d'être venu faire leurs affaires à Romain & à Ventelay, que de
demeurer, l'un à une lieue & demie,
l'autre à deux lieues, l'autre à trois
lieues du Chevalier de C....

Ces trois décrets de prife de corps donnèrent une forte de confiftance au bruit infame qu'on venoit de répandre contre le Chevalier de C....

Mais au mois de Décembre, faute de preuves, on fut enfin forcé de rendre la liberté aux trois prifonniers, en les retenant toutefois dans les liens d'un plus amplement informé. Alors la calomnie alloit tomber d'elle-même, fans un nouvel incident, dont les ennemis du Chevalier de C.... furent profiter.

Le Samedi 22 Octobre, deux particuliers qui voyageoient à pied, pafferent, à fix heures du matin, la riviere d'Aifne, fur le bac d'Œuilly, village à trois lieues de Cormicy.

Les Bateliers du bac d'Œuilly dépoferent qu'un de ces deux Voyageurs étoit boffu. Cette circonftance ne demeura pas oifive. Bientôt on fe perfuada que cet inconnu eft le même que ce troifieme affaffin dont la fervante du fieur M.... ne parle point dans fa dépofition, mais qu'elle dit, plus d'un mois après, lors de fon récolement, avoir vu fortir avec les deux autres, & qui, dit-elle, lui parut, dans les

B iij

ténebres , courbé & chargé de quelque chofe : on défigure, on contre-
fait le Chevalier de C.... pour établir
entre lui & le boffu du bac d'Œuilly
quelque efpece de reffemblance. Les
efprits s'échauffent, l'erreur & la féduction font des progrès rapides ; enfin on
publia un monitoire rempli de faits
faux ou hafardés.

D'abord, on ne fait aucune mention dans ce monitoire des deux bouteilles de liqueurs , dont l'une étoit à
moitié bue, comme fi l'on eût voulu
diffimuler au Public que les affaffins
s'étoient livrés à une débauche de liqueurs avant ou après le crime. Ainfi
on y répete deux fois, que la nuit où
l'Abbé Bérard fut égorgé , il étoit couché dans le lit qu'occupoit ordinairement le fieur M.... : circonftance contraire à la vérité. On dit que l'un des
Quidams s'eft introduit dans la cour,
par-deffus le mur de clôture, & qu'il
a enfuite ouvert la porte aux deux autres : fait également faux, & même phyfiquement impoffible. On avance que
les affaffins étoient au nombre de trois,
ce qui n'eft conftaté que par le témoignage tardif & très-fufpect de la fer-

vante. On suppose que les Quidams avoient apporté & ont laissé en s'enfuyant le couteau de chasse & le ceinturon, tandis qu'il est plus vraisemblable que ce ceinturon & ce couteau de chasse ont été placés après coup. On ajoute que les assassins sont montés sur des chevaux qui les attendoient dans un petit bois ; enfin, qu'ils ont laissé dans ce bois un ciseau de fer, un petit fouet, un gros bâton de chêne verd ; suppositions également téméraires. On fit plus, on se permit de diriger ouvertement le monitoire contre le Chevalier de C....

En effet, il y étoit dénoncé d'une maniere sensible. C'est lui que le monitoire désigna par ce bossu que l'on vit passer à Œuilly, accompagné d'un jeune homme *qui paroissoit être un domestique*.

Ce fut parce qu'on s'attachoit moins à poursuivre le véritable assassin du malheureux Abbé Bérard, que le prétendu meurtrier du sieur M...., que l'on osa enfreindre si ouvertement la Loi (a), qui défend non seulement de nommer

_____

(a) Ordonnance de 1670, tit 7, art. 4.

B iv

des perſonnes dans les monitoires, mais même de les déſigner, à peine de cent livres d'amende contre la Partie, & de plus grande peine s'il y échet. En effet, ſi on connoît le coupable, il eſt inutile de le chercher, il faut le punir. Si on ne le connoît pas, on ne doit pas commencer par déshonorer quelqu'un qui peut être innocent.

La calomnie ne connut plus de bornes dans ſes progrès: voici la fable dont ſe repaiſſoit le Public. Les deux Laboureurs & le Berger commettoient le crime; le ſieur de C.... & ſon domeſtique gardoient les chevaux, & ſe ſauverent par Guyancourt; quant au ſieur de C.... & à ſon domeſtique, ils allerent à pied paſſer ſur un bac une riviere qui n'étoit point ſur leur route. Au lieu de ſe rendre chez eux à Griſolles, du côté de Fere & de Château-Thierry, ils vinrent à Œuilly prendre les routes de Laon & de Soiſſons. L'un diſoit qu'on avoit trouvé le nom du Chevalier de C.... écrit ſur le couteau de chaſſe; l'autre, que ſes armes étoient empreintes ſur les piſtolets: un troiſieme ajoutoit, qu'on avoit reconnu ſon écriture ſur la bourre de ſes piſtolets. Tels

& plus abfurdes encore étoient les propos qui faifoient la matiere des converfations de tout ce pays-là.

Il ne furvint aucune charge, on continua d'informer pendant les mois de Mars, d'Avril, de Mai & de Juin. Tout le réfultat de ces immenfes informations, fut que le Chevalier de C.... avoit fait de prétendues menaces contre le fieur M....

Ancien & léger procès entre le Chevalier de C.... & le fieur M....

Le Chevalier de C...., d'une noble & ancienne famille, entré au fervice fur les traces de fon pere, Commandant d'Artillerie, & Chevalier de Saint-Louis, forcé de renoncer enfuite à la profeffion des armes, par la délicateffe d'une fanté peu robufte & fatiguée, étoit rentré dans le domaine de fes peres à Grifolles, Paroiffe de Beuvarde, entre Fere en Tardennois & Château-Thierry. Là, devenu Agriculteur, fes occupations, pendant les trois quarts de l'année, confiftoient, depuis près de vingt ans, à préfider aux travaux

B v

de la campagne, en faifant valoir lui-
même fes biens.

De deux maifons qu'il poffédoit à
Grifolles, il occupoit la plus confidérable, celle qu'on appelle *le Château*;
l'autre ne confifte qu'en un feul pavillon affez étroit : mais qui, fuivant fon
nouveau plan, d'aller chercher hors
de la campagne des fecours à fa fanté,
pouvoit auffi lui fuffire.

Etant allé à Verneuil, à quatre lieues
de Grifolles, rendre vifite au Comte
de M...., il rencontra dans la maifon
de ce Gentilhomme un étranger qui
paroiffoit y être venu paffer quelque
temps; c'étoit le fieur M...., Bourgeois
de Paris, Américain d'origine, ci-devant Gendarme, ou furnuméraire dans
les Gendarmes de la Garde.

Le Chevalier de C.... fit connoiffance avec cet étranger. Quelque temps
après cette premiere entrevue, le fieur
M.... le preffa de lui louer fon château de Grifolles. Peu de temps après,
on mit la derniere main au bail fait
double, & fous fignatures privées, pour
neuf ans.

Le Chevalier de C.... fe logea dans

le petit pavillon qu'il avoit fait ar-
ranger.

Le 16 Septembre de la même année
1767, c'eſt-à-dire, lorſqu'il y avoit à
peine deux mois & demi d'expirés de
ce bail fait pour neuf ans, l'inconſtant
locataire fit aſſigner le Chevalier de C....
au Bailliage de Château-Thierry, pour
voir déclarer valable le congé qu'il ſe
donnoit à lui-même, pour le premier
Juillet ſuivant, & il oſa avancer qu'il
n'étoit locataire qu'en vertu de conventions verbales.

A ce trait, toute eſpece de relation
ceſſa entre eux.

Loin d'être contraint à repréſenter
ce bail, dont il avouoit l'exiſtence, &
dont il poſſédoit les doubles, le ſieur
M.... réuſſit à le faire déclarer nul, &
la Sentence du Bailliage de Château-
Thierry admit le congé pour le premier Juillet ſuivant.

Tel fut en peu de mots ce procès de peu
d'importance, que l'on prétendit pourtant avoir allumé une haine ſanguinaire
dans l'ame du Chevalier de C...., &
qui ſervit de prétexte unique à une accuſation atroce.

B vj

Cependant, le 25 Juin 1769, à six lieues & un quart de Reims, le Chevalier de C.... fut ignominieusement arrêté & conduit en prison.

Le domestique n'étoit point alors avec son maître; mais si-tôt qu'il fut instruit de sa captivité, ce fidele serviteur partit du château de Grisolles, & vint de lui-même se présenter devant sa prison. Le Chevalier de C.... supportoit avec constance cet excès d'ignominie; mais à la vue de ce pauvre garçon, qui venoit volontairement prendre place sur la scene des criminels, son courage l'abandonna, & il ne put retenir ses larmes.

Cependant l'Abbé de T.... avoit augmenté la dot de sa jeune filleule, d'une somme de 400 liv. Les vœux des deux époux étoient comblés; le bonheur régnoit dans cette famille; mais il fut presque aussi-tôt troublé par une nouvelle disgrace. Cette jeune épouse eut bientôt la douleur de voir le pere de son mari, son frere, son oncle rentrer dans les horreurs d'une prison.

Sept semaines s'écoulent lentement dans ce séjour destiné au crime. Cependant tous les momens sont remplis. L'inftruction eft auffi ardente que périlleufe. Les interrogatoires fe fuccedent les uns aux autres. On récole les témoins; on les confronte avec les accufés; ceux - ci préfentent chacun au Juge leur Requête pour être admis à la preuve de leur alibi. Enfin, le 12 Août, les amis du Chevalier de C.... entrent dans fa prifon; ils l'embraffent; ils lui annoncent fa liberté; il fort. Mais quelle nouvelle! quel coup imprévu! On l'a déshonoré. Les cinq accufés font tous mis hors de Cour, fans qu'on ait daigné feulement les admettre à la preuve de leurs faits juftificatifs. Le Chevalier de C...., réduit au défefpoir, vint à Paris interjeter appel de fon décret & de la Sentence, & demander l'échafaud ou l'honneur. Quant au fieur M...., il prit ce temps pour aller recueillir une fucceffion en Allemagne. Tel eft le récit des faits & des fuites de ce tragique affaffinat, où les coupables échapperent, & les innocens furent compromis.

L'Abbé Bérard a été affaffiné: voilà le fait connu. Quel fut l'auteur de ce crime? voilà le fait inconnu; pouvoit-on, à l'aide d'autres faits connus &

prouvés, conjecturer que le Chevalier de C.... avoit eu part à ce crime?

De toutes les circonstances qui accompagnerent la mort tragique de l'Abbé, aucune ne pouvoit fournir le plus léger indice contre le Chevalier de C...., ni contre les personnes soupçonnées du même crime. Les pistolets d'arçon, le couteau de chasse, le ceinturon dont il fut impossible de faire usage, le petit fouet à verge de cuir, le gros bâton de chêne verd, le ciseau de Charpentier, usé & à taillant ébréché, aucun de ces instrumens, qui sembloient être des armes oubliées par les assassins dans le trouble & l'alténation du crime, ne fut reconnu pour être au Chevalier de C...., ni aux autres accusés ; & de tous les témoins avec lesquels ils furent confrontés, les uns déclarerent qu'ils ne les reconnoissoient pas, les autres affirmerent qu'ils n'étoient point ceux dont ils avoient entendu parler.

On lui opposoit son procès & des menaces contre le sieur M....

Il est des procès qui compromettent l'honneur ou la fortune, & dont l'effet naturel est d'inspirer des haines souvent irréconciliables. Quant aux procès ordinaires & de peu d'importance, pendant qu'ils subsistent, ils sement, si on veut, l'aigreur, la division, cette inimitié légere qui n'est pas proprement une inimitié : mais ces petites difficultés une fois terminées, le ressentiment s'éteint, & la Loi présume alors si peu une inimitié capitale, qu'une Partie ne peut pas valablement récuser son Juge, sous prétexte d'un procès qui les divisa, mais terminé depuis six mois.

Il faut se rappeler l'origine, les progrès & le terme des liaisons que le Chevalier de C.... avoit eues ci-devant avec le sieur M.... Ils avoient habité pendant neuf mois la même Paroisse : peu faits l'un & l'autre pour se lier plus étroitement, ils ne firent société que les deux premiers mois. Le sieur M..... ne tarda pas à susciter à son hôte des tracasseries de voisinage ; & après deux mois de jouissance, il donna congé d'une maison qu'il avoit louée pour neuf ans. Le propriétaire défendit en Justice ses intérêts, que ce congé attaquoit : il succomba ; mais les dépens furent compensés, & le sieur M.... condamné aux frais de la Sentence. Il ne s'agissoit que d'un bail de 300 livres par an.

Le fieur de C.... dédaigna de prendre
la voie légitime de l'appel, qui lui
étoit ouverte avec toute efpérance de
fuccès : il exécuta paifiblement cette
Sentence. Neuf mois après le Jugement
de cette petite difcuffion, cinq mois
après le départ abfolu, irrévocable du
fieur M...., un homme eft affaffiné dans
le nouveau domicile de celui-ci ; pouvoit-on préfumer que le fieur de C....
étoit l'auteur de ce crime, fur le fondement unique d'un procès jugé plus
de huit mois auparavant, & dans un
moment où le fieur M.... lui-même
n'auroit pas pu le récufer pour fon Juge,
fi la Loi le lui avoit donné ?

Le fecond indice qu'on oppofoit au
Chevalier de C...., étoient de prétendues menaces ; mais ceux qui rapportoient ces menaces, étoient les ennemis du Chevalier de C...., & bien plus
aigris contre lui pour des difcuffions
d'héritages, qu'il n'avoit jamais pu l'être
lui contre le fieur M.... pour leur procès de location.

Un troifieme fait oppofé au Chevalier de C...., étoit le voifinage des trois
autres accufés : mais on n'eft pas coupable pour être voifin d'un coupable.

Ces malheureux prouverent que ces
foupçons étoient auffi injuftes qu'ils
étoient infames, en affirmant conftamment qu'ils n'avoient jamais vu Cormicy avant le jour qu'on les y donna
en fpectacle comme des fcélérats, &
en prouvant qu'il étoit phyfiquement
impoffible que ni les uns ni les autres
fe trouvaffent à Cormicy la nuit du
21 au 22 : l'un, à une heure du matin,
en étoit à huit lieues ; les deux autres,
à onze heures du foir, en étoient à
fept.

Enfin le quatrieme indice étoit le
paffage du bac d'Œuilly.

Le lendemain de l'affaffinat, on avoit
vu, difoit on, à fix heures du matin,
deux hommes très-fufpects paffer la riviere d'Aifne fur le bac d'Œuilly.

Sans autres raifonnemens, le fignalement donné par les Bateliers ne s'a-
daptoit en aucune maniere au Chevalier de C.... Suivant le rapport des Bateliers & du monitoire, le boffu qui
paffa à Œuilly avoit fes cheveux épars.
Il y avoit vingt ans & plus que le Chevalier de C..... ne portoit plus fes cheveux. Le boffu d'Œuilly avoit les cheveux d'un brun foncé ; ceux du Che-

valier de C.... étoient gris ; ſa perruque
étoit de la même couleur. Le boſſu du
bac d'Œuilly étoit marqué de petite vérole : elle ne laiſſa aucunes traces ſur
le viſage du Chevalier de C.... ; mais il
a deux verrues très-éminentes, & qui
n'euſſent pas échappé à ceux qui auroient
fait la premiere obſervation. Enfin le
Chevalier de C.... n'eſt pas bien fait,
mais il n'eſt pas boſſu ; il l'eſt encore
moins par-devant & par-derriere : il
n'eſt ni haut ſur jambe, ni n'a le viſage alongé : tout eſt dans les propor-
tions ordinaires. Le ſeul défaut naturel
qui ſoit remarquable en lui, c'eſt une
épaule un peu plus élevée que l'autre.
Ainſi nul rapport, nulle reſſemblance
entre lui & le boſſu du bac d'Œuilly ;
ce ſont deux hommes eſſentiellement
différens.

Le Chevalier de C.... fut confronté
avec les deux Bateliers, enſuite avec le
Meûnier ; enfin il le fut avec le Cabaretier : il eut du moins la ſatisfaction
de jouir de leur étonnement. Ils con-
vinrent tous que celui qu'on leur repréſentoit, n'avoit aucune reſſemblance
avec l'autre. On les confronta enſuite
avec ſon domeſtique, qui avoit trente-

trois ans : tous déclarerent affirmativement qu'ils ne l'avoient jamais vu.

Des quatre indices qu'on avoit raffem-
blés contre le Chevalier de C...., il n'y
en avoit pas un qui pût fournir contre
lui la moindre préfomption du crime
que l'on cherchoit.

D'ailleurs, ces prétendues préfomptions n'avoient d'autre fondement que
deux circonftances également fauffes ;
l'une, que le fieur M.... couchoit ordinairement dans le lit où fut affaffiné
fon ami ; l'autre, que malheureufement
cette nuit-là il lui avoit cédé ce lit. Il
y avoit plus de trois femaines que l'Abbé Bérard occupoit le lit où il fut affaffiné ; perfonne ne l'avoit occupé avant
lui. Le fieur M..... n'avoit jamais eu
d'autre appartement que celui d'en-
haut ; ainfi rien n'annonçoit que celui
qui affaffina l'Abbé Bérard, étoit un
ennemi perfonnel du fieur M.... : on
ne pouvoit donc pas le préfumer.

Le fieur de C..... étoit parvenu à fa
cinquante-feptieme année, fans qu'aucune tache eût jamais fouillé fa vie. Au
fortir de l'enfance, il embraffa la profeffion des armes. C'eft dans cette école
de l'honneur qu'il paffa fa jeuneffe. Il

vivoit depuis vingt ans dans fa patrie, au milieu de fes concitoyens, qui fe réunirent tous pour rendre de lui un témoignage auffi honorable qu'unanime. A peine la calomnie eut-elle divulgué cette fable odieufe, toute la province réclama contre un bruit infame qui flétriffoit un homme d'honneur. Quelle plus forte préfomption en faveur de fon innocence, que ces marques d'eftime qu'il reçut, dans fa prifon, des Députés de la Nobleffe de fa province, & cet intérêt général que tous les honnêtes gens lui témoignerent dans fon malheur? Lorfque l'Abbé Bérard fut affaffiné, le procès qui s'étoit élevé entre le Chevalier de C.... & le fieur M...., terminé depuis un an, avoit abfolument détruit entre eux tout fujet de querelle. Etoit-ce près d'un an après la fin de leur procès, que le Chevalier de C.... eût voulu attenter ou faire attenter à la vie d'un homme qui, depuis long-temps, n'étoit plus fon adverfaire, & qu'il ne traita jamais en ennemi?

Son alibi étoit prouvé : il étoit phyfiquement impoffible que le Chevalier de C.... eût tenté perfonnellement aucune entreprife contre la vie du fieur

M...., la nuit du 21 au 22 Octobre 1768. Le sieur de C.... ne pouvoit pas être le Vendredi, à 11 heures du soir, au château de Grisolles, & à minuit, minuit & demi, une heure du matin, à Cormicy, à dix lieues au delà. Il ne pouvoit pas être le lendemain à six heures du matin au bac d'Œuilly, & être aussi à six heures du matin, à 11 ou 12 lieues de là, dans sa chambre à Grisolles, & à sept heures dans son jardin. S'associa-t-il des complices étrangers ? Les habitans de Cormicy s'épuiserent en recherches : les brigades de Maréchaussée se disperserent de toutes parts. Les moindres démarches furent observées, éclairées. Cependant on ne put découvrir les traces des assassins. Il est démontré que ce n'étoient point les trois autres accusés, ses prétendus voisins, dont l'alibi étoit aussi prouvé. Le Chevalier de C.... ne se servit donc point de leurs bras. Jamais calomnie ne fut mieux confondue.

Arrêt du 21 Mai 1770, qui décharge le Chevalier de C.... & les trois autres paysans de l'accusation ; permet au Chevalier de C.... de se pourvoir contre les auteurs de la calomnie énoncée au

procès, & d'y demander ses dénoncia-
teurs, si aucuns y a, aux Procureurs-
Fiscaux de la Justice de Cormicy & de
la Duché-Pairie de Reims ; de faire
imprimer & afficher l'Arrêt, à ses frais,
par-tout où bon lui semblera : ordonne
que lés informations & les procédures
seront continuées à la requête du Subs-
titut du Procureur-Général du Roi, &
*par-devant le Lieutenant-Criminel de
Reims*, contre les auteurs de l'assassinat
de l'Abbé Bérard.

NEGRE qui réclamoit sa liberté en France.

IL n'y a point de crime dont l'homme n'ait à rougir ; il n'y a point d'outrage qu'il n'ait fait à la Nature ; il n'y a point de maux qu'il n'ait faits à ses semblables. Le plus grand, sans doute, est celui d'avoir osé attenter à leur liberté. Ce bien, le seul que l'homme apporte en naissant, qui peut seul le consoler des maux attachés à sa pénible existence ; ce bien si précieux lui est enlevé, souvent même avant d'en avoir joui. A peine les Sociétés sont-elles formées, que la terre n'est, pour ainsi dire, plus qu'une vaste prison. Sparte tient sous ses Loix féroces un peuple entier de malheureux ; & les Romains, aussi cruels envers leurs esclaves, que lâches sous leurs Tyrans, insultoient, depuis six cents ans, la Nature, lorsqu'elle se vengea en leur donnant les Néron & les Caligula. Nous nous le rappelons avec orgueil ; braves, généreux & libres, les Francs n'eurent jamais d'esclaves (a) ; mais ils dédaignoient les paisibles travaux de l'Agriculture ; il leur falloit des Cultivateurs, & ils eurent des serfs. Bientôt cette espece de servitude couvrit l'Europe entiere : moins dure que l'esclavage, elle devint pourtant aussi funeste, parce qu'elle fut plus universelle. Ce Siecle des grandes découvertes, qui a préparé tout ce que nous avons vu depuis, le quinzieme Siecle finissoit, la servitude alloit être ensevelie sous les débris du Gouvernement féodal, la liberté renaissoit de toutes parts, lorsque l'événe-

---

(a) Au rapport de Tacite, *de Morib. Germ.* chez les Nations de Germanie, on ne connoissoit que la servitude réelle. Les serfs n'avoient point d'office dans la maison ; ils rendoient à leurs maîtres une certaine quantité de blé, de bétail, ou d'étoffe : l'objet de leur servitude n'alloit pas plus loin. Aussi heureux, aussi tranquilles que leurs maîtres, vous ne pouviez les distinguer, ajoute le même Auteur. Si l'on a vu en France de véritables esclaves, même après la conquête des Francs, c'est que les Romains y avoient introduit leur esclavage, & que les vainqueurs s'étoient fait une loi de ne rien changer aux usages des vaincus.

ment

ment le plus inattendu fit voir à l'Europe étonnée, des hommes, des pays, & des crimes inconnus jusqu'alors.

» Un Peuple intrépide aborde dans un monde nouveau. L'or du Pérou, tel qu'un funeste talifman, le change en frénétique ; il maffacre tout pour tout avoir. L'inftant étoit arrivé où les crimes de l'Europe devoient fe déborder fur toutes les parties du globe. Dans le même temps, un autre Peuple franchiffoit les obftacles qui avoient jufqu'alors arrêté l'ambition & découragé l'audace de tous les Peuples; il pénetre jufqu'au Sénégal, forme des établiffemens fur les côtes de Guinée, en enleve les habitans, & va en Amérique échanger l'homme (a) contre un vil métal.

(a) Cette marchandife-là eft à fort bon compte. Un Negre, piece d'inde, comme on les nomme, depuis dix-huit ans jufqu'à trente, ne revenoit autrefois, en Guinée, qu'à trente ou trente-deux livres, en marchandifes propres au pays, qui font des fucres, des eaux-de-vie, &c. Depuis, la concurrence en a fait hauffer le prix. Un beau Negre s'achete foixante, & même quelquefois cent livres. Rendu en Amérique, il fe

Tome IV.   C

» La terre n'avoit point encore vu de pareilles horreurs; depuis trois fiecles nous les renouvelons; depuis trois fiecles nous rempliffons de crimes & de malheurs l'efpace immenfe qui fépare les deux tropiques; & la philofophie, qui, comme un aftre bienfaifant s'eleve fur notre horizon, ne nous rend plus éclairés que pour nous rendre plus coupables.

» Ainfi s'eft formé le plus nouveau & le plus monftrueux des commerces; ainfi ce Peuple fi doux, fi humain, le François s'eft avili jufqu'à commander à des efclaves. Il faut le dire pour la gloire du bon, du jufte Prince (a) qui étoit alors affis fur le trône de la France; il rejetoit avec indignation l'idée d'introduire l'efclavage dans des lieux foumis à fon Empire. Il fallut intéreffer fa piété, il fallut la mettre aux prifes avec fa juftice; il fallut lui perfuader

_____

vend plus cher. Dans tous les temps, cette efpece de marchandife a été à très-bas prix. La lampe dont Epictete s'étoit fervi pour travailler, fut vendue, après fa mort, beaucoup plus qu'il n'avoit été vendu lui-même.

(a) Louis XIII.

que c'étoit l'unique moyen de mettre ces hommes fous le joug de la Foi (a).

» Tel eft le tableau hiftorique de la fervitude ; telle eft l'origine de notre Légiflation fur les efclaves «.

Après avoir tracé ce tableau énergique de la fervitude, M. Henryon rendoit ainfi compte des faits particuliers de cette Caufe : » Le nommé *Roc*, difoit-il, eft né dans l'ifle de Caïenne. Louis & Agnès, fes pere & mere, Negres originaires de Guinée, y jouiffoient publiquement, à l'inftant de fa naiffance, de la liberté qu'ils avoient recouvrée ; c'eft le feul bien qu'ils ayent tranfmis à leur fils. Déjà il étoit dans la vingtieme année de fon âge; la pêche faifoit fa principale occupation. Il jetoit un jour fes filets à une lieue du rivage : un vaiffeau Efpagnol paffe : le Capitaine l'appelle, le flatte de l'efpérance de vendre fon poiffon, l'attire par-là fur fon bord, & fe faifit de fa perfonne. Le vaiffeau continue fa route, aborde à la Louifiane, où le

_____

(a) Nouveau Voyage du Pere Labat en Amérique, tome IV.

C ij

cruel Efpagnol a vendu ce malheureux
à un François auffi cruel que lui.

» Depuis huit ans il traîne fon exiftence dans un injufte & pénible efclavage. En vain il a réclamé contre un
pareil forfait ; l'avarice, l'ufage, l'habitude de voir & de faire des malheureux , ont rendu tous les cœurs fourds
à fon défefpoir , & la juftice de fa
réclamation n'a fervi qu'à rendre fon
joug plus pefant.

» Enfin le fieur Poupet , fon dernier
maître , l'a choifi pour le fervir dans
un voyage qu'il vient de faire en France :
fa fidélité , fon intelligence , fon adreffe
lui ont mérité cette préférence fur les
autres Negres de l'habitation. Il eft arrivé à la Rochelle au mois de Juin
1770. A la vue de cet heureux climat, l'efpérance eft rentrée dans fon
ame. Je fuis libre , a-t-il dit , puifque
je fuis parmi des hommes fenfibles &
juftes.

» De toutes les formalités que la
Loi prefcrit aux maîtres pour conferver
leurs efclaves en France, le fieur Poupet
n'en a rempli qu'une feule , la déclaration au Greffe de l'Amirauté de la Rochelle. Son efclave a auffi-tôt interjeté

appel de cette déclaration. La Cour a
reçu son appel, & a mis ce malheureux sous sa protection spéciale. C'est
à l'abri de cette protection qu'il se défend aujourd'hui. Il demande que la
Justice répare l'ouvrage de la force ; il
demande qu'elle le fasse jouir d'une
liberté qu'il a apportée en naissant ;
d'une liberté dont la violence a bien
pu suspendre l'exercice, mais qu'il n'est
pas au pouvoir des hommes de lui
ravir. Il est né libre, & il en offre la
preuve ; il est en France, & il en
réclame la franchise : voilà ses moyens.

» Il est né libre. On convient que
l'on ignore comment on établit une
proposition de cette espece. Prouver à
des hommes qu'un homme est né libre :
eh ! que pourroit-on ajouter à ce que la
Nature dit à tous les cœurs ? Il est homme. Ce mot ne renferme-t-il pas la
preuve la plus victorieuse ? Encore une
fois, il est homme : voilà son titre ;
titre imprescriptible, inaltérable ; titre
supérieur aux attentats de la force &
aux ravages du temps ; titre qui doit
au moins imposer à celui qui le con-
teste, la nécessité de la preuve contraire. Oui, c'est au maître à établir

C iij

l'exiſtence de la ſervitude : il ſuffit à
l'eſclave d'alléguer qu'il eſt né libre :
on ne peut pas l'obliger d'en rapporter
la preuve : il n'eſt pas poſſible d'abaiſſer
juſque-là la dignité de l'eſpece humaine.

» Ce ſeroit donc au ſieur Poupet à
prouver que l'eſclave qu'il réclame eſt né
dans le ſein de la ſervitude. Mais on veut
bien lui épargner ce travail. Son eſclave
veut bien faire plus qu'il ne doit; il
offre d'établir que ſon origine eſt libre.
Né à Caïenne, diſtingué par une taille
avantageuſe, & par une force de corps
extraordinaire, il eſt connu de la plû-
part des habitans de l'iſle; la plupart
ont vu le crime commis en ſa perſonne :
tous en ont frémi, tous ſont prêts à
l'atteſter à la Juſtice. Cette iſle eſt ſous
la domination de la France; la Cour
peut y faire faire une enquête : qu'elle
l'ordonne; elle verra tous les habitans
dépoſer en faveur de leur concitoyen;
elle entendra toutes les voix ſe réunir
à la ſienne pour réclamer ſa liberté.
Il demande, par des concluſions préciſes, à être admis à faire cette enquête.
Lui ôter cette voie de recouvrer ſa
liberté, ce ſeroit être preſque auſſi cruel

que ceux qui la lui ont ravie. Il n'a
point à redouter une pareille injuftice :
qu'il craigne plutôt d'avoir offenfé, par
cette demande, l'humanité de la Cour :
il n'a pas befoin des fuffrages des habitans de Caïenne : fes titres ne font
pas au delà des mers, ils font dans
le cœur de fes Juges.

» Ah ! fi un pareil attentat avoit été
commis contre un Européen ; fi un François avoit furpris & vendu le fieur Poupet à un Négociant de Tunis ou d'Al-
ger, tous les Tribunaux s'armeroient
pour fa défenfe ; nos fupplices, déjà fi
cruels, ne le feroient pas affez pour punir
un crime auffi énorme ; & on ofe en-
treprendre de le juftifier, parce que c'eft
un Negre qui en eft la victime ! Eft-ce
que la moralité de nos actions varie
comme le climat ? Eft-ce que ce qui eft
injufte fous une latitude, peut être jufte
fous une autre ? Inftinct célefte ! éma-
nation de la Divinité même ! confcience ! ne parlerois-tu aux hommes
qu'un langage impofteur & bizarre ? Non,
fa voix eft par-tout la même ; trop fouvent elle eft couverte par le tumulte
des paffions ; mais rien ne peut la forcer au filence ; & dans le temps même

C iv

que notre adverfaire plaidera contre
nous , cette voix criera dans fon ame ,
& réclamera contre tous fes efforts.

   » S'il étoit quelqu'un affez ignorant
ou affez prévenu pour croire que les Negres font d'une efpece inférieure à la
nôtre , qu'il apprenne que ces hommes,
l'objet de notre mépris , font fouvent dignes d'être les modeles de leurs maîtres:
ils ont le germe de toutes les vertus; ils
en ont porté plufieurs à un degré d'é-
nergie , auquel nos ames , affaiffées par
la molleffe , n'atteindront jamais. Intré-
pides dans les tourmens , on a vu les
bourreaux déchirer leurs membres fans
altérer les traits de leur vifage (a) ;
braves dans les combats , ils ont défendu nos poffeffions , ils ont verfé
leur fang pour la gloire de nos armes;
& plus d'une fois l'Anglois libre &
fier a été accablé du poids de leurs
fers (b).

(a) Le Pere Labat dit en avoir vu brûler
un , que fes jambes & fes cuiffes étoient
crevées par la violence du feu, & qu'il fu-
moit encore tranquillement fa pipe.

(b) En 1703 , ils prirent les armes pour
la défenfe de la Guadeloupe, Dans le même

» Tels font les hommes que nous met-
tons au deffous des animaux les plus
vils. On ne fera point le tableau des
outrages dont nous accablons ces malheureufes victimes de notre avarice,
de pareilles images offenferoient la fain-
teté des Tribunaux. Qui pourroit d'ailleurs, on ne dit pas peindre, mais concevoir toutes ces horreurs? Jetons donc
un voile fur ces triftes objets; imitons
ce Peintre qui, défefpérant de prononcer avec affez de vigueur le déchire-
ment de la Nature, couvrit le vifage
de ce Roi malheureux, qui voyoit
fa fille fous le couteau d'un Prêtre barbare.

» Le fecond titre de l'efclave qui eft

---

temps, ils défendirent la Martinique fi vigou-
reufement, que les Anglois, qui y avoient
fait une defcente, n'ofoient s'écarter, ni
même fortir de leur camp, &c.
  Ils ont l'efprit affez fin & très-cauftique ;
ils ont une éloquence fimple & mâle, qui
vaut bien celle des Peuples policés. Lorfqu'ils ont quelques difficultés entre eux, ils
vont trouver leur maître, expofent leurs
raifons avec beaucoup de force & de brié-
veté, fans fe choquer ni s'interrompre les
uns les autres. *Nouveau Voyage du Pere Labat
en Amérique, tome IV.*

aux pieds de la Cour, c'eſt qu'il eſt en
France.

„ Il n'y a point de peuple qui n'ait
ouvert quelques aſiles aux malheureux;
les Palais des Princes chez les uns;
chez les autres, les autels des Dieux
étoient des abris inviolables : la France
entiere eſt le Temple de l'Humanité;
dans tous les temps protectrice des Rois
infortunés, elle ſe glorifie ſur-tout d'être
la libératrice des eſclaves : ſi-tôt qu'ils
touchent cette terre heureuſe, leurs
fers tombent. Tout eſt libre dans un
Royaume où la liberté eſt aſſiſe aux
pieds du Trône, où le dernier des ſu-
jets trouve, dans le cœur de ſon Roi,
les ſentimens d'un pere. *Nul n'eſt eſclave en France* : voilà la maxime fon-
damentale; maxime formée par une eſpece d'acclamation unanime, reſpectée
par le temps, affermie par l'autorité;
maxime peut-être la plus glorieuſe à la
Nation & au Prince : tous les Rois ſont
environnés d'eſclaves, & il ſuffit aux eſclaves, pour être libres, d'approcher
du Trône de la France. Une galere Eſ-
pagnole échoue ſur nos côtes; trois
cents Mores y ſervoient comme eſclaves, nus, chargés de fers, la rame à

la main : ils fe jettent aux pieds du Roi, & demandent à grands cris leur liberté. Henri II affemble fon Confeil, confulte les Grands du Royaume ; & malgré l'oppofition de l'Ambaffadeur d'Efpagne, malgré l'afcendant que cette Nation avoit fur les Puiffances de l'Europe, le principe prévaut. Le Roi déclare libres les trois cents efclaves, & porte la générofité jufqu'à les faire reconduire dans leur patrie. Tandis que les hommes travaillent avec une efpece de fureur à s'affervir les uns les autres, le beau fpectacle qu'un monument élevé à la liberté par la main d'un Roi !

» Long-temps avant Henri II, Louis X avoit confacré cette maxime par une Ordonnance folennelle. Cette Ordonnance porte : » Nous, confidérant que » notre Royaume eft dit & nommé le » Royaume des Francs, & voulant que » la chofe foit de la vérité accordante » au nom ,.... avons ordonné que toute » fervitude foit ramenée à franchife «. Cette franchife eft donc une Loi de la Nation ; on diroit prefque une Loi conftitutive : née dans les premiers fiecles, nos peres nous l'ont tranfmife

C vj

comme un dépôt facré : les étrangers eux-mêmes l'ont refpectée, & un François travaille à la détruire.

» Je conviens du principe, dit le fieur Poupet ; mais ce principe a reçu une exception par une Loi poftérieure, & je fuis dans le cas de cette exception. Il eft vrai que nous avons un Edit qui permet aux habitans des Colonies d'amener des Negres en France, en obfervant certaines formalités : il eft vrai que cet Edit déclare que ces Negres ne pourront fe prétendre libres par leur entrée dans le Royaume : c'eft uniquement fur cette bafe que porte le fyftême de notre Adverfaire : on l'a détruit d'un mot. Le fieur Poupet ne s'eft point conformé aux difpofitions de la Loi ; d'ailleurs cette Loi n'eft point revêtue de la formalité de l'enregiftrement (a).

» Que notre Adverfaire ceffe donc d'invoquer des Loix impuiffantes ; qu'il apprenne que des Edits non enregiftrés ne peuvent difpofer de la fortune , de la

---

(a) Ceux qui voudront connoître les principes admis actuellement dans cette matiere, doivent confulter les Loix nouvelles.

vie, encore moins de la liberté d'un homme né fous la domination Françoife ; qu'il fache fur-tout que c'eft dans les affaires de la nature de celle-ci, que les Magiftrats aiment à faire l'application de ces principes. Telle eft, en effet, la Jurifprudence des Tribunaux ; telle eft en particulier celle de la Cour : que l'on en parcoure les monumens, tous ont accordé la liberté aux efclaves fi-tôt qu'ils l'ont demandée. Tous atteftent que l'Edit invoqué par notre Adverfaire, n'a porté aucune atteinte au principe, *qu'il fuffit d'être en France pour être libre.*

» Au défaut d'enregiftrement de la Loi, fe joint l'omiffion des formalités qu'elle prefcrit. On voit, dans cette Loi même, combien elle a couté au Légiflateur ; on y voit combien l'efclavage répugne au cœur fenfible & bon du Prince bien aimé qui l'a rendue ; comme fi elle lui eût été arrachée, comme s'il eût voulu, en quelque forte, la rendre inutile, il l'a environnée d'obftacles, il a impofé des conditions, il a prefcrit une multitude de formalités, il a voulu fur-tout que la plus légere omiffion rendît le maître indigne de la faveur qu'il lui accordoit.

» Les habitans & Officiers de nos
» Colonies, porte cet Edit, qui vou-
» dront amener ou envoyer en France
» des efclaves Negres, feront tenus d'en
» obtenir la permiffion des Gouverneurs-
» Généraux ou Commandans dans cha-
» que ifle, laquelle permiffion con-
» tiendra le nom du propriétaire qui
» les amenera, ou de celui qui en
» fera chargé, celui des efclaves mê-
» me, avec leur âge & leur fignale-
» ment : & les propriétaires defdits
» efclaves, & ceux qui feront char-
» gés de leur conduite, feront tenus
» de faire enregiftrer ladite permiffion,
» tant au Greffe de la Jurifdiction ordi-
» naire, ou de l'Amirauté de leur réfi-
» dence, qu'en celui, &c. ; & faute
» par les maîtres des efclaves d'obferver
» les formalités prefcrites par les précé-
» dens articles, lefdits efclaves feront
» libres, & ne pourront être réclamés «.

» Telle eft la Loi qui permet d'ame-
ner des efclaves en France ; telles font
les conditions qu'elle a mifes à cette
faveur. Rien de fi clair que cette Loi,
rien de fi formel que la peine qu'elle
prononce : *A défaut par les maîtres*

d'obferver les formalités prefcrites ,
les efclaves feront libres , & ne pour-
ront être réclamés.

» Refte donc uniquement à examiner
fi notre Adverfaire a rempli ces formalités. Le fait eft certain, il les a
négligées toutes : il n'a point obtenu
la permiffion du Gouverneur des Colonies ; il ne s'eft point préfenté au Greffe
de l'Amirauté de fa réfidence ; il n'a
donné ni le nom ni le fignalement
de fon efclave. Comment donc ofe-
t-il réclamer une Loi qu'il a fi ouvertement méprifée ? Comment ofe-t-il
invoquer un Edit dans lequel fa condamnation eft fi textuellement écrite ?
En un mot, cet Edit, formant une
exception au Droit naturel, au Droit
commun de la France, doit être févé-
rement renfermé dans les bornes qu'il
s'eft prefcrites. Or le fieur Poupet a
franchi ces bornes ; il n'a point rempli
les conditions que la Loi lui impofoit :
il s'eft donc rendu indigne du bénéfice de cette Loi. Ce moyen, quoique
furabondant ici, eft cependant fi victorieux, qu'il fuffit feul pour décider la
conteftation.

» Si le fieur Poupet prétendoit que
ces formalités ne font pas de rigueur ,

& que cette difpofition de l'Edit eft tombée dans une efpece de défuétude, nous avons à lui oppofer la meilleure de toutes les réponfes : c'eft un Jugement tout récemment rendu par la Cour elle-même. Un fieur Lefebvre avoit amené un Negre en France ; il en avoit obtenu la permiffion du Gouverneur des ifles : cette permiffion contenoit le nom, le fignalement de l'efclave ; tout étoit en regle à cet égard : mais il avoit omis de la faire enregiftrer dans le lieu de fa réfidence ; & la liberté fut accordée à l'efclave. Ce défaut d'enregiftrement de la permiffion, fut un des principaux motifs du Jugement, & celui fur lequel le Miniftere Public appuya fes conclufions.

» Le fieur Lefebvre n'avoit contre lui qu'une feule omiffion, & la plus légere de toutes. Le fieur Poupet, au contraire, a négligé toutes les formalités de l'Edit ; il a négligé finguliérement celle dont le défaut a opéré la condamnation du fieur Lefebvre. Ainfi la prétention de notre Adverfaire eft profcrite par l'Edit même qu'il invoque. Difons mieux : tout concourt à fa condamnation. L'origine de l'efclave qu'il réclame, la franchife qui forme

le Droit commun de la France, le défaut d'enregiftrement de la Loi qui fait
fon unique appui, l'omiffion des formalités que cette Loi prefcrit ; tout
s'eleve, tout s'arme, tout fe réunit
contre lui.

» Notre Adverfaire nous oppofe l'autorité des Loix Romaines. On ne s'ar-
rêtera point à les difcuter ; on foutient
que leurs difpofitions, telles qu'elles
foient, doivent être rejetées. On foutient qu'il faut livrer à l'indignation
& à l'oubli toutes les Loix des Romains fur l'efclavage. Comme celles du
premier Légiflateur d'Athenes, elles
font écrites avec du fang : c'eft l'ouvrage de la férocité (a), c'eft l'opprobre

_____

(a) Par le Sénatus-Confulte Sillanien, fi
un maître avoit été tué, tous les efclaves
qui étoient fous le même toit que lui, ou
dans un lieu affez proche pour que la voix
d'un homme pût être entendue, étoient in-
diftinctement condamnés à mort. Cette Loi
avoit lieu contre ceux même dont l'innocence
étoit prouvée. On confondoit, fous l'action
de la Loi Aquilienne, la bleffure faite à une
bête, & celle faite à un efclave. Pour comble
d'infamie, on avoit lâché la bride à l'incon-
tinence des maîtres, &c. Pour rendre les
murennes plus délicates, les Citoyens riches

de la raison. Dans un Gouvernement
pareil au nôtre, où regne avec l'humanité la juſtice & la paix, de quel
poids peuvent être les maximes de ces
hommes qui, pendant tant de ſiecles,
ont tenu l'eſpece ſous leurs pieds ;
qui, dans le délire de leur ambition,
croyoient que toutes les Nations étoient

---

leur jetoient des eſclaves pour pâture, &c.

Si on veut connoître les effets de la ſervitude, qu'on liſe le trait ſuivant, qui eſt
rapporté par Jovius Pontanus.

Tout eſt funeſte dans l'eſclavage : il rend
le maître cruel, vindicatif, orgueilleux ; il
rend l'eſclave lâche, fourbe, hypocrite :
quelquefois il le porte à des atrocités dont,
ſans lui, l'homme n'auroit jamais été capable.
En voici un exemple entre mille. Un maître
avoit trois fils encore enfans ; ſon eſclave
les porte ſur le toit de la maiſon, pendant qu'il en étoit dehors. A ſon retour, dans
l'inſtant où il alloit rentrer, l'eſclave précipite un de ces enfans ſur le pere. Saiſi
d'horreur, il leve les yeux ; au même inſtant, ſon ſecond fils eſt écraſé de même : il
conjure l'eſclave d'épargner le troiſieme ; il
promet tout. L'eſclave lui déclare qu'il ne
peut conſerver le dernier de ſes fils, qu'en
ſe coupant le nez. Ce pere infortuné fait
ce qu'on exige de lui. A peine a-t-il le nez
à bas, que l'eſclave & l'enfant tombent &
expirent à ſes pieds.

faites pour servir, Rome seule pour commander ; qui, par un assemblage monstrueux des plus grands crimes & des plus sublimes vertus, ont inondé la terre de sang, écrasé tous les Peuples, avili tous les Rois, & dont toutes les Nations ont été tour à tour les ennemies, les alliées, & toujours les dupes & les victimes ?

» Qu'on cesse donc d'invoquer les Loix Romaines. C'est par les principes admis en France qu'on doit prononcer sur l'état des hommes qui y habitent. Ainsi il ne fut jamais de maxime plus sacrée, qu'il n'y a point d'esclaves en France. Si l'intérêt du commerce a donné lieu à des Loix qui ont imposé des chaînes aux hommes, c'est dans un autre climat ; d'ailleurs ces Loix étant contraires au Droit commun, leurs dispositions sont de rigueur. Le sieur Poupet devoit s'y conformer. Il devoit remplir les formalités qu'elles ont prescrites : il les a méprisées ; il ne peut donc conserver aucun droit sur le Negre qu'il réclame «.

Telle étoit la défense du Noir qui réclamoit sa liberté.

Par Jugement rendu fur les conclufions du Miniftere Public, le 15 Août
1770, le nommé *Roc* fut déclaré libre,
& le fieur Poupet fut débouté de fa
demande, & condamné aux dépens.

LE mal vénérien eſt-il une cauſe de ſéparation ?

LES Loix Romaines nous ont tranſmis, pour cauſes du divorce, trois ſortes d'excès ; ceux d'un mari dépravé, qui lui-même profane la couche nuptiale , & introduit le libertinage dans ſa maiſon ; ceux d'un mari furieux, qui, par ſes ſévices & ſes mauvais traitemens, met la vie de ſa femme en danger ; ceux d'un mari diffamateur, qui, par une accuſation calomnieuſe d'adultere , a déshonoré publiquement ſon épouſe. Ces trois cauſes, qui ſont adoptées par nos Loix Canoniques, ont ſervi de regle dans nos mœurs, & de principes à notre Juriſprudence dans la matiere des ſéparations. Faudra-t-il en compter une nouvelle , & y ajouter encore ce fléau cruel, qui nous fait expier tous les jours la conquête de l'Amérique ? Ce poiſon moderne, qui corrompt les ſources de la vie, tranchera-t-il auſſi le lien des époux ? Cette queſtion, malheureuſement trop importante par la multitude d'infortunés qu'elle peut intéreffer , fe préfenta, pour la premiere fois , en 1663 , au Parlement de Paris , & y refta indécife.

Environ un fiecle après , un mari, placé dans cette honteufe efpece , donna occafion d'agiter de nouveau la même queftion devant le même Tribunal.

Le fieur N..... avoit cédé trop tôt à fes paffions. Avant l'âge de 16 ans, il avoit reçu dans fon fein des germes de mort , & portoit déjà la peine de fes débauches prématurées. Il chercha, dans les fecours de la Médecine, une fanté dont on fe paffe moins aifément que de fon innocence. L'art de guérir ce mal funefte femble fuivre les progrès du libertinage , & acheve d'ôter au vice la crainte puiffante qui le contenoit encore. Cependant il refte de fréquentes victimes qui fervent d'exemple , & le fieur N.... fut de ce nombre malheureux. Sa guérifon ne fut qu'une erreur. Au bout de quelques années la maladie reparut. Un deuxiéme traitement fit évanouir une feconde fois les fymptômes fans détruire la caufe. Détrompé fi cruellement de fa premiere efpérance, le fieur N.... eût dû fe défier davantage de la feconde , & ne pas se presser d'offrir si-tôt à une femme innocente une société impure & meurtriere.

Mais souvent, dans ces circonstances, les parens s'empressent d'enchaîner des liens du mariage les passions d'un jeune homme, par l'espérance que les charmes & la société d'une épouse fixeront son cœur & corrigeront ses penchans. Trop souvent aussi ces enfans libertins, au premier espoir d'une alliance assortie qui se présente, sortent de l'indifférence où ils vivoient sur leur état honteux, courent à la Médecine, pressent ses remedes ; & dès qu'ils ont couvert d'un masque de santé le venin qui les dévore, ils vont se précipiter dans les bras d'une épouse; ils en font quelquefois cruellement punis. Cette peste, qui semble être devenue un jeu pour la folle jeunesse, tourne à son profit l'impuissance ou l'impéritie des premiers essais, se fortifie en détruisant l'homme; & quand une fois elle s'est assurée quelque temps la possession d'un individu, elle semble prescrire à la fin contre les remedes, & ne céder qu'à des cures que la science elle-même s'étonne d'opérer. Malheur à l'avide ou l'ignorant

guérisseur, qui, répondant précipitam-
ment d'une santé dont il doute lui-
même, enhardit la témérité d'un jeune
homme, & l'expose à être l'assassin de
son épouse & de sa postérité ! Il n'y eut
que six mois entre ce dernier traitement
& le mariage du sieur N.... avec une
fille de 18 ans.

Telle fut la dot qu'il apporta à cette
jeune infortunée, qui bientôt se vit la
victime du devoir conjugal, & trembla
d'être féconde. Un enfant naquit sous
ces sinistres auspices, & périt au bout
de quatre ans. Si le pere fut innocent de sa mort, elle autorisa du moins
sa mere à l'en accuser dans sa douleur.
Cependant il fallut songer à une guérison, qui ne se differe pas impunément.
Tous deux firent dans le secret de vains
efforts pour l'obtenir. Le mari entreprit
même le voyage de la Capitale, mais
sans succès. La maladie ne céda ni à la
prudence éclairée du Médecin, ni à la
témérité quelquefois heureuse du Char-
latan. Il ne remporta de Paris que le
désespoir de vaincre jamais un venin in-
timement uni au principe de son existence, sans retrouver sa femme dans
un état plus consolant.

Neuf

Neuf années de filence & d'un calme apparent couvroient aux yeux du Public les douleurs domeftiques de ce ménage malheureux ; mais à la fin, l'époufe voyant fes infirmités augmenter, fe laffa d'une fociété qui lui avoit été fi fatale, & fongea férieufement au moyen de recouvrer, s'il en étoit temps encore, une fanté qui s'altéroit de jour en jour, en commençant par s'éloigner pour toujours de la fource du mal.

En 1757, elle forma fa demande en féparation de corps devant le Bailli du lieu, & demanda à prouver les faits.

1°. Le libertinage de fon mari avant fon mariage ; la maladie qui en fut le prix ; fa fauffe guérifon & fa re-chute.

2°. L'affreux partage qu'il avoit fait avec elle du mal qui le confumoit, & dont elle n'étoit pas encore guérie.

3°. Le peu de fuccès des remedes qu'il avoit été chercher dans la Capitale ; & elle attribuoit la mort de l'enfant au mal de fon pere.

4°. Elle fe plaignoit encore de mauvais traitemens ; mais ils ne furent pas

Tome IV. D

prouvés, & n'influérent en rien sur le Jugement.

Le mari n'oppofa d'autre défenfe que l'affurance des Gens de l'Art, qui l'a-voient trompé fur fa guérifon. C'étoit avouer les faits ; mais il foutint que fes malheurs ne pouvoient autorifer une féparation.

Le Juge ordonna la preuve, & les témoins qui furent entendus, étoient les Chirurgiens & Médecins qui avoient traité les deux époux.

La caufe fut plaidée ; & , fur les con-clufions des Gens du Roi, la féparation fut prononcée au mois de Juin.

Le mari, loin de réclamer contre la Sentence, acquiefça à fon exécution dans deux actes confécutifs , & prit différens arrangemens pour la reftitu-tion de la dot.

Depuis cette époque, il garda le fi-lence près de quinze ans, & l'on de-voit croire qu'il étoit confolé de la pri-vation de fon époufe, & qu'il ne con-fervoit plus d'elle d'autre fouvenir que le remords de l'avoir privée d'un mari plus vertueux que luï.

Tout à coup, au mois de Mai 1770, le mari rompt ce long filence, accufe

les premiers Juges d'avoir favorifé l'inconftance de fa femme, & vient la redemander aux Loix. Sans doute que
l'ennui de fa longue folitude lui devint
plus pefant dans un âge avancé, ou
peut-être fut-il excité par l'attrait d'un
accroiffement de fortune échu à fa femme, à troubler le repos de fa retraite.

Elle n'étoit pas difpofée à reprendre
le joug dont on l'avoit déchargée; elle
expioit encore le malheur d'avoir connu
le fieur N.... Retirée dans un couvent,
elle n'y goûtoit que la paix; fon tempérament & fa fanté étoient altérés;
elle y traînoit des jours languiffans,
& elle étoit condamnée à une vie infirme & valétudinaire.

Le mari voulut d'abord critiquer la
procédure qui avoit préparé la Sentence,
& l'infuffifance des preuves qui avoient
déterminé les premiers Juges. On avoit,
difoit-il, abufé de fa complaifance &
de fa fimplicité. Les Juges, les parens
de fa femme agirent, de concert avec
elle, pour le faire tomber dans le piége.
On précipita la procédure; on négligea
plufieurs formalités; il ignoroit les affaires; il n'avoit aucun confeil pour
l'éclairer. Il fut aifé de triompher de fa

D ij

facilité. Il espéroit lui - même que sa femme lui sauroit gré de ce sacrifice, & que cette aveugle soumission de sa part contribueroit à ramener son cœur aliéné.

C'étoit, il faut l'avouer, une étrange maniere de préparer le retour d'une épouse, que de consentir qu'on enlevât entre elle & lui la barriere d'une séparation judiciaire.

Il releva le petit nombre des témoins qui avoient formé l'enquête; mais ni lui ni son épouse n'avoient pas, sans doute, cherché à multiplier les confidens de leur triste & honteuse infirmité. Les témoins, c'étoient les Chirurgiens mêmes qui avoient tenté leur guérison, & dont il avoit reconnu la probité.

Il voulut encore-élever des nuages sur la cause du mal qui avoit souillé leur couche nuptiale. Qui sait si elle n'avoit pas son principe dans un vice héréditaire; ou encore, lequel de son épouse ou de lui, avoit été le premier auteur de leur commun malheur : mais c'étoit vouloir bien tard envelopper sa faute dans les mysteres de la Nature ; après les aveux qui lui étoient échappés,

& les preuves qu'il n'avoit ofé dé-
mentir, le repentir lui convenoit mieux
que le doute, & toutes ces critiques
ne firent pas grande impreffion fur
les Juges : heureux du moins d'avoir
mieux réuffi à fe laver du reproche le
plus cruel qu'on puiffe faire à la tendreffe d'un pere, celui d'avoir été l'affaffin de fon fils, à l'inftant même où
il lui donna la vie. Il prouva que cet
enfant avoit fait une chute, qui avoit
produit un abcès encore exiftant lorfque la petite vérole furvint, & refta
chargée du reproche de fa mort.

Vaincu fur la forme, il fallut difputer le fond, & foutenir que le mal
vénérien n'étoit pas chez nous une
caufe de féparation. Ce fut la queftion
brillante de la Caufe (a).

» Lorfqu'un homme, difoit le mari,
s'affocie une compagne, c'eft pour la
vie. Si le caprice ou l'inconftance d'une
femme étoient des titres fuffifans pour
l'affranchir de fes devoirs ; s'il lui étoit
permis d'aimer ou de haïr à fon gré

_____

(a) Ce fut M. Turpin qui plaida & écrivit
pour lui.

D iij

l'époux qu'elle a choifi, ce fexe charmant, mais foible & changeant, auroit
tout l'avantage. Maîtreffes abfolues de
notre bonheur ou de notre infortune,
les femmes nous traiteroient en efclaves, & nous feroient fouvent afpirer
à une féparation qu'elles feroient affu-
rées d'obtenir ; ou plutôt, la crainte
de fubir un joug tyrannique nous éloi-
gneroit d'un engagement dont la foli-
dité fait le principe, & dont on ne
peut envifager l'incertitude fans entrevoir les fuites les plus fâcheufes.

» Nous ne manquons point de principes pofitifs fur cette matiere importante, & nous avons adopté dans nos
mœurs ce que le Droit canonique nous
a tranfmis dans les Décrétales des Papes Alexandre III & Innocent III, &
ce que les Empereurs Théodofe, Valentinien & Juftinien ont énoncé dans
le Code & dans les Novelles.

» Confultez les Loix ; vous n'y trou-
verez point que les infirmités qui peuvent furvenir aux deux époux, pendant
la durée de leur mariage, quelque af-
freufes qu'elles foient, puiffent jamais
féparer ceux qui fe font juré de partager les plaifirs & les peines de leur

vie, ni priver un époux de l'adminiftration qu'il avoit fur la perfonne &
les biens de fa femme.

» Autrement, quel feroit l'homme
affez peu fenfé pour fe choifir une
époufe ? Il dépendroit des caprices de
la Nature de lui enlever en un moment ce qu'il auroit de plus cher au
monde, fa femme, fes enfans, fon
repos, fa fortune : à l'inftant même où
les fecours lui deviendroient plus néceffaires, être ifolé dans fa famille,
abandonné de ceux dont il faifoit le
bonheur quand il jouiffoit de la fanté ;
il ne lui refteroit plus qu'à gémir fur
la cruauté de fa deftinée ; &, livré au
défefpoir, il fuieroit, faute de confo-
lation & d'appui, une vie douloureufe,
qui fe feroit prolongée, fi fon époufe
& fes enfans s'étoient réunis pour le
fauver. S'il exiftoit une pareille Loi, elle
feroit barbare, & l'humanité s'empref-
feroit de l'abolir.

» Ce font les maux dont notre vie
eft affligée, ce font nos imperfections
& nos vices qui nous rendent le mariage plus néceffaire. C'eft parce qu'un
homme a des foibleffes, qu'il lui importe de fe donner une famille obligée

D iv

de les tolérer par devoir. La Société
n'eſt point tenue de s'y plier ; mais
elles doivent être ſupportées par ſa
femme, elles doivent être reſpectées
par ſes enfans. Cet homme a ſes reſ-
ſources dans ſa maiſon ; il a beſoin
d'être mari & pere. Ce n'eſt pas tout ;
il trouve même dans ces titres de pere
& d'époux, de forts motifs pour ſe
réformer & devenir meilleur ; il trouve
dans ces relations de parenté qu'établit
le mariage, des objets extérieurs d'intérêt perſonnel, qui lui font ou régler
ou vaincre ſes volontés. Si donc les
fautes ou les défauts des hommes devenoient des cauſes de divorce, les nœuds
de l'hyménée ſeroient détruits par les
raiſons propres à les former : c'eſt ſur-
tout parce qu'il a des paſſions & des
penchans dépravés, qu'il n'eſt pas bon
à l'homme d'être ſeul.

» Jamais ces principes n'ont été mé-
connus : ni la paralyſie, ni le mal caduc,
ni l'épilepſie, tous ces fléaux affreux
qui déſolent l'humanité, & dont il ne
dépend pas de l'homme de ſe garantir,
n'ont jamais été mis au nombre des
cauſes de ſéparation. La lepre même,
cette maladie contagieuſe, qui empoi-

fonnoit l'habitation de l'infortuné qui
en étoit atteint, dont le venin fe com-
muniquoit à tous ceux qui l'appro-
choient; la lepre, dont le remede étoit
inconnu, & que fuivoit prefque toujours une mort affreufe, n'étoit point
une caufe de féparation.

» En vain chercheroit-on à adoucir
le portrait de ce mal hideux, en le
traitant d'indifpofition légere de la peau,
qui en varioit les traits fans la cica-
trifer, mais qui n'altéroit point les
fources de la vie.

» Les faftes de la Médecine nous
apprennent que la lepre, bien plus affreufe que la maladie de nos jours,
étoit au rang des maladies mortelles;
qu'elle altéroit la maffe du fang, portoit
la corruption dans toutes les parties
du corps, ôtoit au malade toutes
les fonétions de fes organes, muti-
loit fucceffivement tous fes membres,
& le faifoit mourir en détail & par
lambeaux.

» Si un fléau auffi dangereux n'étoit
pas une caufe fuffifante de féparation,
comment prétendre que la maladie de
nos jours puiffe en être une? Paffagere
& curable, comme toutes les indifpo-

fitions qui nous affiégent, on peut en
guérir radicalement en très-peu de
temps; comment pourroit-elle donc
éloigner pour la vie deux époux? Auffi
les Jurifconfultes ni la Jurifprudence
n'ont jamais reconnu en elle une caufe
de féparation, même lorfque le mari
fe l'eft attirée par fes débauches. On
a réfléchi que cette maladie pouvoit
être un vice héréditaire; qu'elle étoit
ordinairement la fuite des écarts d'une
jeuneffe orageufe, & que, dans le concours des deux époux, il étoit impoffible de diftinguer d'où pouvoit en pro-
venir le principe. Ce font les vices du
cœur, la cruauté, la fureur, que la
Juftice & les Loix mettent dans la
claffe des févices; elles n'y placent
point des infirmités paffageres, qu'on
peut reprocher à la Nature, mais qui
ne dépendent jamais de notre volonté:
il faut plaindre, & non pas blâmer
l'infortuné qui en eft la victime «.

» Qu'exige-t-on pour ordonner les
féparations, répondit le Défenfeur de
la femme (a)? Des févices! Eh! y en
a-t-il de plus cruelles que celles dont

_____

(a) M. Linguet.

nous nous plaignons ? Des diffamations !
Eh ! où en trouver une plus déshono-
rante ?

» Quoi ! pour un emportement paf-
fager, pour un coup violent que le
repentir a fuivi, & qui souvent laiffe
à peine des traces fensibles, une femme
eft fouftraite à l'empire de fon mari ;
& elle ne le fera pas après un attentat
qui fait circuler dans fes veines un poifon
cruel, dont les remedes les plus van-
tés n'ont jamais détruit tous les effets !
après un attentat qui flétrit fes charmes,
qui confume fa jeuneffe & fa vigueur,
qui la dévoue ou à une mort préci-
pitée, ou à une vie infirme, plus affreufe que la mort même, qui jette
fur chaque moment de cette exiftence
meurtriere, la douleur des regrets &
l'horreur du défefpoir !

» Un mot équivoque, une épithete
injurieufe, prononcée dans la colere,
une fimple marque de mépris, a quelquefois fuffi pour décider à punir
un mari imprudent, par la privation
d'une époufe que peut-être il refpec-
toit au fond du cœur ; & on ménage-
roit celui qui, fans égard pour l'innocence de fa femme, l'a expofée à de-

D vj

venir la fable & même l'effroi de la Société !

» Je veux croire, pour un moment, que ces symptômes, qui ont poursuivi le sieur N. jusque dans le sein du mariage, ne soient que les cicatrices rouvertes d'une plaie mal guérie, & qu'une seule faute ait occasionné tant de rechutes. Qu'en faudra-t-il conclure? Que cette épouvantable maladie est chez lui de l'espece la plus maligne & la plus rebelle; que la source impure où il en a puisé le principe, étoit imprégnée d'un degré d'infection peu commun; que sa malheureuse épouse, atteinte du même mal, n'a plus à espérer, comme lui, que d'éternelles douleurs, & un dépérissement incurable.

» En effet, après quatorze ans de retraite & de précautions, elle languit encore des suites funestes d'un traitement que la pudeur rend presque toujours trop tardif, & par conséquent infructueux. Elle vient de perdre le Médecin dont les soins n'aboutissoient qu'à lui donner la force de soutenir ses douleurs.

» Tel est, Messieurs, l'état de cette infortunée. Les principes de sa vie une

fois attaqués, n'ont pu se réparer. Elle
meurt tous les jours en détail, &
l'auteur de cette horrible situation ose
dire qu'il ne l'a point maltraitée ! Vous
l'avez entendu se vanter à l'audience,
qu'il n'avoit ni porté sur elle une main
coupable, ni tenu contre elle des propos injurieux. Eh ! plût à Dieu qu'il
eût épuisé toutes les autres especes de
barbaries ou d'injustices ! La vertu de
sa femme l'auroit mise au dessus des
imputations injurieuses ; la crainte d'un
châtiment prompt, le secours des voisins l'auroient sauvée des violences excessives ; la fausseté des unes, l'éclat
des autres en auroient été le préservatif
ou le remede.

» Mais ici, quelle ressource contre
un attentat couvert des apparences de
la tendresse, & consommé par le secours du devoir ainsi que du plaisir !
c'étoit à elle une vertu de s'y livrer ;
ç'auroit été un crime de s'en défendre :
& ce n'en seroit pas un que d'abuser
ainsi du plus sacré des liens ! ce n'en
seroit pas un que de joindre la cruauté
à la trahison, & d'assassiner de sang
froid une infortunée dont les sermens
les plus saints nécessitoient la confiance !

ce n'en feroit pas un que de dénaturer
l'amour, de faire fervir à la dégradation
de l'efpece, les plus précieufes reffources que la Nature ait préparées
pour la conferver !

» L'injure que le fieur N.... a faite
à fa femme, ne peut ni s'oublier, ni
fe réparer; l'ignominie dont il l'a couverte eft ineffaçable; elle lui interdit
à l'avenir toute efpece de dédomma-
gement. Quand il viendroit à mourir
aujourd'hui, quand ces liens, dont il
a fait un ufage fi criminel, feroient
enfin rompus phyfiquement, elle feroit
dans l'impoffibilité d'en contracter de
nouveaux. Qui oferoit courir le rifque
d'être le fucceffeur du fieur N.....?
Inutilement fa veuve, par la régularité
de fes mœurs, par la douceur de fon
caractere, feroit-elle chere & précieufe
à fes amis; elle eft vouée, par le titre
feul qu'elle a le malheur de porter, à
une folitude abfolue. Par ce titre, la
plus aimable des femmes feroit con-
damnée, le refte de fa vie, à être regardée comme la plus dangereufe; &
l'excès qui a opéré une diffamation auffi
cruelle, ne feroit pas un motif de féparation !

» Je vais plus loin ; toutes les autres plaintes d'une femme mécontente , les févices , les opprobres dont elle gémit , & qui fondent fes réclamations , fe bornent à fa perfonne ; c'eft fon individu feul qui eft compromis ; mais ici , c'eft fa poftérité , c'eft une famille entiere , qui ne va fortir du néant que pour donner au monde , pendant un court efpace , de nouveaux exemples de douleurs & d'infirmités , ou pour charger la terre d'une race d'êtres défigurés , rachitiques , rebut honteux , véritable opprobre de l'humanité : & le crime qui l'outrage ainfi dans fa fource , ne fera point un motif de féparation !

» La maladie dont vous vous plaignez , continue le fieur N.... du ton paifible d'un homme familiarifé avec elle , trouve par-tout des guériffeurs : rien de plus facile que de la détruire , & la Société eft pleine de mains qui s'empreffent à remplir avec fuccès cet emploi. C'eft une raifon de plus pour ne la pas mettre au rang des caufes de féparation. Il feroit à fouhaiter pour lui & pour fa femme , que fon propre exemple ne démentît pas une affertion fi hardie. Si le virus vénérien eft fi facile à détruire, pourquoi donc, plus de huit ans après sa premiere cure, s'en est-il encore trouvé infecté ? De deux choses l'une ; ou c'étoit le mal ancien qui se reproduisoit malgré les précautions, & alors le sieur N.... seroit une preuve convaincante qu'il est des especes de corruptions qui résistent à tous les remedes ; il seroit démontré que ses caresses & son amour seront, le reste de sa vie, un piége redoutable, dont la Justice ne peut trop se hâter d'éloigner une femme. Si au contraire c'est un mal nouveau, si ces indices d'un sang vicié, manifesté au milieu du mariage, sont le fruit d'une débauche récente, il nous administre donc de lui-même de nouvelles preuves de son inconduite, & la Justice doit encore moins hésiter à prononcer la séparation.

» Mais le mariage, dit le sieur N...., est une communauté de biens & de maux. Les conjoints se sont soumis à supporter les uns, comme ils ont droit de demander à partager les autres. Oui, sans doute ; mais cette communauté n'est pas celle des maux que le libertinage procure, comme ce n'est pas celle des biens dont l'origine seroit honteuse.

» On vous a cité la lepre, on vous a dit : elle n'autorisoit point les séparations : les maladies vénériennes, en a-t-on conclu, ne doivent donc pas avoir plus d'efficacité. Mais, Messieurs, quelle différence ! La lepre n'étoit qu'une maladie de la peau ; elle étoit incommode, dégoûtante, contagieuse même ; mais enfin elle n'attaquoit point les sources de la vie ; le malade, après une retraite plus ou moins longue, reparoissoit dans la Société ; il y reprenoit ses fonctions : avec des soins on se garantissoit, en le servant, d'une communication fâcheuse. L'expérience de plusieurs siecles avoit prouvé que le commerce le plus intime, la tendresse conjugale même, n'avoit rien de funeste pour une épouse prudente, & qu'elle pouvoit remplir ses devoirs en tout genre, sans compromettre sa santé. Ce n'étoit donc point là le cas d'une séparation : en est-il de même ici ?

» Si l'un des conjoints est atteint, l'autre peut-il tarder à l'être, à moins qu'ils ne fassent d'eux-mêmes ce que nous demandons aujourd'hui , à moins

qu'ils ne fe féparent volontairement,
& que l'infirme ne renonce à jouir
de fes droits d'époux ? Mais s'il eft
capable d'en ufer, malgré fon état,
comme a fait le fieur N...., il eft impoffible que la pefte qui le confume
ne devienne en peu de temps commune à fa trifte compagne, & que,
pour prix de fon exactitude à remplir
fes devoirs, elle ne fe trouve bientôt
fouillée par cette maladie odieufe, qui
attefte avec quelle audace lui-même a
violé les fiens : c'eft donc là le cas
d'une féparation.

» Et ne croyez pas, Meffieurs, qu'il
y ait jamais eu d'obfcurité ou d'incertitude à cet égard dans les opinions
des Jurifconfultes; ne penfez pas que
la Jurifprudence ait jamais varié, ni
qu'elle ait rejeté, comme on a voulu
vous le perfuader, du nombre des
caufes valables de féparation, celle
que nous produifons aujourd'hui. Peu
de femmes, il eft vrai, ont réuffi par
cette voie; mais c'eft que peu de femmes ont pu acquérir la preuve d'un fait
ordinairement prefque impoffible à établir; c'eft que, dans toutes les demandes en féparation qui ont été fondées

fur cette raifon, les maris nioient toujours un attentat dont il étoit difficile
de les convaincre ; c'eft qu'une confu-
fion impénétrable cachoit la fource du
défaftre dont les deux époux fe plai-
gnoient : tous deux s'accufoient récipro-
quement des excès qui l'avoient produit ; tous deux étoient peut-être également fondés , & la Juftice ne trouvant , ni d'une part ni de l'autre , des
preuves capables de la déterminer , la
Juftice appercevant qu'ils pouvoient être
tous deux également criminels , ne
pouvoit fe réfoudre à rien changer à
leur état ; ce n'étoit pas l'infuffifance
du moyen qui la retenoit , mais celle
de la preuve.

» Ici , au contraire , nous avons la
preuve acquife , le vrai coupable eft
connu ; des aveux de fa propre bouche
ont manifefté la vérité : écartons donc ,
Meffieurs, tout cet appareil de citations,
qui ne peuvent avoir aucune force : l'efpece eft abfolument neuve «.

Il paroît facile de réduire cette queftion à fes vrais principes. Il faut convenir d'abord que les Loix Romaines,
lorfqu'elles ont fait l'énumération des

caufes du divorce, n'ont pas compris
fous le mot de *poifon*, celui de la débauche, ni dans les mauvais traitemens,
l'indignité du mari qui le verfe dans
le fein d'une époufe fidelle, puifque
les Romains ne connurent pas cette
pefte réfervée pour nous : mais s'il eft
vrai que les Loix gouvernent les hommes moins par des fons, que par le
fens & l'idée que les fons expriment,
qu'importe que le poifon moderne foit
préparé ailleurs que dans des mains
homicides? Si fes effets deviennent auffi
funeftes, auffi meurtriers, la victime
ne peut-elle pas réclamer des Loix le
même remede? Un mari qui fouille-
roit volontairement fon époufe innocente, & qui mettroit fa vie dans un
danger imminent, en fera-t-il quitte
pour dire : Les Loix n'ont pas parlé de
moi, elles ne m'ont pas expreffément
nommé parmi les maris coupables à
qui elles arrachent leur victime? Non,
fans doute ; il faudroit être barbare ou
ftupide, pour penfer que les devoirs du
mariage obligent l'époufe à recevoir ce
genre de mort ; & il ne paroît pas douteux qu'il peut fe trouver des cas & un

concours de circonstances où cette Cause moderne devienne suffisante pour rendre une séparation légitime & nécessaire.

Les maladies qu'on a citées, & que la Jurisprudence n'a pas admises au rang des causes de séparation, ne peuvent être un obstacle à ce principe raisonnable. Elles manquent d'abord de deux caracteres, qui sont particuliers à celle-ci. Les autres sont des calamités de la Nature, qui attaquent la vertu comme le vice ; la volonté de l'homme n'y est pour rien : elles font des malheureux, & non pas des coupables ; & les époux, en s'unissant, se sont juré de partager les infirmités qu'il plaît à la Providence de leur envoyer.

Mais celle-ci est ordinairement le fruit & la punition du vice : le devoir n'oblige pas toujours celle qui en est innocente, à partager la punition. Cette corruption profane à la fois le moral & le physique du mariage ; elle déchire les liens en éteignant l'amour ; elle enfante & justifie à la fois la haine de l'épouse.

La seconde différence n'est pas moins importante : tout invite la femme à se précautionner contre les autres maladies; elle eft avertie de leur préfence par des fignes vifibles; tout la porte à s'en préferver; rien ne l'attire vers le péril : dans celle-ci, le fléau eft fous les voiles du plaifir, & la Nature elle-même entraîne l'époufe vers fa deftruction phyfique.

Ainfi l'exclufion que les Loix ou la Jurifprudence ont donnée aux autres infirmités, telle que la lepre, ou l'épilepfie, n'entraîne pas néceffairement l'exclufion du mal vénérien pour moyen de féparation.

Pourquoi donc, dira-t-on, tant d'Arrêts qui n'ont pas admis, ou qui ont formellement rejeté la preuve de ce moyen, s'il eft vrai qu'il foit légitime? Il eft facile d'en fentir la raifon. Tant qu'une queftion de cette nature fe préfente fous des apparences équivoques, que la vérité des faits paroît problématique, le fruit des recherches incertain, l'origine du mal douteufe, fes effets paffagers ou curables, & le premier coupable difficile à diftinguer; admettre légérement une pareille preuve, ce feroit ébranler le premier des fondemens de la Société, & porter une atteinte fatale à l'harmonie des mariages. Il faut que les circonstances parlent, crient contre le mari coupable ; qu'il soit prouvé l'être, & qu'il soit seul ; qu'époux despotique & contagieux, il abuse en tyran de la santé de son épouse ; que l'existence de la femme soit physiquement attaquée, & dans un danger manifeste, qu'il n'y ait plus d'autre remede que la séparation : en un mot, que la nécessité fasse violence aux Loix, & leur demande, au nom de la Nature, la conservation d'un être innocent & menacé de périr.

Si le succès des épouses qui prennent cette route est si rare, ce n'est donc pas que l'outrage manque de gravité, ni le moyen de légitimité ; c'est qu'il est difficile de réunir les circonstances fortes & impérieuses, qui peuvent seules plier la force du lien conjugal ; c'est qu'il faut de grands désordres dans l'union des époux, pour leur donner pour remede un aussi grand désordre que le divorce, qui rompt la plus douce des sociétés, divise scandaleusement les familles, compromet le sort des enfans, & offenfe l'honnêteté publique. Et où en ferions-nous, où en feroient les fociétés actuelles, fi le mal vénérien tranchoit auffi aifément les liens facrés du mariage, qu'il eft fujet à les profaner ? La Juftice fent tout le danger de reculer la barriere des Loix, à mefure que la corruption des mœurs s'étend & fait effort contre elles : peut-être qu'une fois déplacée de la bafe antique où elle fe foutient depuis des fiecles, il feroit impoffible de la replacer & de l'affermir plus loin. Ne foyons donc pas étonnés que de pareilles queftions ne foient jamais décidées dans la thefe générale, & qu'on cherche toujours à laiffer ces problèmes dangereux dans une fage & falutaire incertitude.

C'eft ce qui eft encore arrivé dans cette Caufe, où l'on attacha la décifion aux fins de non-recevoir.

Quinze années de filence, fans réclamer contre le premier Jugement, en offroient une puiffante à la femme, qui ne manqua pas de s'en prévaloir. Elle étoit écrite dans deux difpofitions de l'Ordonnance de 1667 : l'une fixe à

trois

trois ans la faculté de l'appel, dans le cas où la Partie qui a gagné sa Cause, a sommé son adversaire de déclarer s'il entend se pourvoir ; l'autre la prolonge & l'arrête à dix ans, lorsque les deux Parties sont également restées dans l'inaction & le silence après le Jugement ; les années, qui ne doivent se compter que du jour de la signification des Sentences, quand elles sont écoulées, leur donnent la force & l'autorité des Arrêts.

On répondit que cet article n'avoit jamais reçu d'exécution ; que le droit d'interjeter appel étoit une action, & devoit en avoir la durée ; que, d'après le texte de l'Ordonnance, le délai fatal ne couroit que du jour de la signification, & qu'à consulter l'esprit de la Loi, cette signification devoit être faite au domicile de la personne : formalité qui n'avoit pas été remplie.

Mais n'avoit-elle pas été suppléée par l'acquiescement formel que le mari avoit donné au Jugement qui l'avoit séparé de sa femme, dans deux actes consécutifs, dans une transaction qui offroit la preuve écrite & de sa con-

noiſſance perſonnelle du Jugement, &
de ſa volonté d'en reconnoître la juſtice ?

Il étoit difficile au mari de repouſſer
les armes qu'il avoit fournies contre
lui, & de nier des aveux & des con-
ſentemens qu'il avoit ſignés de ſa main :
il ne lui reſtoit qu'une reſſource, celle
de ſoutenir que ce conſentement ne
dépendoit pas de ſa volonté ; il la ſaiſit,
& appelant le Droit public à ſon ſecours, il ſoutint que la ſéparation des
époux en faiſoit partie, & que la dignité du mariage, le ſort des enfans,
& le ſcandale que produit le divorce,
intéreſſant eſſentiellement l'ordre public, ne peuvent être abandonnés aux
caprices d'une femme ou à la foibleſſe
d'un mari ; que le conſentement de la
Partie, ni les arrangemens qu'il leur
plaiſoit de faire entre eux, ne formoient
pas des fins de non-recevoir que la Juſtice pût admettre. En un mot, qu'on
ne tranſigeoit point, qu'on ne preſcri-
voit point contre le Droit public &
contre les mœurs.

» Les mœurs, reprit éloquemment
le Défenſeur de la femme ! que ce mot
eſt bien placé dans la bouche d'un tel

mati ! Eh ! qu'y a-t-il de commun entre les mœurs & lui ?... J'avoue qu'un accord par lequel des époux consentiroient d'eux-mêmes à ne point habiter ensemble, seroit nul de plein droit. Mais il n'en est pas de même de l'acquiescement qu'ils donnent à la décision du premier Juge, & leur obéissance alors peut-elle passer pour un concert frauduleux ? Y a-t-il donc une Loi qui enjoigne aux Parties de fatiguer les Tribunaux supérieurs de leurs contestations, & leur fasse un devoir de renouveler devant eux tous les débats que les Siéges inférieurs ont terminés ?

» En matiere criminelle, l'acquiescement même de la Partie condamnée ne suffit pas pour motiver l'exécution de la Sentence : le Législateur a voulu assurer cette ressource de plus à l'innocence découragée par la longueur de l'instruction, & la sauver de son propre désespoir, qui auroit pu lui faire préférer une mort prompte à une justification tardive, ou donner à la Société des exemples nécessaires, dont l'indulgence ou l'aveuglement des premiers

Juges auroient pû la priver. Voilà pourquoi l'appel interjeté par le Ministere public, n'est jamais subordonné aux fins de non-recevoir. Mais dans les objets purement civils, dans ceux même où son intervention est nécessaire, il a le choix d'adhérer à la Sentence, ou d'en appeler. Quand, persuadé par le résultat de l'instruction & de la soumission des Parties, il ne trouve dans un Jugement rien de répréhensible, rien que de juste, il lui est permis de manifester son approbation par le silence.

» La matiere des séparations n'est point, à cet égard, d'une nature particuliere : l'ordre public y est intéressé ; mais l'intervention du Ministere public le met à couvert : or il a concouru à la Sentence de Reims, & les fins de non-recevoir que le temps a fait naître & fortifiées, doivent avoir leur effet.

» Que reste-t-il maintenant des moyens du sieur N....? Rien, Messieurs, absolument rien, si ce n'est ce fantôme de l'intérêt public, cette crainte imaginaire de blesser la dignité du Sacrement, ou d'autoriser la révolte des femmes, dans un temps où la licence

générale ne rend déjà les bons ménages
que trop rares. Mais, Messieurs, que
notre Adverſaire ſe raſſure. D'abord il
doit être bien convaincu que des époux
auſſi dangereux que lui, ſont auſſi peu
communs que des maris ſcrupuleuſement
fidèles : enſuite il faudroit examiner ſi
ce n'eſt pas en conſacrant ſa prétention,
que les Tribunaux porteroient vraiment
un coup funeſte à l'honnêteté publique.
Il faudroit chercher ſi le goût du libertinage dans les maris, n'eſt pas encore
plus redoutable que celui de l'indépendance dans les femmes, & s'il n'eſt pas
mille fois plus à craindre de laiſſer l'un
impuni, que d'encourager l'autre.

» Hélas ! Meſſieurs, les devoirs du
ſexe, dans le mariage, ſont ſi multi-
pliés, ſes dédommagemens ſont ſi reſ-
treints ! quel effroi peut-il inſpirer ?
Il n'y a pas une Loi pour récom-
penſer ſes vertus, il y en a mille pour
proſcrire ſes écarts. Je ſuppoſe que le
ſuccès de la dame N.... pût enhardir
quelques infortunées à élever la voix
comme elle, à revendiquer les ſecours
de la Juſtice contre leurs empoiſonneurs.
Eh bien, qu'en réſulteroit-il ? Quelques

demandes en séparation, qui seroient soumises à votre jugement. Celles qui se trouveroient appuyées des mêmes moyens que la nôtre, produiroient les mêmes droits, & motiveroient le même accueil. Celles qui n'auroient à alléguer que des preuves foibles, des indices douteux, seroient rejetées. Quel éclat, quel trouble a donc à craindre la Société, de ces discussions paisibles, dont l'unique but est de diminuer dans son sein le nombre des malheureux ?

» Si, au contraire, vous prononciez en faveur du sieur N...., vous scelleriez, Messieurs, par le même Arrêt, le triomphe de l'infidélité crapuleuse. N'est-ce donc pas assez que nos Loix autorisent à poser ouvertement en principe, que l'adultere, puni dans la femme avec la derniere sévérité, ne donne pas même ouverture à la moindre plainte contre le mari ? Ah ! que celui-ci jouisse de cette préférence singuliere, qu'il ait le droit de porter impunément hors de sa maison des hommages qui font un crime pour l'objet qui le reçoit : mais qu'il lui soit au moins défendu d'empoisonner son retour. Qu'il lui soit per-

mis d'affliger fa femme par des priva-
tions , mais non pas de l'affaffiner par
des jouiffances.

» Soyez-en bien convaincus , Meffieurs , la paix commune ne fera point
altérée par la liberté dont vous affurerez
la poffeffion à celle que je défends : la
dignité du mariage n'en fera pas blef-
fée : fon indiffolubilité n'en eft pas
moins à l'abri de toute atteinte. L'infortunée n'en traînera pas moins le refte
de fes jours les liens affreux fous lefquels elle fuccombe ; elle renonce , en
cas même de veuvage , à chercher dans
les bras d'un autre , une indemnité aux
maux qu'une alliance indifcrette lui a
caufés : mais pourriez-vous la forcer
à retourner dans ceux de fon époux ?
Eh ! qu'iroit-elle y faire ?

» Il l'invite à s'y rejeter ; il offre
de la traiter en bon mari. Mais le peut-
il ? La feule idée de fa tendreffe fait
frémir. Où eft la caution que ce venin
rebelle , qui le rend fi redoutable , eft
diffipé ? Il protefte de fon amour ! Ah !
s'il veut nous rappeler auprès de lui ,
qu'il parle plutôt de fa haine «.

 Les aveux du mari , qui avoient pré-
E iv

cédé & motivé le premier Jugement,
joints aux preuves de l'enquête ; ces
aveux, confirmés par l'exécution de la
Sentence, déterminerent les Juges à le
déclarer non-recevable, par Arrêt du
16 Décembre 1771.

QUESTION d'état fur l'exiftence légale d'un mariage, & fur la légitimité des enfans qui en font nés.

ON auroit peine à croire la plupart des faits de cette Caufe, s'ils n'avoient pas été atteftés par des actes authentiques.

Comme les Parties n'étoient point d'accord entre elles fur une foule de circonftances, nous rapporterons les narrations différentes fur lefquelles elles appuyoient leur défenfe.

Efpérance-Marie époufa en premieres noces, on ignoroit en quel pays, le Marquis de Caraccioli, dont la famille eft très-confidérable dans le Royaume de Naples.

Avant 1725, le Marquis de Caraccioli habitoit la ville de Palerme en Sicile. Cette ville, comme on le fait, eft fituée à peu de diftance de ce volcan fi célébré par les Poëtes de l'antiquité fous le nom du *Mont Etna*, & actuelle-

E v

ment appelé par les habitans *le Mont Gibel.*

Le volcan devenu plus impétueux pendant le séjour du Marquis de Caraccioli à Palerme, donna lieu à un tremblement de terre assez violent; plusieurs édifices furent renversés, & le Marquis de Caraccioli, comme beaucoup d'autres, fut enseveli sous leurs ruines. Tels sont les faits que la notoriété publique apprit dans le temps aux Nations voisines.

La veuve du Marquis de Caraccioli, née Françoise, & n'ayant plus rien qui l'attachât en Italie après la mort de son époux, revint dans sa patrie.

Un Mousquetaire du Roi eut occasion de la voir, & chercha bientôt à la consoler de la perte qu'elle avoit faite, en lui proposant de former de nouveaux liens. Elle l'épousa, & c'étoit sur la légitimité de ce mariage qu'on élevoit des doutes. Plusieurs enfans sont nés de cette union ; savoir, Anne-Robert-Eutrope, né le 11 Février 1727, & baptisé comme enfant légitime : c'étoit celui qui réclamoit son état ; Marie-Anne, & Charles. Ce dernier eut pour parrain un Ministre d'Etat, & l'épouse du premier Préfident du Parlement de Touloufe.

Quelque temps après la naiſſance du dernier de ces enfans, le Mouſquetaire parut négliger abſolument ſon épouſe : un goût trop ardent pour les plaiſirs l'entraînoit vers de nouveaux objets, & les plaintes de ſa femme étoient ſuivies de ſa part de traitemens rigoureux.

Son épouſe forma, en 1736, une demande en ſéparation de corps & de biens ; elle n'eût pas fait une tentative pareille, ſi elle n'eût été que ſa concubine.

Sur cette demande, il intervint Sentence, qui condamna le mari à payer à ſon épouſe une proviſion de 3000 liv. ſans que ce dernier oſât lui conteſter ſa qualité de légitime épouſe ; au contraire, il continua de la reconnoître comme telle tant qu'elle vécut. Elle mourut en 1742, & fut inhumée avec la qualité de femme.

Ici un nouvel ordre de faits va naître ; car tout eſt étrange & ſingulier dans cette affaire.

On vient de voir qu'une mort arrivée près de la Zone torride par les ſecouſſes d'un volcan impétueux, avoit

E vj

été la cause premiere de l'engagement
que le Mousquetaire avoit contracté
avec la veuve du Marquis de Caraccioli;
on va voir qu'un voyage entrepris vers
la Zone glaciale n'a pas eu moins d'influence fur le fecond mariage qu'il a
contracté.

On fe rappelle qu'en l'année 1736,
le zele du Gouvernement pour les progrès de la Navigation le détermina à
envoyer de célebres Académiciens, les
uns vers l'Equateur, & les autres vers le
cercle polaire Arctique, pour déterminer la figure du globe terreftre.

Meffieurs Clairaut & Maupertuis furent envoyés vers le Nord.

La ville de Torno, fituée dans la
Laponie Suédoife, & placée fous le
cercle polaire Arctique, fut le fiége principal de leurs obfervations.

Le temps n'eft pas toujours propre
aux obfervations aftronomiques, & dans
leurs momens de loifir, ces Philofophes
fe plurent à fixer leurs regards fur des
objets qui étoient beaucoup plus près
d'eux; ils formerent une liaifon avec
deux jeunes Laponnes, qu'ils amenerent
en France avec eux.

On foutenoit que le pere de ces

deux étrangeres tenoit à Torno un rang distingué, qu'il étoit Chef du Conseil Souverain de cette Ville; mais rien ne constatoit la vérité de ce fait, & tout en annonçoit la fausseté. En effet, seroit-il donc dans les mœurs de ce pays, qu'un homme qualifié envoyât ses deux filles courir le monde avec des hommes qu'il n'a vus que momentanément, & qu'il ne reverra jamais?

Quoi qu'il en soit, ce fut une nouveauté intéressante pour les habitans de cette Capitale, que l'arrivée de deux jeunes Laponnes sous la conduite de deux Sages, de deux Philosophes.

Au reste, on conçoit aisément que ces jeunes demoiselles avoient besoin qu'on aidât à leur subsistance. Elles savoient qu'elles obtiendroient chacune une pension du Roi, en faisant une abjuration solennelle; elles la firent. L'aînée fit ensuite profession religieuse dans l'Abbaye du Trésor.

Quant à la cadette, elle avoit apporté des climats glacés une effervescence de passions peu conciliable avec la tranquillité du cloître; aussi se sentoit-elle peu propre à goûter les maximes d'une Religion qui les condamnoit.

C'eft ainfi qu'elle écrit en 1749 à une de fes amies à Stockholm : *Dites à ma mere de ne me plus parler de la Religion Catholique ; tous les écrits fur la Religion n'ont fervi qu'à tourner la tête à ma fœur.*

Quoi qu'il en foit, la fingularité de la fituation de la cadette, qui s'annonçoit comme voulant refter dans le monde, lui fit des partifans ; elle fut reçue avec bonté par une dame de qualité, qui lui donna un afile.

Le Moufquetaire, encore jeune alors, & naturellement amateur de tout ce qui étoit marqué au coin de la fingularité, chercha à faire connoiffance avec cette demoifelle. Il fe fentit une vive inclination pour elle : les protecteurs de cette derniere le déterminerent aifément à l'époufer, en lui faifant efpérer de l'avancer dans le fervice militaire.

Quoiqu'elle n'eût apporté de Torno ni argent ni pierreries, & qu'elle ne poffédât rien en propre, il reconnut avoir reçu d'elle une dot de 50,000 l., & ftipula d'autres conventions très-avantageufes pour elle. Leur contrat de mariage eft du 23 Novembre 1743. Cette union ne fut pas auffi heureufe que le Moufquetaire l'avoit efpéré : fes protecteurs ne firent rien pour augmenter fa fituation, & fa nouvelle époufe fit beaucoup pour la détériorer.

La diffipation dans plus d'un genre donna lieu à des murmures de la part du mari, & les murmures du mari exciterent les clameurs de la femme.

La femme, qui vouloit s'affranchir de l'autorité maritale, forma, comme beaucoup d'autres en pareil cas, une demande indifcrette en féparation d'habitation, dont elle fut déboutée par Sentence contradictoire du 6 Septembre 1753. Elle eut le courage d'en interjeter appel ; mais fon mari l'arrêta au premier pas.

Après la démarche éclatante à laquelle vous vous êtes portée, lui dit-il, je dois être fort peu jaloux de votre fociété ; & pour vous donner la facilité de vivre dans une habitation féparée, je vous ferai volontiers une penfion, quoique je n'aye rien reçu de vous.

D'après ce langage, les Parties fe rapprocherent pour ne fe plus revoir. Il fut fait une tranfaction entre elles,

& la penfion fut réglée à la fomme
de 500 livres, non compris les 300. l.
que la femme touchoit du Roi. C'é-
toit peu pour elle ; mais c'étoit beaucoup de la part de fon mari , qui n'avoit
jamais rien reçu d'elle, & dont elle
avoit déjà dérangé les affaires.

Elle s'affura donc une habitation féparée ; elle trouva des confeils & des
confolations dans fes malheurs. On lui
fit fentir qu'en prenant la voie de la
féparation , elle n'avoit pas pris celle
qu'il falloit prendre : qu'une demande
en féparation de biens auroit été plus
utile, parce qu'elle l'auroit mife à portée de réclamer pour reftitution de fa
dot une fomme de 50,000 liv. que
fon mari avoit bien voulu reconnoître
avoir reçu d'elle.

Ce confeil fut adopté avec avidité :
la demande en féparation de biens &
en condamnation de 50,000 liv. fut
formée en 1758.

Le mari fut indigné de ce nouveau
procédé de fa femme.

Les 50,000 liv. qu'il avoit reconnu
avoir reçues d'elle par fon contrat de
mariage , n'étoient qu'un don qu'il lui
avoit fait pour en recueillir le fruit après

sa mort ; mais la conduite scandaleuse
qu'avoit tenue son épouse, depuis sur-
tout sa séparation volontaire, la rendoit aux yeux de la Loi indigne de ce
bienfait ; & pour en acquérir une
preuve légale, il rendit plainte en adultere contre elle.

Sur les premieres informations, elle
fut décrétée de prise de corps & em-
prisonnée au Châtelet, où elle resta
pendant quatre ans.

Dans ce procès, cinquante-quatre témoins ont été entendus : on sait combien il est difficile d'acquérir la preuve
d'un pareil crime. La pudeur qui s'im-
mole a besoin d'un voile épais pour se
déterminer à ce sacrifice ; mais quiconque a quelque connoissance du cœur
humain, peut juger sur des indices
qui échappent aux grandes passions,
soit en public, soit devant les moindres personnes, du but auquel elles con-
duisent dans l'ombre du mystere. Le
Magistrat, qui, dans ce cas, est certain
comme homme, craint encore de condamner comme Juge : flottant entre sa
persuasion & le cri de la Loi qui lui demande des preuves physiques, il adopte
quelquefois un parti propre à concilier

l'un & l'autre : il attache au front de l'accusé l'opprobre de préfomptions violentes ; il détache fes fers, mais il le laiffe fous le poids d'une accufation fubfiftante, toujours prêt à frapper, s'il furvient de nouvelles charges : il le renvoie enfin fous un plus amplement informé indéfini, *manentibus indiciis.*

Et c'eft le fort que l'époufe éprouva par Arrêt du mois de Juin 1763.

Les Magiftrats furent tellement perfuadés du défordre qui régnoit dans fon commerce avec fon coaccufé, qu'en conféquence d'un *retentum* au bas de l'Arrêt, les deux accufés furent exilés à vingt lieues de Paris, & à vingt lieues l'un de l'autre, par lettre de cachet.

L'époufe ayant trouvé le moyen, à force de follicitations, de faire lever l'ordre, elle a reparu dans cette Capitale pour fuivre l'effet de fes demandes contre fon mari. Elle s'eft d'abord préfentée en la Cour, fon contrat de mariage à la main, & comme lui ayant apporté une dot de 50,000 l. Sur le fondement de ce titre, elle a conclu en des provifions.

Il faut en convenir, elle avoit un titre apparent, quoique fa dot ne fût que fictive, & ne préfentât qu'une donation dont elle s'étoit rendue indigne.

Le Parlement, fidele aux principes qui veulent qu'en matiere provifoire on fe décide par la nature du titre & non fur les moyens du fond, crut ne pouvoir fe difpenfer de lui adjuger les provifions demandées.

En vertu de ces Arrêts, elle a fait différentes faifies fur fon mari, entre les mains des Fermiers de la terre de Pelletot, fituée en Normandie.

Le mari, pour fouftraire le patrimoine de fes enfans aux pourfuites de fon époufe, ufa d'un privilége autorifé en pareil cas en Normandie.

On fait quelle eft en cette province la faveur du tiers coutumier, & que les enfans ont pour la réclamation de ce droit une hypotheque qui remonte au mariage de leur pere, & que le pere, pourfuivi par fes créanciers, a le droit d'en abandonner l'ufufruit à fes enfans à leur préjudice.

Le mari a jeté un coup-d'œil fur les triftes débris de fa fortune; il a

vu que ce qui lui reſtoit de biens ne
ſuffiſoit pas même pour remplir ſon
fils de ſon tiers coutumier. Par acte
du 22 Mars 1768, il a fait démiſſion
au profit de ſon fils, de l'uſufruit de
tous les biens dont il jouiſſoit.

Cette diſpoſition anéantiſſoit l'action de ſon épouſe, & mettoit ſon fils
à portée de faire lever les ſaiſies.

Elle a ſenti la néceſſité d'attaquer
cet acte, & de conteſter même la légitimité des enfans ſortis du premier
mariage de ſon mari avec la veuve du
Marquis de Caraccioli. Voici les faits
ſur leſquels elle appuyoit ſa défenſe, &
la maniere dont elle faiſoit l'hiſtorique,
tant de la vie de ſon mari que de la
ſienne.

» Je ſuis née dans la ville de Torno,
aux extrémités de la Suede.

» Mon pere a ſervi dans les armées
du Roi de Suede en qualité de Capitaine de Cavalerie : il étoit premier
Conſeiller du Conſeil Supérieur de la
ville de Torno, & ma mere étoit d'une
famille illuſtre, également diſtinguée
en Suede dans l'Epée & dans la Robe.

» J'étois parvenue à cet âge heureux
où toutes les facultés de l'eſprit ſont

développées, lorsque M. de Maupertuis, envoyé par le Roi pour faire de
nouvelles découvertes utiles à l'Astrono-
mie, s'arrêta à Torno.

» Les hommes recommandables s'em-
parent, à la premiere vue, de l'admira-
tion & de l'estime ; tout en eux porte
un caractere de persuasion auquel il est
difficile de résister ; & tel fut l'effet
que produisirent sur mon esprit l'attachement de M. de Maupertuis aux vérités de notre Religion, & la pureté de
ses mœurs.

» Ce fut un trait de lumiere qui des-
silla mes yeux ; je saisis avec avidité la
vérité que je reconnus, & chaque jour
ne fit plus que m'affermir dans la résolution de m'attacher pour jamais à la
Religion Chrétienne.

» A l'âge de 19 ans, j'osai concevoir
le projet de quitter ma patrie & de
venir implorer la protection des Loix
de la France.

» Ma sœur étoit dans les mêmes dispositions.

» Nous trompâmes la tendresse de nos
parens, en les assurant d'un prompt
retour ; nous reçûmes leurs derniers
embrassemens ; nous rompîmes tous les

liens de la Nature, & nous renonçâmes à tous les biens d'une famille opulente, pour nous confacrer à la Religion que nous avions adoptée.

» Notre fortie du Royaume n'eut rien de clandeftin ou de répréhenfible. Le paffe-port qui nous avoit été été donné par les Magiftrats fouverains de Stockholm avoit été affiché pendant trois mois avant notre départ, fuivant l'ufage du pays.

» Jufqu'alors nous n'avions eu pour guide que le flambeau de la Religion; nous approchâmes de cette Capitale, où une foule de dangers peuvent expofer la vertu même la plus affermie au naufrage.

» Mais la piété, toujours active & vigilante, nous avoit fait ouvrir un port affuré : la Communauté de l'Inftitution Chrétienne nous reçut dans fon fein ; & après plufieurs mois d'une épreuve qui perfectionna notre vocation, nous abjurâmes le Luthéranifme.

» Madame la Ducheffe d'Aig....., l'une de nos généreufes protectrices, avoit pris tant d'intérêt à nous, que je n'eus plus d'autre afile que fon hôtel; & elle me combla de fes bienfaits.

» Je jouiſſois alors d'un ſort trop
heureux ; je devois être éprouvée par
les malheurs les plus cuiſans pour un
cœur ſenſible.

» Il y avoit près de cinq années que
j'étois chez madame la Ducheſſe d'Aig..,
lorſque le ſieur de P...., Mouſquetaire, ſe préſenta pour obtenir ma main.
Sa naiſſance & une fortune conſidérable parloient en ſa faveur ; il fut agréé,
& il reçut en dot 50,000 livres, qui
compoſoient toute ma fortune.

» La vie d'une femme qui eſt unie
à un homme ſans mœurs & ſans déli-
cateſſe, eſt une chaîne continuelle de
malheurs.

» Elle peut bien ſe rendre le témoignage que ſon cœur ſera toujours vertueux, mais elle ne peut pas dire que
ſa vie ne ſera jamais ſouillée de l'empreinte du crime : j'ai fait une triſte
expérience de cette vérité.

» Mon mari, ſous des dehors honnêtes, cachoit un cœur dépravé, dans
lequel toutes les ſemences de la vertu
étoient éteintes, qui n'avoit plus de
ſentiment que ceux de la débauche,
& dont l'horrible tendreſſe s'exhaloit
en injures groſſieres, & mettoit en

danger la vie de celle qui en étoit le malheureux objet.

» Implacable ennemi, tous les moyens servoient également à sa vengeance; ma vie n'a plus été qu'une suite de traverses & d'afflictions.

» Mon mari rendit sa maison le théatre de mille débauches; je fus forcée de ne voir sans cesse autour de moi que des filles publiques. Elevée dans l'innocence & la sagesse, j'étois le jouet de ces impudentes assemblées.

» Aussi-tôt après mon mariage, j'étois devenue enceinte : c'étoit un nouveau titre qui devoit me rendre chere à mon époux ; mais la Nature parloit en vain à son cœur corrompu, il étoit sourd à sa voix, & j'étois sans cesse accablée des traitemens les plus cruels.

» J'étois traitée de la même maniere par trois enfans naturels, qu'il m'avoit présentés quelque temps après son mariage.

» Ces enfans étoient les restes de ses débauches avec une femme nommée Caraccioli.

» J'opposai toujours aux mauvais traitemens de mon époux une douceur inaltérable; mais enfin, après cinq années

de

de souffrances, je fus obligée de me plaindre, & de demander ma sépara-tion de corps & de biens.

» Il n'y eut jamais de plus justes moyens de séparation, & la Justice se seroit empressée de m'arracher des mains de l'oppression; mais son Temple se ferma, & ne rendit plus ses oracles.

» L'oppression sous laquelle on me faisoit gémir, en devint plus rigou-reuse; mon mari, ses enfans naturels, & des personnes qui leur étoient dé-vouées, venoient m'insulter impuné-ment; on me faisoit éprouver toutes les horreurs de l'indigence.

» Les Loix n'avoient point d'orga-nes dans ce moment; je les aurois inuti-lement réclamées: je fus obligée de sous-crire une transaction, où tous mes droits furent sacrifiés.

» Mon mari s'est joué des engage-mens qu'il y avoit contractés; & man-quant toujours du dernier nécessaire, je ne subsistois que par des emprunts & par les bienfaits de personnes chari-tables.

» J'eus alors recours à l'autorité des Magistrats, qui, par des Arrêts multi-pliés, ont condamné mon mari à me

Tome IV. F

payer 2000 livres de penſion alimentaire.

» J'ai été obligée, pour jouir de l'effet de ces Arrêts, de faire des pourſuites ; mais mon mari eſt parvenu, par des conteſtations ſans nombre, à les rendre infructueuſes, & il en a conçu un reſſentiment d'autant plus dangereux, qu'aucun frein ne pouvoit le retenir.

» Il avoit ſouvent éprouvé que l'honneur étoit à mes yeux le bien le plus précieux, le plus cher à mon cœur. Il oſa me flétrir par les accuſations les plus honteuſes ; il a ramaſſé dans la crapule & la débauche, où lui-même étoit plongé depuis long-temps, une vile cohorte de témoins, dont la langue dévouée au menſonge & à l'impoſture, diſtilla contre moi le venin le plus noir de la calomnie ; il me fit traîner dans ces cachots affreux, qui ſont le ſéjour du crime & du déſeſpoir ; j'y ai gémi pendant deux années dans l'aviliſſement & dans l'opprobre, & je n'en ſuis ſortie qu'avec l'empreinte des ſoupçons qu'entraîne à la ſuite un plus amplement informé.

» Depuis cette époque, retirée dans

la solitude, j'attendois du temps & des circonstances quelque trait de lumiere qui dessillât les yeux de mon mari, & pût étouffer les semences de haine qu'il avoit dans le cœur ; mais je m'étois trompée en espérant un changement semblable : pour consommer sa vengeance, il vouloit me faire périr de misere.

» Les poursuites que j'avois faites m'avoient procuré quelques foibles secours ; mais ils avoient été arrêtés par le fils naturel de mon mari.

» C'est à regret que je suis obligée de retracer l'histoire scandaleuse de la dame Caraccioli, mere de cet enfant ; mais elle est indispensable pour ma défense.

» Cette femme, née au Mans, y avoit été trompée par un étranger qui prenoit le nom de Caraffa, Marquis de Caraccioli, avec les titres somptueux de Chevalier de la Clef d'or du Saint-Empire, & d'Officier-Général des Armées de l'Empereur. Après l'avoir épousée, & après en avoir eu plusieurs enfans, il l'avoit abandonnée.

» La dame Caraccioli, jeune encore, s'étoit attachée à un Officier qui étoit

F ij

en garnison au Mans., & qu'elle croyoit
le fils d'un homme puissamment riche.

» Cet Officier s'en amusa, l'emmena
à Paris ; mais il ne put l'y soutenir,
& dans un souper de débauche, il la
céda au sieur de P...., mon mari, qui
étoit son cousin-germain.

» Celui-ci l'avoit reléguée dans le
château d'une de ses terres, où il l'a-
voit conduite avec le titre de sa femme.

» Cette concubine, enorgueillie de
ce titre, n'oublia rien pour l'obtenir
réellement ; ne pouvant prouver qu'elle
fût dégagée de ses premiers liens,
elle voulut engager le sieur de P.... à
fabriquer un faux extrait mortuaire
de son premier mari.

» Sur le refus du sieur de P...., elle
se porta au plus violent désespoir ; elle
attenta à sa vie ; on la trouva pendue
dans son appartement, & n'ayant plus
qu'un souffle de vie. Heureusement on
lui donna de prompts secours, qui la
rappelerent à la vie.

» Peu de temps après, elle eut recours à une nouvelle ruse ; elle fit courir le bruit qu'une main ennemie, pour
lui ravir son état, avoit déchiré la
feuille des registres de la Paroisse de

Sevis, sur laquelle étoit inscrit l'acte de célébration de son mariage avec le le sieur de P.....; mais au moment de la mort, cette femme a avoué son imposture en présence du Promoteur de l'Officialité de Rouen, & elle a déclaré qu'elle n'avoit jamais su ce qu'étoit devenu son mari, & que jamais elle n'avoit été mariée au sieur de P.... «.

Voilà les détails que la dame de P... prétendoit tenir de son mari même; & elle en concluoit, que les enfans provenus de ce commerce criminel étoient des bâtards.

Le Défenseur du sieur de P.... fils divisa ses moyens en deux parties. Il soutint, 1°. que le sieur de P..... fils n'avoit aucune incapacité dans sa personne, & qu'étant légitime, son pere avoit pu faire une démission en sa faveur.

2°. Que l'acte étoit valable suivant la Coutume de Normandie, où les biens étoient situés.

L'incapacité qu'on prétendoit exister dans la personne du sieur de P...., étoit la bâtardise : il n'est pas douteux que s'il étoit bâtard, il étoit incapable

F iij

de prendre le tiers-coutumier dont son pere lui avoit abandonné la jouissance.

Mais pour enlever le bénéfice de cet acte, il falloit donc que la dame de P.... commençât à prouver que le sieur de P.... étoit réduit à la honte de la bâtardise.

C'étoit à elle à prouver, parce que c'étoit elle qui inquiétoit le sieur de P.... dans sa possession, & que tout demandeur est obligé de justifier du fait sur lequel il fonde sa demande.

Qu'est-ce d'abord que la possession d'état? C'est la possession de la place qu'un citoyen occupe dans une famille.

Cette possession a toujours été regardée comme le titre le plus recommandable en matiere d'état.

Dans ces temps où la simplicité des mœurs en garantissoit l'innocence, un citoyen n'avoit d'autres preuves de son état que la possession même de la place qu'il occupoit dans une famille.

Un enfant naissoit, il étoit élevé sous les yeux du pere comme son fils, il le présentoit comme tel à sa famille, à ses amis; il croissoit avec ce titre, le public en étoit instruit; & cette opinion toujours soutenue, que tel étoit fils de tel, faifoit la preuve de fon état; la bonne foi n'en exigeoit pas d'autres.

Mais les progrès de l'efprit & des Arts ont multiplié les befoins des hommes, & les befoins ont malheureufement étendu l'empire des paffions. Les Loix ont dû prendre des précautions nouvelles pour réprimer leurs entreprifes; ainfi, les Romains, les Légiflateurs du monde, dans la crainte que l'intérêt ne fubftituât un enfant à un autre, ou qu'un enfant, fruit de la débauche, ne prétendît aux honneurs de la légitimité, établirent l'ufage des tables fur lefquelles étoient gravés le jour de la naiffance des citoyens, leur nom & celui de leurs auteurs. Mais fi le titre primordial étoit égaré ou perdu, la poffeffion d'état n'en étoit pas moins décifive, & c'eft ce qui fait dire à la Loi Romaine, *ftatuum tuum natali profeffione perditâ, mutilatum non effe certè juris eft.*

Nos Légiflateurs ont imité la fageffe des Romains par différentes Ordonnances, & entre autres par celle de 1667; ils ont voulu, pour affurer l'état des hommes, que leur naiffance, leur

F iv

mariage & leur mort fuſſent conſignés
dans des regiſtres publics. Mais ces précautions, toutes ſages qu'elles ſont, ne
ſuffiſent point encore pour aſſurer l'état
d'un Citoyen ſans la poſſeſſion. La mé-
chanceté peut abuſer de tout, & des
individus étrangers à ces actes publics,
pourroient ſouvent ſe les adopter, ſi
une poſſeſſion d'état contraire, ou un
défaut abſolu de poſſeſſion d'état, ne les
empêchoit d'y prétendre.

La poſſeſſion eſt donc, encore une
fois, chez nous, comme dans l'ancienne
Rome, la plus forte preuve que l'on
puiſſe rapporter en matiere d'état. Les
preuves littérales périſſent, ou par le
laps de temps, ou par des incendies,
ou par mille accidens divers : mais
la poſſeſſion d'état eſt toujours vivante;
ſa voix eſt une voix publique comme
celle de la Loi, elle frappe tous les
yeux, elle parle à toutes les oreilles.

Un enfant eſt-il en poſſeſſion de
l'état de fils légitime de tel ou tel, la
Juſtice l'y maintient toujours, juſqu'à
ce que celui qui l'attaque ait démontré qu'elle eſt injuſte. Cet enfant n'eſt
point obligé de juſtifier d'actes qui ne
ſont point de ſon fait, de rapporter

d'extrait de célébration de mariage de
ses pere & mere, parce qu'il n'est point
obligé de savoir dans quels lieux ils ont
contracté, parce que des registres peuvent être perdus, parce qu'il peut y
avoir des lacérations, parce qu'en un
mot, celui qui est en possession de l'état
d'enfant légitime, a la présomption de
droit en sa faveur.

Ce principe est fondé sur la Jurisprudence la plus constante & la plus
universelle de tous les Tribunaux du
Royaume : il suffit de parcourir nos
Arrêtistes, pour trouver dans leurs re-
cueils une foule de monumens qui cons-
tatent cette vérité. Il ne s'agissoit donc
que d'examiner si le sieur de P.... pouvoit invoquer ce moyen. A-t-il en
effet pour lui la possession d'état de
fils légitime du sieur de P.... son pere,
& de la demoiselle de P..... sa mere?

La possession d'état se reconnoît à
trois caracteres, *nomen*, *tractatus*, &
fama.

Un enfant légitime doit porter le
nom de son pere, *nomen* ; un bâtard
pour l'ordinaire ne le porte pas.

Celui qui n'est coupable que d'une
foiblesse, respecte encore les mœurs.

E v

Son bâtard n'a dans le public qu'une exiſtence obſcure & cachée ; il ne veut pas que cet enfant faſſe rougir ſon auteur. Ainſi, le fils qui porte le nom de ſon pere, a pour lui le premier caractere de la légitimité.

L'enfant légitime doit être traité comme tel par ſon pere & par ſes parens, avec ces égards, cette piété tendre, dont la Nature & la Religion font une douce Loi, & non avec cette commiſération pénible pour celui qui l'accorde, & humiliante pour celui qui la reçoit, telle que celle qu'on doit au malheureux fruit de ſa foibleſſe & de ſa honte.

L'opinion publique doit le regarder comme tel, *fama*.

Or le ſieur de P.... fils réuniſſoit ces trois caracteres. Les trois époques les plus propres à conſtater l'état des hommes, ſont celles de ſa naiſſance, mariage & ſépulture, parce que ces ſortes d'événemens intéreſſent une famille entiere.

1°. C'eſt le ſieur de P..... lui-même qui a préſenté ſes enfans comme légitimes pour être baptiſés ; il étoit préſent à cette cérémonie religieuſe ; c'eſt lui-même qui avoit été aux pieds des Autels remercier l'Etre suprême de la fécondité d'une union sanctifiée par le Sacrement de mariage.

2°. Un de ses enfans avoit été nommé par M. de M...., Ministre d'Etat, & par madame de M...., veuve d'un Président à Mortier du Parlement de Toulouse ; à qui persuadera-t-on que des personnes aussi distinguées aient voulu se rendre complices d'une union criminelle, & protéger le vice & la débauche ?

3°. La possession d'état de la mere venoit à l'appui de celle des enfans. D'abord une foule de lettres du sieur de P.... attestoient qu'il avoit reconnu la demoiselle D...... pour son épouse légitime ; il lui donnoit le nom de sa chere femme, & ses lettres étoient adressées à madame de P.... S.... en son château. Une seconde preuve de la possession d'état de la mere, se tiroit d'une demande en séparation d'habitation, qu'elle avoit formée en 1736 : or, qui pourra imaginer qu'une concubine, qu'une femme qui sait qu'elle n'est point mariée, ait l'audace de porter

F vj

dans les Tribunaux une prétention pareille, au risque de voir dévoiler tout-à-coup sa turpitude? & qui pourra surtout se persuader qu'après une démarche aussi indiscrete, le sieur de P.... n'eût pas renvoyé une concubine insolente, qui ne lui étoit attachée par aucun lien légitime?

Cependant elle obtint une provision de 3000 liv., & elle se retira à Rouen, dans le couvent du Saint-Sacrement, où elle mourut, & fut enterrée comme épouse légitime du sieur de S.....: son inhumation fut faite en présence de son enfant; & son époux lui rendit les derniers devoirs en signant l'acte mortuaire.

Depuis la mort de son épouse, le sieur de P.... a marié sa fille comme légitime, & le contrat a été signé de la famille. Le sieur de P..... fils a été également marié comme fils légitime: ce qu'il y avoit de plus remarquable, c'est que la dame de P.... elle-même avoit alors reconnu authentiquement & solennellement sa légitimité.

En falloit-il davantage pour prouver la possession d'état du sieur de P....?

Non, sans doute. Il s'est présenté peu de Causes de cette espece dans les Tribunaux, où la légitimité contestée fût plus évidente : aussi le Parlement de Paris s'empressa-t-il, par son Arrêt rendu sur les conclusions de M. l'Avocat Général de Vaucresson, le 16 Janvier 1772, de confirmer l'état des enfans du sieur de P.....

AFFAIRE DE MONTBAILLY.

Montbailly avoit reçu le jour à Saint-Omer, de parens honnêtes. Les premieres années de fa vie n'eurent rien de remarquable. Son éducation, proportionnée à fa naiffance, développa la douceur de fon caractere, & un goût vif pour les chofes honnêtes. Il eut le malheur de perdre fon pere, & de voir fa mere paffer bientôt à de fecondes noces; mais cette union ne fut pas de longue durée.

La mere de Montbailly avoit entrepris, quelque temps avant fon fecond mariage, une manufacture de tabac; depuis fon veuvage, elle avoit continué ce commerce; elle avoit chargé fon fils qui demeuroit avec elle, de veiller à fes intérêts, & d'avoir l'infpection fur fes ouvriers.

Une jeune fille, nommée d'Annel, née de parens pauvres, mais honnêtes, fut admife dans l'atelier de la mere de Montbailly. Sa jeuneffe & fes charmes ne tarderent pas à faire impreffion fur le cœur de ce jeune homme : la facilité qu'il avoit à chaque inftant de la voir & de lui parler, décida leur penchant mutuel. Bientôt des fignes extérieurs annoncerent la foibleffe de cette jeune fille : Montbailly, fidele aux loix de l'honneur, s'empreffa de s'unir à fon amante, & de fe l'attacher par des liens indiffolubles.

Dans le choix d'une compagne, on voit qu'il ne confulta que fon cœur. L'indigence des parens de celle qu'il aimoit, ne lui fervit point de prétexte pour s'affranchir des promeffes échappées dans le délire de la paffion. Il n'y vit au contraire, dans le calme qui fuit la jouiffance, qu'un motif de plus d'accomplir fon devoir, & de réparer la faute qu'il avoit fait commettre. Ces jeunes époux, qui n'avoient écouté que leur penchant pour s'unir, devoient fans doute fe promettre des jours heureux; mais des querelles domeftiques altérerent bientôt leur bonheur. La mere de Montbailly, qui avoit eu jufqu'alors la plus grande tendreffe pour fon fils, ne vit plus en lui qu'un infenfé, qui avoit facrifié les avantages de la fortune à une paffion ridicule; & dans celle qu'il s'étoit af-

fociée pour époufe, une victime dévouée à fa haine. Cette averfion fe
manifefta bientôt. Chaque jour vit
croître fes emportemens & fes fureurs.
La Nature venoit d'accorder à ces jeunes époux un gage de leur amour. Cet
événement, qui ne devoit faire naître
dans le cœur de l'aïeule que des fentimens de tendreffe, n'y devint au contraire qu'un germe nouveau de divifions & de querelles.

Depuis long-temps elle étoit efclave
d'une paffion aviliffante. Elle avoit la
fatale habitude de s'enivrer de ce poifon, qu'on appelle fi improprement
eau-de-vie. Son fils avoit déjà, plus
d'une fois, employé les repréfentations
les plus touchantes pour la ramener à la
raifon. Ces confeils refpectueux lui parurent autant d'outrages : elle ne fe cor-
rigea point ; feulement, pour n'avoir
plus à rougir devant lui, elle attendit,
pour fe livrer à ce penchant groffier,
que l'abfence de fon fils la laiffât libre.
Ces occafions n'étoient malheureufement que trop fréquentes.

Montbailly avoit des goûts auffi innocens que ceux de fa mere étoient dépravés. Il fe plaifoit à élever des plantes,

à cultiver des fleurs. Dans ses momens de loisir, il voloit à ses délassemens champêtres : plaisirs purs, simples amusemens, qui n'ont de charmes que pour les ames douces & honnêtes.

La mere de Montbailly, malgré les précautions qu'elle prenoit pour se livrer, sans témoins, au plaisir qui troubloit sa raison, se trouvoit encore souvent dans ce honteux état exposée aux regards d'un témoin. Ce témoin importun étoit sa belle-fille ; elle résolut de l'écarter & de s'en défaire.

Cette femme violente avoit déjà, par plus d'une scene, fait éclater sa haine pour l'épouse de son fils. Elle signala sa violence par de nouveaux emportemens ; elle eut recours aux menaces, elle l'accabla d'injures, & chercha, par toutes sortes de mauvais traitemens, à lui rendre le séjour de sa maison insupportable. Elle vint à bout de son dessein ; sa jeune & malheureuse victime, effrayée de ses emportemens, & voulant mettre sa vie à l'abri de ses violences, alla chercher un asile dans la maison paternelle.

Un mois s'étoit écoulé depuis qu'elle avoit retrouvé la paix dans le sein de

sa famille, lorsque son mari la con-
jura de revenir ; elle refusa. Il fallut,
pour la faire céder aux instances de son
époux, que la Justice lui ordonnât de
rentrer dans cette maison funeste. Elle
y retrouva la discorde & la haine. La
mere de Montbailly, pour annoncer
une rupture ouverte, se retira dans sa
chambre, & résolut d'y vivre séparément ; mais cette retraite lui parut bientôt une sorte d'exil, où il lui sembla
qu'elle étoit plus esclave que libre; elle
voulut en sortir pour reprendre un
empire absolu dans sa maison, & en
chasser tout ce qui pouvoit gêner ses
penchans; elle demandoit, elle vouloit
une séparation entiere, & ses enfans
ne pouvoient jamais être assez éloignés
d'elle.

Pour faire exécuter ses volontés, la
mere de Montbailly eut recours à l'autorité de la Justice. Le 26 Juillet 1770,
à sept heures & demie du soir, elle
leur fit faire une sommation de sortir
de sa maison dans vingt-quatre heures.
Ce fils respectueux ne se défendit que
par des larmes. Plein de confiance dans
la tendresse d'une mere, il conçut l'espoir de la fléchir ; il vole à sa cham-

bre., & se prosterne aux pieds de son
lit. Tremblant & immobile, il lui annonce son saisissement par ses sanglots,
& par ce langage muet & si éloquent
de la douleur. Ses larmes eurent l'effet
qu'il en avoit espéré. Montbailly vit sa
mere s'attendrir, & la Nature reprendre ses droits. Il profita de ce moment
pour la conjurer, au nom du plus tendre amour, de ne point se séparer de
ses enfans; il lui exposa le danger d'une
pareille solitude pour une femme de
son âge; il lui rappela les périls qu'elle
avoit déjà courus: enfin, désarmée par
ses prieres, & prête à renoncer à son
projet, elle répondit ces paroles, qui
annonçoient assez le changement de
son ame : *nous verrons cela demain.*
En effet, un instant après, elle vint,
en signe de réconciliation, passer une
heure avec ses enfans ; ensuite elle se
retira dans sa chambre pour se livrer
à sa fatale habitude. Les jeunes époux
s'applaudissoient de cet heureux changement ; ils se promettoient de voir
bientôt leur mere oublier ces sentimens
de haine dont elle leur avoit fait res-
sentir l'amertume, & répandre le bonheur & la paix sur leurs jours. Pleins

de cette douce confiance, ils cherchent le repos qui les fuyoit depuis si long-temps. Ils s'endorment..... Mais quelle scene horrible devoit s'offrir à leur réveil !.....

Le lendemain, une ouvriere se présente à sept heures du matin à la porte de la mere de Montbailly., pour travailler chez elle. Montbailly la prie d'attendre quelques instans, parce que sa mere n'est point encore levée. Une heure s'écoule, cette femme s'impatiente, & prie Montbailly d'éveiller sa mere. Alors Montbailly ouvre la porte de sa chambre, il entre.... qu'apperçoit-il ? Un cadavre livide & souillé de sang..... *Ah ! mon Dieu*, s'écria-t-il, *ma mere, ma mere est morte!* Il veut s'élancer vers cet objet lugubre; l'horreur dont il est saisi l'arrête; il perd l'usage de ses sens; il tombe sans connoissance; l'image de la mort est dans tous ses traits; on tremble pour ses jours; on appelle un Chirurgien, qui, par ses secours, arrête les progrès de la douleur, & le rappelle à la vie.

Tandis que le malheureux Montbailly est, pour ainsi dire, entre les bras de la mort, sa femme, toute éplo-

rée, fait retentir l'air de fes cris. Elle
nomme fa belle-mere ; elle croit, dans
l'égarement de la douleur, elle croit
qu'il eft encore poffible de lui rendre
la vie; elle appelle du fecours, plufieurs
femmes accourent à fes cris ; mais à
peine elles ont apperçu le corps livide,
qu'elles voient l'inutilité de leur foin ;
on s'empreffe d'enlever à des enfans
ce fpectacle d'horreur; le jour des fu-
nérailles eft fixé. Le fon lugubre des
cloches annonçoit déjà cette funebre cérémonie, lorfqu'un bruit fe répand
tout à coup. On s'affemble, on raconte
cette aventure ; on plaint le fort de
cette femme ; on cherche, on fe demande les caufes de fa mort tragique
& foudaine. La malignité, la calomnie les ont bientôt imaginées ; les têtes
s'échauffent, chacun invente des circonftances. La prévention réalife ces
bruits fabuleux, & donne des preuves
à la calomnie. Un murmure univerfel
s'éleve dans toute la ville ; au lieu
d'attribuer la mort à une caufe naturelle, on préfere d'outrager la Nature,
& d'accufer les enfans. Bientôt les malheureux ne font plus en fûreté fous la
fauve-garde de leur innocence; bientôt ils

ne font plus, aux yeux d'une multitude aveugle & prévenue, que deux enfans dénaturés, que deux cruels parricides, qu'il faut livrer à la févérité de
la Juftice.

Cette rumeur générale vient frapper
les oreilles du Magiftrat, & l'avertir
qu'il s'eft commis un crime. Ce Magiftrat rend plainte ; Montbailly ne
penfoit pas alors que le malheur qu'il
pleuroit, pût être fuivi d'un malheur
plus affreux encore ; il étoit loin d'i-
maginer l'horrible foupçon femé dans
toute la ville ; dans la paix d'un cœur
innocent, ce fils malheureux ne reffentoit encore d'autres chagrins que ceux
que lui caufoit la perte d'une mere ;
uniquement occupé de fa douleur, il
verfoit des larmes fur fon cercueil,
lorfqu'il voit tout à coup chez lui des
Officiers de Juftice, avec l'appareil qui
annonce la recherche d'un crime ; il
voit un Commiffaire dreffer un procès-
verbal ; il voit enlever publiquement
le cadavre par ordre du Magiftrat ; tous
ces actes lui faifoient preffentir de
quel crime il étoit foupçonné. Le ca-
cavre eft tranfporté à l'Hôtel de ville,
un Médecin & deux Chirurgiens font

appelés pour en faire la visite, & ils en rédigent leur procès-verbal. Dans le trouble de ses idées, Montbailly sentoit déjà toute l'horreur de sa situation ; il voyoit l'affreux soupçon dont il étoit flétri. Cette pensée bouleversoit son ame ; mais le sentiment de son innocence le rassura ; il se reposoit sur elle, lorsqu'on vint l'arracher avec violence de sa maison ; il se vit ignominieusement traîné dans le séjour des scélérats, avec sa femme. Ce fut en vain que ce couple infortuné aspiroit à la douceur de souffrir du moins & de pleurer ensemble ; ils furent contraints d'aller gémir séparément dans les cachots. Respecter, chérir sa mere, la perdre par un événement tragique & cependant naturel, être pris pour son assassin, éprouver pour ce crime affreux toute l'horreur qu'il inspire à une ame vertueuse, être regardé comme un scélérat, & sentir en soi l'innocence, en avoir Dieu pour témoin, & ne pouvoir la rendre visible aux yeux des hommes ; tel étoit l'excès d'infortune où Montbailly se voyoit réduit. Ce n'étoit pourtant que le prélude des malheurs qui alloient suivre.

On déploie à leur vue tout l'appareil des formes effrayantes de la Justice criminelle : les deux accusés font appelés du fond de leurs cachots, pour être interrogés ; ils subissent ces questions préparées pour déconcerter les coupables, & surprendre le crime au fond de leur conscience. Au nom de parricide, Montbailly recula d'horreur, & la dénégation la plus ferme sortit plusieurs fois de sa bouche, avec tous les signes de l'indignation & de l'étonnement dont il étoit saisi : ce fut aussi inutilement que l'on espéra que sa femme, plus foible & plus timide, laisseroit peutêtre échapper son secret ; on ne put tirer d'elle l'aveu d'un crime imaginaire ; leurs réponses, sans être concertées, se trouverent uniformes, & leurs bouches ne varierent jamais.

Les Juges de Saint-Omer, convaincus de leur innocence, auroient sans doute rompu leurs fers ; mais la nature du crime, son atrocité, & les indices qui paroissoient se réunir contre les accusés, les déterminerent à prononcer un *plus amplement informé d'un an*, *pendant lequel temps ils tiendroient* *prison*. Cette condamnation dut leur

paroître

paroître rigoureuse. Loin de redouter la présence des Juges, ils avoient désiré de paroître devant eux ; ils les avoient regardés comme leurs vengeurs ; ils avoient espéré qu'ils briseroient leurs chaînes, & que sans doute ils ne tarderoient pas à les faire sortir de leurs cachots en triomphe & avec tous les honneurs de l'innocence reconnue. A ce premier Jugement ils virent s'évanouir ces idées flatteuses, & les portes de leur prison se refermer sur eux. Sans doute ils commencerent à perdre de la confiance qu'ils avoient eue dans leur innocence, & à s'effrayer de l'avenir. Le Procureur du Roi, selon l'usage, appela de là Sentence *à minimâ.* Ces malheureux ressentirent peut-être encore quelque joie, en apprenant que leur destinée alloit dépendre des Magistrats souverains. Peut-être ils espérerent, en passant dans les mains de ces Juges, que ceux-ci les releveroient de l'opprobre, & que leurs regards, plus perçans, sauroient mieux lire dans leur conscience.

En conséquence de l'appel du Procureur du Roi, Montbailly & sa femme furent transférés dans une nouvelle pri-

Tome IV.   G

son, & bientôt ils parurent l'un & l'autre devant le Tribunal qui devoit décider leur sort d'une maniere irrévocable. Leurs réponses furent toujours simples & uniformes : tout annonçoit en eux les caracteres de l'innocence; tout leur promettoit qu'ils verroient bientôt le terme de leurs malheurs. Les conclusions du Ministere public *tendoient à leur décharge, ou à la confirmation de la Sentence.* Cependant, par une fatalité cruelle, les indices qui n'avoient fait aucune impression sur l'esprit des premiers Juges, se changent tout à coup en preuves aux yeux des Magistrats supérieurs. Saisis d'horreur au nom de parricide, de légeres vraisemblances prennent à leurs yeux le caractere de l'évidence : enfin ils ne voient plus dans l'un qu'un assassin de sa mere, & dans l'autre, qu'un complice de son crime. Frappés de cette idée, ils croient lire sur le front de ces deux accusés, ces signes de réprobation qu'ils ont lus tant de fois sur le front des scélérats; ils croient entendre crier le sang de leur victime, & leur demander vengeance; & l'Arrêt fatal, ... est prononcé ! Montbailly,

le malheureux Montbailly est condamné
à faire amende honorable, ayant écriteau portant ce mot : *Parricide* ; à
avoir le poing coupé, être rompu vif,
expirer sur la roue, son corps jeté au
feu, ses cendres, &c.....& sa femme
à faire amende honorable avec écriteau
portant ces mots : *Complice de parricide* ; à être pendue, jetée au feu,
ses cendres, &c.

Cependant Montbailly & sa femme
ignoroient cet Arrêt sanglant ; ils ignoroient que leur innocence avoit été
méconnue, que leur mort étoit prononcée, & qu'il falloit se préparer à
périr dans les horreurs d'un supplice
infame. Les malheureux, dans l'attente
de leur sort, se livroient encore aux
douceurs de l'espérance, quand il ne
leur restoit plus aucun espoir. Le cachot de Montbailly s'ouvre : son ame
alors éprouva un sentiment de joie ; il
crut que l'on venoit enfin lui rendre
sa liberté ; mais en se voyant investi
d'Archers, & chargé de fers, il com-
prit bientôt qu'il n'étoit plus de liberté
pour lui. On l'arrache de son cachot,
on l'entraîne loin de sa femme, sans
qu'il puisse obtenir de la voir encore

G ij

une fois, ni de lui dire un dernier
adieu. Il ignoroit que fa femme étoit
deftinée à périr comme lui; mais qu'elle
devoit, avant de perdre la vie, la donner au malheureux fruit de leur amour,
qu'elle portoit dans fon fein.

Arrivé à Saint-Omer, Montbailly
eft replongé dans le même cachot où
il avoit déjà gémi. Ce fut alors que
l'image de fa deftinée fe préfenta à lui
dans toute fon horreur. Je n'entrepren-
drai point de peindre tout ce que fon
ame éprouva d'angoiffes & de douleurs
quand il vit de loin s'élever l'échafaud
fatal, qu'il entendit, du fond de fa
prifon, le bruit, le concours d'un peuple qui fe précipitoit en foule vers cet
objet de fa curiofité; quand il fe repréfenta que c'étoit lui qui étoit la
victime qu'on attendoit, & qu'on alloit
affaffiner publiquement au nom des
Loix, pour expier un crime dont tout
le monde le croyoit coupable, & dont
lui feul favoit être innocent; lorfqu'il
fe figuroit les coups meurtriers d'un
Bourreau; lorfqu'il reffentoit d'avance
ces tranfes de la Nature à l'approche
de fa deftruction, & toute cette horreur qu'imprime en l'ame l'effroyable

idée d'une mort infame & barbare :
tout cela eft plus facile à concevoir
qu'à décrire ; la vûe feule de cette
victime innocente trouble la tranquillité de notre ame, la force de fe mettre
pour un moment à la place de la fienne,
& nous donne de fon infortune des fentimens qui ne peuvent fe rendre.

Enfin, voyant qu'il falloit fe réfoudre
à mourir, il effaya de tirer de la pureté
de fon cœur les feules confolations qui
puffent adoucir l'amertume de fon fort.
Pour braver les horreurs de fa deftinée,
il s'affermit fur fon innocence.

Les Magiftrats de Saint-Omer furent
fi frappés de fa conftance, qu'ils lui
envoyerent un Confeffeur trois jours
avant qu'il fût exécuté. La vue de ce
Miniftre faint lui rappelant tout à coup
le devoir qu'il venoit remplir près de
lui : *Je fuis donc condamné à mou-*
rir, s'écria-t-il en verfant un torrent
de larmes ? *Quel crime ai-je commis ?*
En vain ce Confeffeur, pour lui arracher
l'aveu de ce crime, & pour ébranler fon
ame, lui traça le tableau de tout ce
que la Religion nous peint dans un
autre monde de plus terrible & de plus
confolant ; Montbailly, aux pieds de

G iij

fon Confeffeur, en lui dévoilant fa confcience, protefta toujours qu'il étoit innocent du crime affreux qui lui coutoit la vie.

Enfin le jour terrible, le dernier jour de Montbailly eft arrivé : avant que ce jour finiffe, il faut que le malheureux expire fur une roue.

On vient l'arracher de fon cachot, avec cet appareil effrayant qui accompagne les fcélérats, pour le conduire au lieu où il doit entendre prononcer fon Arrêt de mort ; il l'écoute dans un morne filence ; mais au nom de parricide, dont il s'entend flétrir, à ce nom plein d'opprobre, il ne peut fe contenir ; il s'écrie avec indignation : » Moi! » parricide ! .... Non, je n'ai pas com- » mis ce crime «.

Le malheureux eft reconduit dans fa prifon, pour attendre les préparatifs de fon fupplice : un inftant après, le Bourreau s'avance vers lui ; il attache fur fa victime ces écriteaux infames, où la Juftice annonce & publie les crimes des fcélérats qu'elle va punir.

Tout eft prêt : le cortége finiftre qui doit le conduire au fupplice, l'attend aux portes de la prifon : déjà le fignal est donné, déjà le prisonnier est assis dans le tombereau des criminels : les deux Religieux qui l'assistoient se placént à ses côtés ; les Bourreaux suivent ; un peuple nombreux accourt sur son passage, les uns pour le voir, les autres pour le reconnoître ; on se presse, on se précipite en foule autour de lui.

Montbailly, ainsi travesti en scélérat, avance lentement vers la Cathédrale de Saint-Omer, & traverse, avant que d'y arriver, la place destinée aux exécutions : il découvre, il voit sur cette place cet échafaud, ce bûcher dressés pour lui ; il détourne, en pleurant, ses regards de ces objets sinistres, & il emploie tout son courage pour surmonter l'horreur que leur vue lui inspire. Enfin il est arrivé devant la porte de la Cathédrale ; là, on lui ordonne de faire amende honorable, & d'avouer qu'*il a assassiné sa mere*. Indigné de ce qu'on veut le forcer à déclarer un crime qu'il n'a pas commis, il rejette les ordres qu'on lui donne ; il rejette également les exhortations des deux Religieux qui sont à ses côtés, & il refuse hautement de faire l'aveu d'un crime dont il est innocent ; enfin, preſſé d'obéir, il éleve la voix, &.dit en pleurant : » Je demande pardon à » Dieù & au Roi pour les fautes que » j'ai commiſes pendant ma vie ; mais » je ne le demande pas à la Juſtice » pour le crime dont je ſuis accuſé, » parce que je ne l'ai point commis «.

Preſſé de nouveau de ſe ſoumettre aux ordres de la Juſtice, il tourne ſes regards ſur le peuple qui l'environne, & s'écrie avec indignation : » Non, » mes concitoyens, non, mes amis, » quand on me feroit mourir à petit » feu, quand on me couperoit par mor- » ceaux, je n'avouerois jamais un crime » affreux dont je ſuis innocent «.

Le Confeſſeur s'arme encore une fois de toute l'autorité que lui donne ſon ſaint miniſtere en ces derniers inſ- tans, & fait un dernier effort pour lui arracher l'aveu de ce crime dont le déſaveu conſtant commençoit à l'é- tonner lui-même, & à lui faire redouter l'exécution de ce terrible Arrêt. Mont- bailly ſe leve & l'interrompt : » Vous » voulez, mon Pere, vous voulez que » je m'avoue coupable d'un parricide ! » Prenez-vous donc ſur votre compte, » devant Dieu, le menſonge que vous

» voulez me faire faire à la porte de
» cette églife «? Tous ceux qui étoient
préfens à cette fcene déchirante, pleu-
roient autour de cet infortuné. Ce peuple inconféquent & léger, qui l'accufa
d'abord avec tant de témérité, fe re-
pent aujourd'hui de fon injuftice; il le
plaint, il le pleure; il eft convaincu
de fon innocence; il voudroit maintenant fauver cette malheureufe victime,
que fes funeftes foupçons livrerent à la
Juftice : mais que fert une pitié tardive & ftérile, contre la fatalité qui l'a
condamné à périr?

C'en eft fait, malgré leurs vœux, il
part, on l'entraîne vers la place, où
tout eft préparé pour fon fupplice. Il
arrive au terme fatal : déjà les fpecta-
teurs le voient fur l'échafaud; déjà le
Bourreau s'empreffe à le dépouiller de
fes vêtemens; il eft en poffeffion de fa
victime; il commence fes barbares
fonctions; il lui coupe la main :
» Hélas, s'écria-t-il en fixant fes re-
» gards fur fes concitoyens, cette main
» n'eft point coupable d'un parricide «.
Bientôt on le lie fur la croix fatale, le
Bourreau le frappe. A ce fpectacle horrible, tous les cœurs font oppreffés »

G v.

tous les yeux font pleins de larmes. Les cris que la douleur arrache au malheureux Montbailly, font couverts par les fanglots & les gémiffemens du peuple.

Montbailly expirant eft tranfporté fur la roue. Alors fon Confeffeur s'approche, &, pour donner quelque foulagement au malheureux, il colle fur fes levres la croix qu'il tient entre fes mains, en le conjurant d'avoir pitié de fon ame, & de faire enfin l'aveu du crime dont il fubit le châtiment. » Dieu, dit-il, devant lequel je vais » paroître, connoît mon innocence «. » Mon ami, lui dit un inftant après » un des Bourreaux, tu n'as plus rien » à efpérer, tu vas mourir, avoue donc » ton crime «. » Je vous ai avoué, mon » Père, toutes mes fautes, répondit le » patient d'une voix mourante, en fixant » fon Confeffeur ; aurois-je attendu juf- » qu'à préfent à avouer le crime pour » lequel je meurs, fi j'avois eu le mal- » heur de le commettre « ? Le Confeffeur le conjure toujours d'avouer fon crime ; mais déjà fa voix eft éteinte, & fes yeux, avant de fe fermer, atteftent encore fon innocence.

Telle fut, à l'âge de quarante-deux ans, la fin tragique d'un malheureux fils injuſtement accuſé d'avoir aſſaſſiné ſa mere. Tous les habitans de Saint-Omer, témoins de ſon ſupplice, ont pleuré ſa mort funeſte. Ce n'étoient point ces larmes que la pitié nous fait répandre à la vue d'un criminel ſouffrant ; c'étoient de ces larmes ameres que nous arrache le ſpectacle déchirant de l'innocence ſacrifiée.

L'horrible infortune de Montbailly étoit enfin conſommée ; il avoit épuiſé les rigueurs de la Juſtice ; les flammes du bûcher avoient dévoré leur victime ; il ne reſtoit plus de lui que des cendres. Grace à la mort, tous ſes tourmens étoient finis.

Mais ſa malheureuſe veuve, pour ſubir ſon Arrêt, attendoit, dans les horreurs de ſa captivité, qu'elle eût mis au jour l'enfant qu'elle portoit dans ſon ſein. Cette femme infortunée, étendue ſur la paille, tantôt noyée dans les larmes, ſe livroit en ſilence au ſentiment de ſon malheur, tantôt appeloit la mort & faiſoit retentir ſon cachot de ſes cris. Elle attendoit avec horreur la naiſſance de ſon fils. Elle

G. vj.

favoit qu'à peine cet enfant verroit le jour, qu'un Bourreau viendroit chercher sa mere. Sa raison ne put soutenir tant de malheurs. La folie vint la secourir, en jetant le trouble parmi toutes ces images cruelles qui faisoient le supplice de son ame ; heureuse du moins d'avoir trouvé dans les chimeres de son délire une sorte de soulagement à l'excès de ses maux. Ici on ne peut retenir ses larmes ; on déplore amérement la destinée de ce couple malheureux ; le cœur se remplit d'alarmes ; une mélancolie profonde s'empare de vous, & vous suit encore au milieu des distractions de la société.

Le bruit de cet horrible événement s'est bientôt répandu de la Province dans la Capitale, & a excité la pitié dans tous les cœurs. Une foule de citoyens de Saint-Omer, de toutes les conditions, se sont empressés de donner des marques d'intérêt & de générosité aux parens de cet infortuné. Plusieurs Jurisconsultes (a), dans un Mémoire

_____

(a) M. Hue du Taillis, MM. Gillet, Marzieres, Aubert, Leblan, Timbergue, Aved de Loizerolle, Vulpian, Vermeil, Treillard;

dicté par l'humanité , un célebre Pro-
fesseur en Chirurgie (a) , dans une consultation savante , se sont réunis pour
faire connoître son innocence : enfin
M. de Voltaire , qui plus d'une fois
s'est montré le protecteur éloquent de
l'innocence opprimée , pour achever de
détruire une prévention fatale , s'est
servi de l'autorité que donne le génie ;
il a courageusement élevé la voix , & ,
par le plus sublime emploi qu'on puisse
faire des talens , il a concouru à tirer de
l'opprobre l'échafaud où expira Montbailly. Toute la France a été attendrie
du récit touchant qu'il a fait de son
infortune.

Ces témoignages publics accompagnerent les parens de la veuve , lorsqu'ils demanderent un sursis à M. le
Chancelier. Le Chef de la Justice s'em-
pressa de l'accorder , porta leurs plaintes
jusqu'au Trône , & le Roi a permis
un nouvel examen du procès.

On nous saura gré sans doute de rap-

_____

Desgranges , Disangremel de Clerigny ; Ber-
gon & Gougon.

(a) M. Louis.

porter le précis des moyens qui ont été employés pour en obtenir la révision. Peut-on conserver trop précieusement les lumieres & les regles salutaires qui peuvent servir à reconnoître l'innocence, & à préserver les Juges & l'humanité de cette espece de calamité ? Nous les diviserons en deux classes : dans la premiere, nous examinerons la nature des indices qui ont servi de base à l'Arrêt; dans la seconde, nous rappellerons les présomptions qui s'élevoient en faveur des accusés, & qui prouvoient leur innocence.

Tout homme devroit trembler, sans doute, si sa vie & son honneur pouvoient lui être arrachés sur des indices. On sait combien le hasard se plaît quelquefois à rassembler autour d'un malheureux une foule de circonstances bizarres qui l'accusent d'un crime dont souvent il est innocent.

Cette réflexion seule, quand la Loi ne seroit pas formelle sur ce point, doit empêcher de condamner un citoyen à perdre la vie, sans des preuves évidentes du crime dont il est accusé.

L'existence d'un fils assez féroce pour

attenter à la vie de son pere, a toujours paru impossible aux Anciens.

Hérodote rapporte que jamais chez
les Perses on n'avoit vu d'exemples
de ce crime; aussi plusieurs Légistateurs
ont-ils cru qu'il étoit inutile de prononcer des peines contre les parricides.
On demandoit un jour à Solon, pourquoi il avoit gardé le silence sur un forfait aussi atroce? » Qu'avois-je besoin ,
» *répondit ce Législateur* , de faire des
» Loix contre un crime jusqu'ici sans
» exemple, & dont personne ne se ren-
» dra peut-être jamais coupable ? Si j'en
» eusse fait, c'eût été avertir de le com-
» mettre «.

Les Loix Romaines , aussi sages que
celles d'Athenes , aussi justes envers
l'humanité , ont long-temps gardé le
même silence sur ce crime; ce ne fut
que dans les derniers temps de la Ré-
publique , & lorsque la corruption
avoit détruit la simplicité des anciennes
mœurs, qu'on fut obligé de prononcer
des peines contre un forfait jusqu'alors
inconnu. Il faut entendre avec quelle
force , avec quel respect pour les droits
sacrés de l'humanité, l'Orateur Romain

défend Roſcius Amerinus contre Scylla,
qui l'avoit accuſé de parricide. » Pour
» un crime ſi grand, ſi atroce, ſi ſingu-
» lier, & qui eſt ſi rare, que s'il y en
» a jamais eu des exemples, ils ont été
» regardés comme un prodige, quelles
» preuves ne faut-il pas ? Il faut pour
» fondement de cette accuſation, prou-
» ver avant tout, contre celui qu'on
» prétend convaincre de ce forfait, qu'il
» a montré dans le cours de ſa vie une
» audace ſinguliere, des mœurs féroces,
» un naturel barbare, un fond d'égare-
» ment & de fureur ; alors ſeulement
» vous pouvez écouter des témoins ;
» autrement il n'eſt pas poſſible de
» croire un fait ſi horrible, ſi atroce,
» ſi épouvantable : car, quelle n'eſt
» point la force de l'humanité & de la
» voix du ſang ? La Nature réclame &
» ne ſouffre pas qu'on croye que, par
» un prodige effroyable, une créature
» qui a la figure humaine, ait telle-
» ment ſurpaſſé en fureur les bêtes les
» plus féroces, qu'elle ait pu ôter le
» jour à celui de qui elle l'avoit reçu
» (ou à qui elle l'avoit donné). Il faut,
» dit-il encore, que les Juges aient vu

» eux-mêmes ses mains teintes du sang
» de son pere, pour le croire coupable
» d'un forfait si horrible «.

Julius Clarus, célebre Jurisconsulte
de Milan, rapporte les différentes opinions des Criminalistes sur les indices.
Les uns, dit-il, les rejettent tous en
matiere criminelle, même ceux qui
paroissent indubitables; les autres les
admettent, mais seulement lorsqu'il
s'agit de crimes qui n'entraînent qu'une
peine pécuniaire; les plus rigoureux exigent, même pour la torture, qu'il con-
coure au moins, avec les indices, un
témoin oculaire; les indices peuvent in-
fluer sur les condamnations en matiere
criminelle, mais ne doivent jamais les
déterminer seuls.

La plus commune opinion des Jurisconsultes a donc toujours été, qu'on
ne devoit pas asseoir sur un indice un
Jugement en matiere criminelle. Un
ancien Criminaliste rapporte même que
plusieurs Docteurs d'Italie s'étant assem-
blés à Boulogne pour examiner cette
question, conclurent unanimement,
qu'aucun homme ne pouvoit être condamné sur les indices les plus certains
& les plus clairs.

Mais quels font donc ceux qui peuvent fervir de bafe à un Jugement ? Sont-ce ces conjectures vagues & arbitraires, qui peuvent s'appliquer avec une égale facilité à des faits différens ? Ces vraifemblances incertaines, ces rapports éloignés, fur lefquels l'efprit de fyftême peut fonder tout enfemble l'accufation & les preuves du délit ? Non : les Loix ne fe jouent point de la vie des hommes ; on a entendu par indices, une induction fi forte d'un fait, qu'il en réfulte que l'accufé à commis le crime, & qu'il eft impoffible qu'il ne l'ait pas commis. Il faut, dit une Loi du Code, qu'il forte des indices une lumiere plus claire que le jour, & une preuve qui ne laiffe aucun doute.

Chez nous, les indices ne peuvent feuls déterminer une condamnation. Nos Légiflateurs ont établi des principes facrés, qui fervent de fauve-garde à la vie & à la liberté des hommes. Voici comme l'Empereur Charlemagne s'exprime dans un de fes Capitulaires : » Qu'un Juge ne condamne jamais qui » que ce foit, fans être fûr de la Juftice » de fon Jugement ; qu'il ne décide ja- » mais de la vie des hommes par des pré-

» fomptions ; qu'il voie la preuve claire,
» après cela qu'il juge. *Ce n'eft pas*
» *celui qui eft accufé qu'il faut regar-*
» *der comme coupable , c'eft celui qui*
» *eft convaincu.* Il n'y a rien de fi dan-
» gereux ni de fi injufte , que de fe
» hafarder à juger fur des conjectures.
» Toutes ces fortes d'affaires où la
» preuve confifte en indices & ne va
» qu'à former un doute, doivent être
» réfervées au fouverain Jugement de
» Dieu , & les hommes doivent fa-
» voir que toutes les fois qu'il n'a
» pas voulu leur donner l'éclairciffe-
» ment d'un crime, c'eft une marque
» qu'il n'a pas voulu les en faire Juges,
» & qu'il en réferve la décifion à fon
» Tribunal *a*.

Saint Louis a confirmé ces principes, dictés par l'humanité, dans fon
Ordonnance de 1254. Il défend dans
cette Loi , de condamner à la queftion
un citoyen de bonnes mœurs ; & jouiffant d'une réputation intacte, quoiqu'il
foit dans l'indigence, fur la dépofition
d'un feul témoin , parce qu'elle n'offre
qu'un indice contre lui , & qu'un indice ne fuffit pas pour faire fouffrir à

un accufé les tourmens affreux de la queftion.

Louis XIV a fuivi les traces de fes prédéceffeurs dans l'Ordonnance de 1670. Cette Loi, loin de permettre de condamner à mort fur des indices, défend même d'ordonner la queftion fans le concours de ces trois circonftances ; qu'il y ait crime qui mérite peine de mort ; que ce crime foit conftant, & qu'il y ait preuve confidérable contre l'accufé. Sur ces mots, *preuve confidérable*, tous les Criminaliftes fe réuniffent à décider qu'un accufé ne peut être appliqué à la queftion, s'il n'y a des indices preffans contre lui ; qu'un feul indice ne fuffit point, ni la dépofition d'un feul témoin, fi précife qu'elle foit, fi elle n'eft accompagnée d'autres indices ; que la confeffion de l'un des accufés ne fuffit pas pour condamner les autres accufés du même crime à la queftion. Telles font les maximes précieufes de notre Légiflation ; & fi un homme étoit affez féroce pour demander fi les Loix ont voulu encourager le crime par l'efpérance de l'impunité, on lui répondroit

que nos auguftes Souverains ont pefé
la vie & l'honneur de leurs fujets,
qu'ils n'ont pas cru que des préfomptions fuffent fuffifantes pour les leur
ravir ; qu'il vaut mieux que quelques
coupables échappent à la Juftice humaine, que de voir fur des échafauds
des Langlade & des Lebrun ; enfin,
qu'une vie ignominieufement arrachée
à un innocent, ne fe rachete point par
la réhabilitation de fa mémoire, ni par
les regrets & les larmes de fes Juges.

Si les indices font infuffifans dans
ces crimes ordinaires, à plus forte raifon dans une accufation de parricide.
Entrons dans le détail des indices qui
ont fait périr Montbailly, & précipité
une famille entiere dans des malheurs
épouvantables. Les principaux réfultent
du rapport du Médecin & des deux
Chirurgiens, de la fommation faite
à Montbailly & à fa femme, à la requête de leur mere, des menaces, de
la proximité des chambres, des habillemens qu'on a trouvés déchirés & teints
de fang.

Le premier pas du Juge en matiere
criminelle, eft de s'affurer de l'exiftence du crime : c'eft le vœu de la rai-

fon , celui de la Loi ; mais pour que le corps de délit foit réputé conftant aux yeux de la Juftice , il faut que les Experts qui ont opéré fous fes ordres , aient eu eux-mêmes une certitude abfolue de fon exiftence , & la conftatent d'une maniere claire & précife dans leur procès-verbal ; ainfi , lorfqu'il s'agit d'un affaffinat , ils doivent déclarer affirmativement qu'ils eftiment que la mort a été occafionnée *par telle ou telle caufe ;* & ils doivent s'interdire toute efpece de conjectures , qui ne peuvent fervir qu'à répandre des doutes dans l'ame des Magiftrats.

Si les Experts choifis par le premier Juge euffent fuivi une route auffi fage ; s'ils euffent examiné avec plus d'attention le cadavre de la mere de Montbailly ; enfin , s'ils euffent fixé d'une maniere précife l'état dans lequel ils l'avoient trouvé , il eût été facile de connoître la véritable caufe de la mort de cette femme ; mais , foit ignorance , foit négligence de leur part , ils ont tenu une conduite tout oppofée à celle qui leur étoit tracée par les Loix.

En effet , leur procès-verbal ne préfente que des doutes & des contradictions. Tantôt ils déclarent que les équimofes ont été occafionnées par un inftrument contendant ; tantôt ils les attribuent à une chute ; tantôt enfin ils décident qu'ils font la fuite d'une compreffion violente : ces contradictions choquantes avertiffoient les Magiftrats du peu de confiance qu'ils devoient avoir dans un acte auffi équivoque.

Pourquoi faut-il que ceux dont il fut l'ouvrage, n'aient pas apporté dans fa rédaction la clarté, les lumieres & la pénétration du célebre M. Louis ? Ils auroient vu que tous les fymptômes qui accompagnoient la mort de la mere de Montbailly, annonçoient d'une maniere évidente, qu'elle avoit péri des fuites de fon ivreffe : les accidens funeftes qu'elle avoit plufieurs fois éprouvés, les euffent encore confirmés dans cette opinion ; alors, loin de conftater un délit, ils euffent démontré que fa mort avoit une caufe naturelle, & qu'il n'y avoit aucune trace d'affaffinat.

Ainfi le procès - verbal des Chirurgiens ne préfentoit aucune preuve contre les accufés.

Le fecond indice réfultoit de la fommation que la mere avoit fait faire à

Montbailly & fa femme, le foir de la nuit qu'elle eft morte.

Si un indice auffi frivole pouvoit conduire à l'échafaud, quel citoyen oferoit affurer qu'il n'y périroit pas un jour ? Quel rapport y a-t-il entre un fimple acte de procédure & un parricide ? La haine & les altercations font des fuites trop ordinaires des procès; mais malgré toute l'animofité que peuvent infpirer des intérêts oppofés, il y a loin de ces divifions domeftiques à l'affaffinat d'une mere.

Comment fuppofer qu'un fils pût concevoir une haine affez barbare pour affaffiner fa mere, uniquement parce qu'elle l'avoit fait fommer, ainfi que fa femme, de quitter fa maifon dans les vingt-quatre heures ? D'ailleurs, fa mere s'étoit laiffé fléchir par fes larmes; elle avoit remis fes enfans au lendemain, pour faire la paix avec eux.

On a vu de nouveaux indices dans de prétendues menaces de Montbailly. Mais la preuve de ces menaces n'eft fondée que fur des ouï-dire. Fuffent-elles auffi réelles qu'elles paroiffent fauffes, jamais elles ne pouvoient déterminer une condamnation à mort. En effet,

ne

ne peut il pas arriver, qu'un homme,
connu d'ailleurs par la douceur de son
caractere, laiffe échapper dans une dif-
pute des menaces violentes ; que la
colere l'entraîne même jufqu'à dire qu'il
donnera la mort à celui qui l'offenfe,
qu'il le tuera ? Pour cela, conclueroit-
on qu'il a été fon affaffin, fi, le lendemain de leur querelle, ce dernier
venoit à périr par un accident dont la
caufe feroit ignorée ? Si des menaces ar-
rachées par un mouvement de colere,
pouvoient autorifer une femblable opinion ; la Société ne paroîtroit-elle pas
remplie de meurtriers ? Combien d'enfans même pafferoient pour des parricides, fi l'on pouvoit leur imputer des
menaces qu'un mouvement d'impatience, une éducation groffiere, & un
emportement brutal leur font quelquefois adreffer à ceux dont ils ont reçu
la vie ?

D'ailleurs, les témoins qui ont dépofé de ces menaces, n'ont pas dit
qu'elles avoient été proférées en leur
préfence : ils ont fimplement déclaré
que la mere de Montbailly leur avoit
dit que fon fils l'avoit menacée plufieurs

Tome IV.   H

fois. Ce n'est donc qu'*un ouï-dire* incapable de faire aucune impression.

Un de ces témoins même qui connoissoit parfaitement le caractere de cette femme, avoit terminé sa déposition par cette réflexion remarquable : *que comme la défunte avoit coutume de s'enivrer, il n'a pas ajouté foi à sa déclaration.*

Il étoit évident, d'après ce correctif frappant, que les menaces étoient chimériques ; & personne ne pouvoit mieux les apprécier que ce témoin, puisqu'il étoit le conseil de cette femme, & qu'elle avoit mis toute sa confiance en lui. Ainsi on peut juger, d'après l'opinion que cet homme avoit des discours que lui avoit tenus la mere de Montbailly, quelle opinion les Magistrats devoient en concevoir eux-mêmes. Au lieu de le croire coupable d'un parricide, parce que sa mere l'avoit accusé de lui avoir fait des menaces, il semble qu'il étoit plus naturel de penser que cette femme n'avoit tenu un pareil langage que pour satisfaire la haine qu'elle avoit conçue contre ses enfans. Il étoit donc facile d'écarter les préjugés qui paroissoient réfulter de la troifieme claffe des indices. Paffons à la quatrieme.

La chambre où Montbailly & fa femme couchoient, étoit voifine de celle de leur mere : donc ils l'ont affaffinée !

Si nous admettions dans nos mœurs des conféquences auffi terribles, il faudroit rompre tous les liens qui attachent les hommes entre eux ; il faudroit qu'un ami renonçât aux douceurs qu'il trouve à demeurer avec un ami ; que les époux ceffaffent d'habiter enfemble ; que les domeftiques fideles tremblaffent de repofer auprès de leurs maîtres ; enfin, que des enfans vertueux ne s'abandonnaffent au fommeil auprès de leurs parens qu'avec effroi. Qu'un d'eux foit inopinément enlevé à la tendreffe des autres par la Loi commune de la Nature, ceux-ci feront donc expofés à paffer pour leurs affaffins ?

La préfomption fondée fur ce que les habillemens de la mere ont été trouvés déchirés en plufieurs endroits, pouvoit faire impreffion ; mais il falloit en chercher la caufe.

Après un examen plus réfléchi, on fe féroit bientôt affuré que ces vêtemens

déchirés, qui sembloient déposer contre l'accusé, ne l'avoient été que lorsqu'on avoit voulu ensevelir le cadavre;
ainsi ce n'étoit point par l'état dans lequel le Commissaire les a trouvés,
mais par celui dans lequel ils étoient
avant que le corps eût été enseveli,
qu'on devoit se déterminer. Or il étoit
constant que les habits n'étoient point
déchirés auparavant; loin de prouver le
délit, cette circonstance annonçoit l'innocence des accusés.

Plusieurs effets qui ont été trouvés
teints de sang lors de l'inventaire, ont
présenté aux Juges un dernier indice.
Il est certain que nos Loix ont voulu
qu'on ne négligeât aucun des moyens
qui peuvent servir à constater le délit.
Il n'est point, sans doute, de preuves
plus importantes que la déposition de
ces témoins muets qui ont accompagné
le crime, tels que les habillemens de
la victime, ceux du meurtrier, ses
armes, & les autres effets trouvés sur
les lieux où le crime a été commis;
mais les Loix ont prescrit des formalités pour assurer l'existence de ces preuves. Nos Législateurs ont ordonné » qu'il
» seroit dressé sur le champ, & sans

» déplacer, un procès-verbal de l'état
» dans lequel feront trouvées les per-
» fonnes bleffées, où le corps mort,
» enfemble du lieu où le délit a été
» commis, & de tout ce qui peut
» fervir pour la décharge ou la convic-
» tion «. Ici, ce n'eft que par un inventaire tardif qu'on a conftaté qu'il y
avoit plufieurs effets teints de fang.

Mais fi l'on examine chaque partie
de cet indice, on fent d'abord toute
fon infuffifance. On fe rappelle que le
cadavre avoit été trouvé fur un petit
coffre, qu'il avoit été enfuite étendu
fur le carreau ; qu'il étoit naturel que
le fang, qui avoit été la fuite de l'hé-
morragie, fe répandît par terre en différens endroits, & que plufieurs effets
en fuffent tachés. Dans de pareilles
circonftances, des effets teints de fang
ne prouvoient point un crime.

D'ailleurs, fi Montbailly & fa femme
euffent été coupables, leur premier
foin eût été fans doute de fouftraire
tout ce qui auroit pu fervir à les convaincre ; ils fe feroient empreffés de
faire difparoître ces effets teints du fang
de la victime qu'ils venoient d'égorger.
Dira-t-on que le crime fafcine les yeux

H iij

de celui qui l'a commis, & que le
Ciel les couvre en ce moment d'un
bandeau qui l'empêche de voir les objets qui peuvent servir à l'en convaincre? Un criminel n'a pas sans doute
la prévoyance & l'attention que le sang
froid peut seul inspirer; mais il n'est
pas assez aveuglé pour laisser subsister
des traces visibles de son attentat, lorsqu'il peut facilement les détruire ou
les soustraire. Or, s'ils n'ont pas eu
recours à ces précautions criminelles,
c'est que leurs consciences n'étoient
troublées par aucune crainte, c'est qu'ils
avoient la sécurité de l'innocence.

Soit qu'on envisage tous ces indices
séparément, soit qu'on les rassemble
sous un même point de vue, ils n'of-
frent point ces présomptions frappantes
& décisives que les Loix & les Criminalistes exigent pour déterminer une
condamnation de mort, sur-tout lorsqu'il s'agit de faire périr un fils accusé d'avoir osé tremper ses mains sa-
criléges dans le sang de sa mere.

Passons maintenant aux présomptions
qui étoient favorables aux accusés, &
qui concouroient à justifier leur innocence.

„ Pour peu que l'on connoiffe le cœur
humain, difoit l'Orateur chargé de la
défenfe de ces malheureux, on avouera
que l'intérêt eft fon plus grand mobile,
& le principal reffort qui le fait mou-
voir ; mais fi l'intérêt dirige prefque
toutes les démarches de l'homme, c'eft
qu'il efpere des récompenfes qui le dé-
dommageront de fes facrifices. On ne
fe familiarife point avec le crime ; on ne
s'avance point fans motif vers fes derniers degrés ; on ne plonge point le
poignard dans le fein d'un ami, d'un
frere, d'une époufe ; on ne devient pas
enfin un parricide, fans que le monftre
qui commet de pareils attentats n'ait
les yeux fafcinés par un intérêt puif-
fant, & capable d'étouffer en lui tous
les fentimens de la Nature. Quel intérêt (continuoit cet Orateur) le malheureux qui vient de périr fur la roue,
quel intérêt fon époufe avoient-ils d'exécuter le forfait atroce qui leur a été
imputé ? Cette mere jouiffoit-elle d'une
fortune qui pût flatter leurs défirs ? Elle
étoit à peine fuffifante pour fournir à la
plus étroite fubfiftance ; elle étoit même
abforbée par des dettes, & les créanciers étoient expofés à perdre. Qui

croira que la possession d'un si foible patrimoine, & sujet à tant de charges, ait été capable d'enflammer la cupidité d'un fils tendre & respectueux ? Quel fruit auroit-il donc pu se promettre du parricide dont on l'a accusé ? Il n'avoit d'autre parti à prendre, après la mort de sa mere, que celui de renoncer à sa succession. Ainsi cette premiere présomption devoit écarter toute idée de crime, parce que, suivant la Loi, celui là seul a commis le crime, qui a eu intérêt de le commettre «.

La conduite de Montbailly & de sa femme, leur conversation paisible avec la Couturiere qui s'étoit rendue le matin pour travailler avec leur mere, fournissoient une seconde présomption de leur innocence.

En effet, si Montbailly & sa femme venoient, dans cet instant, de commettre un parricide, ils devoient alors être agités par des remords, & il auroit été facile de lire dans leur ame, & d'y appercevoir le trouble & le désordre affreux qui doivent s'emparer nécessairement d'un cœur coupable d'un forfait aussi atroce.

Loin de permettre à cette ouvriere

d'entrer dans leur maison, de s'entretenir avec elle près d'une heure, &
de la prier d'attendre le réveil de leur
mere, ils se feroient bientôt délivrés
d'un témoin aussi importun, & il leur
eût été facile de trouver des prétextes
pour la renvoyer.

Si les deux époux eussent été des
parricides, auroient-ils montré le calme
& la sérénité de l'innocence pendant
la longue conversation qu'ils ont eue
avec l'ouvriere ? L'auroient-ils prolongée pour ne pas interrompre le repos
de leur mere? Montbailly auroit-il cédé
aux instances de cette fille ? se seroit-il
déterminé à ouvrir ? ne se fût-il pas
plutôt obstiné à tenir fermée la porte
fatale qui cachoit son crime ? Au spec-
tacle déchirant de la mort de sa mere,
auroit-il pu affecter une fausse tranquillité, & s'avancer sans trembler, sans
être saisi d'horreur, vers l'endroit où
sa fureur & sa barbarie auroient porté
des coups meurtriers à celle qui lui
avoit donné le jour ? Un pareil excès
d'atrocité est invraisemblable.

Mais si, d'après les faits que nous
venons de rapporter, il n'est pas possible d'admettre l'idée d'un parricide,

H v

les circonſtances qui les ont ſuivis achevent de porter la conviction dans l'ame.

On ſe rappelle qu'ayant ouvert la porte de la chambre, & voyant ſa mere étendue ſur un coffre, la tête renverſée, Montbailly fut ſaiſi d'un trouble affreux, & s'écria : *Ah ! mon Dieu, ma mere, ma mere eſt morte !* Auſſi-tôt un froid mortel glace ſes ſens; la pâleur couvre ſon viſage, il tombe évanoui ; il reſte dans cet état d'anéantiſſement juſqu'à ce qu'un Chirurgien l'ait rappelé à la vie.

Que l'on compare la tranquillité de ce fils avant qu'il eût ouvert la porte de ſa mere, & l'impreſſion horrible qui l'a frappé à la vue du cadavre.

Accuſera-t-on Montbailly d'avoir ſu jouer la douleur ? S'il n'eût pas été vivement affecté, il ſe ſeroit abandonné à d'inutiles diſcours, à de vaines larmes; au contraire, le cri de la véritable douleur eſt énergique & précis. Un mot, un ſeul mot peint ce qui ſe paſſe alors dans l'ame : *Ah ! mon Dieu, ma mere, ma mere eſt morte !* Ces paroles portent le caractere d'une douleur auſſi profonde qu'inattendue ; & pour-

quoi d'ailleurs ces injuftes foupçons ?
N'eft-ce pas calomnier la Nature , que
de fuppofer que le langage tendre &
fincere qu'elle infpire à un fils , n'eft
qu'impofture & menfonge , tandis que
tout fe réunit pour en montrer la can-
deur ?

Que dirons-nous de la précipitation ,
de l'ardeur avec laquelle Montbailly
avoit volé aux pieds de fa mere , à
l'inftant où il avoit reçu la fommation
de fortir de fa maifon ; de fes prieres ,
& des difcours touchans qu'il lui avoit
tenus dans ce moment critique ? Cette
démarche , infpirée par la tendreffe &
la piété filiale , eft-elle d'un fils qui fe
prépare à devenir parricide ? Voyez encore comme ce malheureux fils cherche
à multiplier les moyens d'éluder l'effet
d'une fommation qui tend à le féparer
de fa mere. Il ne compte pas affez fur
lui-même , fur la tendreffe du cœur
d'une mere , & fur les larmes dont il
a arrofé fes mains ; il fe flatte que les
pleurs que fa femme verfera dans le
fein de fes parens , les attendriront , &
les détermineront à employer leur mé-
diation auprès d'elle : imaginera-t-on
qu'un homme , qu'un fils dont la dou-

H vj

leur éclate d'une maniere auffi vive,
lorfqu'il apprend que fa mere veut
l'éloigner d'elle, & qui dans cet inftant montre les fentimens les plus purs
de l'amour filial, en aura auffi-tôt
étouffé la voix, & que, quelques heures
après, il fe foit changé en monftre
dénaturé ?

Plus on examine la conduite de
Montbailly, plus on y trouve de preuves de fon innocence. On le voit fe
tranfportant dans le cabinet d'un Avocat, pour prendre des arrangemens avec
les créanciers de fa mere, expofant
avec netteté & précifion les intérêts fur
lefquels il demandoit des lumieres,
écoutant avec attention les confeils
qu'on lui donnoit. Qui pourroit croire
qu'un homme, tout fumant du fang
maternel, confervât encore affez de
fang froid pour confulter fur des arrangemens domeftiques ? Il n'étoit pas
à préfumer qu'une ame en proie aux
affreux remords qui troublent tous les
criminels, eût donné tant de marques
de fécurité. Montbailly ne fût point
demeuré tranquille dans un moment
fi plein de troubles. Sans doute il
n'eût pas ofé garder, durant trois jours

entiers, le corps de fa mere; il eût tremblé que ce cadavre n'eût parlé de fon attentat; il eût été preffé de fe féparer de ce témoin dangereux; il fe feroit hâté de l'enfevelir fous la terre, & avec lui toutes les traces de fon crime.

Combien de nouvelles préfomptions fe réuniffent en foule en faveur de Montbailly & de fa femme! S'ils euffent affaffiné leur mere, ce crime n'auroit pû, fans doute, être commis fans occafionner quelque bruit. Une perfonne ne fouffre pas les coups meurtriers d'un affaffin, fans que la douleur lui arrache des plaintes, des gémiffemens, fans qu'on appelle du fecours à grands cris. La mere de Montbailly n'auroit pas pouffé un feul cri fans qu'il eût été entendu par les voifins, qui étoient en foule autour de la chambre de fa mere; d'ailleurs, vis-à-vis la fenêtre de cette chambre, il y avoit un corps-de-garde : toutes les fentinelles qui ont été mifes en faction pendant la nuit, ont déclaré n'avoir entendu aucun bruit. Leur témoignage étoit fans doute de la plus grande importance en faveur des accufés; cependant ils n'ont point été entendus dans l'information ; & l'on a négligé ces témoins néceffaires , & d'autant plus précieux aux accufés , qu'ils pouvoient éclairer la Juftice fur leur innocence.

Ajoutons que Montbailly & fa femme ont été condamnés comme coupables de parricide, & par conféquent comme complices. Mais où étoient les preuves de cette complicité ? Exiftoit-il des traces d'un complot auffi barbare que facrilége entre les deux époux ? régnoit-il même entre eux cette intimité fi néceffaire pour fe confier mutuellement un projet auffi atroce ? Tout fe réuniffoit pour écarter jufqu'au plus foible foupçon de complicité.

En effet , pour préfumer entre deux perfonnes le complot d'un affaffinat , il faut fuppofer entre elles une parfaite intelligence , une entiere conformité d'intérêts , en un mot , une confiance réciproque & fans bornes. Or , dans le temps où Montbailly & fa femme ont été accufés d'avoir affaffiné leur mere, il exiftoit dans leurs cœurs des femences de difcorde & de méfintelligence. On fe rappelle que Montbailly avoit été forcé d'implorer le fecours de la Juftice

pour obtenir fon enfant, que fa femme
avoit conduit chez fes parens, lorfqu'elle
s'y étoit retirée pour fe fouftraire aux
violences de fa belle-mere; que ce mari,
fatigué des refus réitérés de fa femme,
l'avoit fait condamner, par une Sentence, à lui remettre fon enfant. Cette
fcene n'avoit précédé que de quelques
jours la mort de la mere de Montbailly.

Qui croira que dans de pareilles circonftances, où les efprits des deux époux
étoient aliénés, qui croira qu'ils aient
auffi-tôt étouffé la divifion qui régnoit
entre eux, & qu'ils fe foient, en un
inftant, rapprochés & réunis pour commettre un parricide?

» Mais fi l'innocence d'un accufé doit
être préfumée lorfqu'il n'y a aucune
preuve de fon crime, dit le Défenfeur
éloquent de ces malheureux, c'eft fur-
tout quand il a joui d'une réputarion
entiere pendant le cours de fa vie;
alors le paffé répond, pour ainfi-dire,
du préfent. On croit avec peine qu'un
homme honnête & vertueux ait tout
à coup changé de principes pour fe
livrer au crime. Cette révolution étrange

eft encore moins vraifemblable, lorfqu'il s'agit d'un forfait qui fuppofe toute
l'atrocité d'un fcélérat vieilli dans le
crime.

» Qu'on interroge, continue-t-il,
qu'on interroge tous les concitoyens
de Montbailly, tous les habitans de
Saint-Omer, qui l'ont connu; leur
réponfe fera unanime; ils diront qu'il
s'eft toujours comporté en citoyen irréprochable; que, loin d'avoir un caractere dur & féroce, il avoit des mœurs
douces, un efprit liant & fociable;
qu'il étoit laborieux & ennemi de la
diffipation; enfin, que fes goûts & fes
plaifirs étoient honnêtes. Epoux affec-
tionné, pere tendre, ami fenfible, il
étoit encore, malgré le cri de la calomnie, un fils tendre & refpectueux; &
fi quelquefois des orages domeftiques
ont mis la divifion entre la mere &
le fils, l'époux & l'époufe, ils avoient
pris leur fource dans des fentimens
honnêtes & dans un cœur vertueux «.

Quel homme pourroit maintenant
douter de leur innocence? S'il en exiftoit un feul, nous lui rappellerions les
refus réitérés de Montbailly, de faire

amende honorable ; son courage & sa fermeté dans les tourmens les plus cruels ; sa persévérance à nier le prétendu crime dont il étoit accusé , jusqu'au moment où il expire ; nous retracerions enfin ses réponses simples, qui ne peuvent être que l'expression de l'innocence & de la vérité.

Si l'on ne peut dissimuler que les Juges de Montbailly se sont trompés, on ne peut du moins leur refuser la justice de dire que leur intention étoit pure. En faisant périr un innocent, ils eurent en vûe le châtiment du crime. La justice humaine ne ressemble qu'imparfaitement à celle qu'exerce l'Etre suprême ; qui est infaillible comme lui : la justice des hommes se ressent de leur foiblesse ; il suffit , pour qu'elle ait droit à notre hommage , que la vérité & le droit public soient toujours l'objet de son amour & de ses veilles ; elle demeure toujours juste, dans le moment même où elle fait des victimes d'une erreur involontaire. Qu'on n'accuse point les Magistrats qui ont condamné Montbailly , de s'être laissé séduire par une prévention injuste. Une

lumiere trompeufe , une fauffe évidence peut égarer les Juges les plus
fages , & leur montrer l'innocence fous
les traits du crime. » Souvent , difoit
l'immortel d'Aguesfeau , une premiere
impreffion peut décider quelquefois de
la vie & de la mort : un amas fatal
de circonftances , qu'on diroit que la
fortune a raffemblées exprès pour faire
périr un malheureux , une foule de témoins muets , & par-là plus redouta-
bles , dépofent contre l'innocence ; le
Juge fe prévient , l'indignation s'al-
lume , & fon zele même le féduit ;
moins Juge qu'accufateur , il ne voit
que ce qui fert à condamner , & il
facrifie aux raifonnemens de l'homme
celui qu'il auroit fauvé , s'il n'avoit
admis que les preuves de la Loi. Un
événement imprévu fait quelquefois
éclater dans la fuite l'innocence accablée fous le poids des conjectures , &
dément les indices trompeurs , dont la
fauffe lumiere avoit ébloui l'efprit du
Magiftrat. La vérité fort du nuage de
la vraifemblance ; mais elle en fort trop
tard : le fang de l'innocent demande
vengeance contre la prévention de fon

Juge, & le Magiftrat eft réduit à pleurer toute fa vie un malheur que fon repentir ne peut réparer «.

Le malheur de Montbailly feroit réparé, fi ces malheurs pouvoient être réparés. Bientôt les Juges qui l'avoient condamné, ont défavoué leur condamnation ; ils fe font dit, avec l'illuftre d'Agueffeau : » Nous pouvons nous tromper ; mais, nous ofons le dire, nous ne le voudrons jamais ; & fi notre foibleffe ne nous permet pas d'afpirer au rare & glorieux privilége d'être exempts d'erreur & de furprife, nous aurons du moins le fecond avantage que la droiture du cœur offre à ceux qui ne cherchent que la vérité, de reconnoître fans peine une erreur involontaire, affligés de nous être trompés, & non pas d'être obligés de l'avouer «.

Le Confeil s'eft empreffé de donner, dans cette affaire malheureufe, des preuves frappantes de cette juftice & de cette humanité qui ont, dans tous les temps, caractérifé ce Tribunal augufte. La Requête en révifion de la femme & des parens de Montbailly a été admife, & il a été furfis à l'exécution

de cette infortunée, jufqu'après la révifion du procès, qui a été renvoyée
au Confeil Supérieur d'Arras. Ce Tribunal, après avoir examiné la procédure, a rétabli la mémoire du malheureux Montbailly, & a rendu l'honneur
& la liberté à fa veuve.

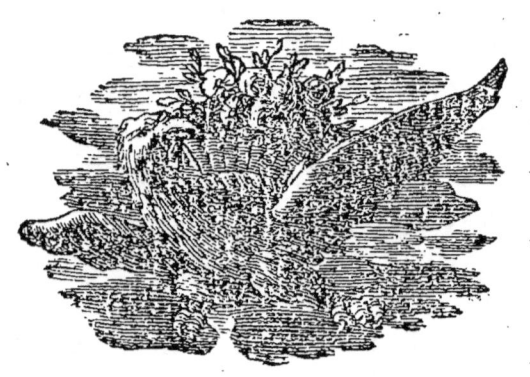

QUESTION D'ÉTAT.

EN 1728, Jean-Joseph de S.... D....
époufa Marie-Marguerite-Rofe de S....
d'E...., fille du Comte d'E...., Gouverneur de N.... Leur union fut bientôt fuivie de la naiffance d'un fils.

Quelque temps après, les fieur &
dame de S... fe féparerent volontairement. La femme alla dans un autre
quartier de la ville, occuper un appartement qui fut choifi & loué par le
mari.

Il ne paroît pas que l'incompatibilité
d'humeurs & de caracteres fût la caufe
de cette féparation, puifque le mari
continua de voir fa femme avec la
plus grande affiduité. Il alloit prefque
tous les jours jouer chez elle, & le plus
fouvent il y prenoit fes repas.

La conjecture la plus vraifemblable
eft que, n'étant pas riches, ils crai-
gnirent de donner des cohéritiers à
leurs fils, & en même temps de fe voir
trop chargés d'enfans.

Mais cette précaution fut vaine. Les

fréquentes visites du mari à sa femme
donnerent naissance à une fille, dont
la dame de S.... accoucha le 3 Juin
1732. Un fait certain & remarquable,
disoit-on, c'est que le sieur de S.....
fut présent aux couches.

Les deux époux persisterent dans la
résolution de ne pas élever d'autre enfant que leur fils. L'accouchement fut
tenu secret ; le sieur Fronton, Chirurgien, qui en avoit été le Ministre,
fut chargé de remettre l'enfant entre
les mains de la femme d'un Jardinier
des fauxbourgs de la ville, qui avoit
été choisie pour nourrice, & qui, suivant les ordres qu'elle avoit reçus, le
fit baptiser sous le nom de *Jeanne-Ga-
brielle-Clotilde*, pere & mere inconnus. Elle fut la marraine elle-même,
& déclara sur le registre qu'elle devoit
la nourrir. On offroit le témoignage
du Chirurgien-Accoucheur lui-même,
& celui de son livre, pour attester ce
fait. La pension fut payée exactement,
& tous les frais d'entretien, par les
pere & mere.

La petite Clotilde passa successivement entre les mains de plusieurs nourrices. La demoiselle P...... présidoit à

toutes ces mutations ; c'étoit par ses mains que les nourrices recevoient les pensions ; mais c'étoit constamment la dame de S.... qui fournissoit à tous les frais.

Elle fit un voyage à Paris , & quoi-qu'elle dissimulât sa maternité , l'amour maternel ne lui permit pas de se voir si éloignée de sa fille. Elle écrivit à la demoiselle M...., chez qui cet en-fant étoit alors en pension , de lui ame-ner ou de lui envoyer Clotilde à Paris. Clotilde , alors âgée de six ans, fut con-fiée au Conducteur de la Messagerie. Arrivée à Paris, sa mere la mit en pension au couvent des Cordelieres du fauxbourg Saint-Marcel, sous le nom de *Clotilde Nadal*. Trois ou quatre ans après, le sieur S.... fit lui-même un voyage à Paris, où il n'eut d'autre logement que celui de sa femme ; mais, soit que le séjour de la Capitale fût plus dispendieux que sa fortune ne le comportoit , soit pour d'autres raisons, il retourna en province au commen-cement de l'année 1743 , & y mou-rut le 31 Mai suivant. Il ne se trouva point de testament ; on ne fit point d'inventaire. Son fils , qui , suivant les

Loix Romaines, étoit hors de tutelle, s'empara de tous les titres & papiers, & se mit en possession de tous les biens.

Cette mort rappela la dame de S... dans la province ; Clotilde la suivit de près, & fût mise en pension successivement dans plusieurs couvens. Des certificats délivrés par les Supérieures font foi que les pensions étoient payées par la dame de S....

N'étant plus en état, par la position de sa fortune, de payer ces pensions, en 1759 elle retira chez elle sa fille, âgée pour lors de vingt-sept ans. Elle fut traitée dans la maison maternelle comme une fille tendrement chérie. Cependant elle n'avoit que des soupçons sur sa naissance, dont on lui avoit toujours fait un mystere.

Enfin, au mois d'Octobre 1762, la dame de S.... fut attaquée d'une maladie qui la conduisit aux portes du tombeau. Elle crut devoir alors décharger sa conscience d'un secret qui privoit sa fille de ce que le citoyen a de plus précieux ; son état. Elle reconnut publiquement Clotilde pour sa fille légitime, procréée de son mariage

avec

avec le sieur de S.... son mari : & pour
rendre plus solennel & plus authentique
l'hommage qu'elle venoit de rendre à
la vérité, elle le consigna dans son
testament du 30 Décembre 1762. Après
avoir déclaré en propres termes qu'elle
a deux enfans vivans, Jean-Joseph de
S....., Prêtre, & Clotilde-Anne-Ga-
brielle, elle legue à celle-ci sa légitime, & institue son fils son héritier.

La dame de S.... échappe à la mort
& persiste dans cette reconnoissance.
L'Abbé de S.... son fils refuse constamment de se prêter à admettre une sœur.
Une partie de l'année 1763 & l'année
entiere 1764 se passent en négocia-
tions inutiles.

Enfin Clotilde, de l'agrément de sa
mere, a recours aux voies juridiques,
pour assurer son état, que son frere
seul lui contestoit ; tout le reste de la
famille la reconnoissoit. Elle avoit des
lettres de plusieurs de ses parens, & de
plusieurs personnes de distinction du
canton, qui la traitoient comme fille
légitime des sieur & dame de S.....

Le 18 Janvier 1765, elle fait assi-
gner l'Abbé de S.... en la Sénéchaussée
de Toulouse, pour voir ordonner, entre

elle & lui, le partage de la fucceffion de leur pere commun, avec reftitution de fruits. L'Abbé contefta l'état de fa fœur, & celle-ci demanda fubfidiaire-ment à être autorifée à faire preuve :

1°. Que la dame de S .... devint enceinte vers la fin du mois d'Août 1731.

2°. Qu'avant & pendant fa groffeffe, fon mari lui rendoit de fréquentes vi-fites, mangeoit chez elle, & y faifoit fa partie.

3°. Que le 3 Juin 1732, la dame de S.... accoucha d'une fille dans fa maifon.

4°. Qu'elle donna ordre à l'Accou-cheur de remettre cet enfant à une nourrice, de le faire baptifer fous le nom de pere & mere inconnus, & de lui faire donner le nom de Jeanne-Ga-brielle-Clotilde.

5°. Que cette fille fut remife à la nommée Jeanne-Marie Roubert, femme de Laurent Bore, Jardinier, qui la fit baptifer fuivant ce qui étoit prefcrit.

6°. Que cette nourrice étoit payée exactement par les foins de la dame de S....

7°. Qu'à la priere de la dame de

S...., la demoiselle de P.... retira Clotilde, âgée de dix mois, & la mit chez une autre nourrice, qui fut payée exactement, & à laquelle la dame de S.... faisoit remettre du beau linge & de belles hardes, pour l'usage de Clotilde.

8°. Que la dame de S.... fit retirer Clotilde, âgée d'environ dix-huit mois, de chez la seconde nourrice, & la mit en pension chez la demoiselle M...., à qui elle payoit ou faisoit payer tout ce qui étoit nécessaire pour son entretien & son éducation.

9°. Que la dame de S.... écrivit de Paris à la demoiselle de M..... de venir l'y joindre, & de mener Clotilde avec elle.

10°. Que la demoiselle M.... accompagna l'enfant, âgé d'environ six ans, une partie du chemin, & le confia au Conducteur de la Messagerie, qui l'amena jusqu'à Paris.

11°. Que la dame de S.... mit Clotilde en pension aux Cordelieres du fauxbourg Saint Marceau, où elle resta tant que sa mere fut à Paris.

12°. Que de retour en province, elle rappela sa fille auprès d'elle.

I ij

13°. Que Clotilde, de retour à.....; fut reconnue par la demoiselle M.... & par ses voisins, pour la même fille qu'elle avoit eue en pension chez elle, & qu'elle avoit accompagnée pendant une partie de son voyage à Paris.

14°. Que, depuis son retour, Clotilde a porté le nom de *Clotilde Nadal*; qu'elle a toujours été entretenüe par la dame de S.... sa mere, dans les couvens où elle payoit sa pension, ou, auprès d'elle.

15°. Que depuis environ neuf ans, elle vit dans la maison de la dame de S.....

16°. Que depuis environ cinq ans & demi, la dame de S...., ayant appris à Clotilde qu'elle étoit sa fille, & la fille du sieur de S...., elle a pris le nom de S...., appelant la dame de S.... maman, qui, de son côté, l'appeloit sa fille.

17°. Enfin, qu'elle est la même fille dont la dame de S..... accoucha en 1732, pendant son mariage avec le sieur de S....

Cette demande en preuve testimoniale étoit appuyée sur un commencement de preuve par écrit, résultant des lettres que Clotilde avoit reçues de ses parens & de différentes personnes ; sur la reconnoissance de la dame de S...., qui, au bas d'une sommation qui lui avoit été signifiée, avoit formellement reconnu la vérité des faits articulés par la Requête. Sa demande étoit fondée, sur-tout, sur l'inexistence ou la défectuosité du regiftre de baptême, & par conséquent sur la disposition expresse de l'Ordonnance de 1667., & sur celles des Loix Romaines qui régiffent le Languedoc.

Le Sénéchal de Toulouse, par Sentence du 20 Avril 1765., permit à Clotilde de faire la preuve de ses faits, sauf la preuve contraire.

L'Abbé de S.... interjeta appel de cette Sentence au Parlement de Toulouse.

Sur cet appel, Clotilde produisit toutes les pieces qui pouvoient donner plus de poids & de faveur à sa demande en preuve, tant par titre que par témoins, & qui formoient un commencement de preuve par écrit. Elle remit les certificats des Supérieurs des couvens où elle avoit été élevée par les ordres &

I iij

aux dépens de la dame de S....; l'expédition en forme du teſtament du 30 Décembre 1762, pour ſervir, non comme teſtament, mais comme regiſtre ou papier domeſtique; les lettres qui lui ont été écrites ſous le nom de demoiſelle de S...., par pluſieurs de ſes parens, & par les perſonnes les plus qualifiées. Enfin, pluſieurs lettres de l'Abbé de S.... lui-même, qui prouvent qu'en 1763 & 1764, ſa mere lui avoit fait les plus vives inſtances pour le porter à reconnoître ſa ſœur.

Les moyens de Clotilde étoient, en ſubſtance, que les regiſtres de baptême ont été introduits pour ſuppléer & non pour exclure la preuve teſtimoniale, pour rendre la preuve de l'état plus ſûre, plus prompte & plus facile. S'ils ne rempliſſent pas la fin pour laquelle ils ont été établis, s'ils ſont muets ſur la filiation d'un enfant dont l'état a été ſupprimé, faudra-t-il que tout autre genre de preuve lui ſoit interdit? Ce feroit le comble de l'injuſtice & de l'inhumanité.

L'Ordonnance de 1667 eſt tellement éloignée d'une pareille injuſtice, qu'elle la prévient de deux manieres; par une

difpofition générale, & par une difpofition particuliere.

D'un côté, l'article 3 du titre 20
porte, que la preuve par témoins fera
admife en cas d'accidens imprévus,
où l'on ne pourroit avoir fait des actes.
Un enfant qui vient de naître eft-il le
maître d'affurer fon état par des preuves écrites? S'il a été fupprimé, s'il
n'en trouve pas la preuve dans les regiftres, il doit être reçu à la preuve par
témoins; c'eft la feule reffource qui lui
refte, attendu qu'il n'a pas été en fon
pouvoir de fe procurer des actes.

D'un autre côté, l'article 14 du
même titre veut que, fi les regiftres
font perdus, ou s'il n'y en a jamais eu,
la preuve de l'état foit reçue, tant par
les regiftres & papiers domeftiques des
peres & meres décédés, que par témoins; fauf à la Partie de vérifier le
contraire.

Les difpofitions de cet article étoient
la principale bafe de la défenfe de Clotilde. Il n'y a point de regiftre qui dé-
pofe de fon état. Si on veut lui appliquer l'extrait baptiftaire qu'elle a produit elle-même, il s'enfuivra que le
regiftre d'où il eft tiré, prouve qu'elle

I iv

eſt née, & qu'elle a été baptiſée le
3 Juin 1732 : mais il s'enſuivra en
même temps, qu'il n'y a point de regiſtre qui indique à quelle famille elle
peut appartenir, puiſqu'elle a été baptiſée ſous le nom de pere & mere inconnus. Ainſi il y a un regiſtre qui
prouve ſon âge ; mais il n'y en a point
qui prouve ſon état. Elle eſt donc dans
le cas de l'Ordonnance qui autoriſe
la preuve teſtimoniale, quand les regiſtres ſont perdus, ou qu'il n'y en a
jamais eu.

Il eſt égal qu'il n'y ait point de regiſtre, qu'il ait été perdu, ou qu'il ne
faſſe pas mention des faits dont on cherche la vérité. Si l'Ordonnance de 1667
décide, en l'article. 7 du titre 20, que
les preuves de l'âge, des mariages &
du décès, doivent être faites par des
regiſtres en bonne forme, qui feront foi
& preuve en Juſtice, elle regle en
même temps quelle doit être la forme
de ces regiſtres ; elle veut que dans l'article des baptêmes, il ſoit fait mention
du jour de la naiſſance, & que l'enfant, le pere, la mere, le parrain &
la marraine ſoient nommés : ce qui a
été confirmé & renouvelé par l'article

4 de la Déclaration du 9 Avril 1736.

Un acte de baptême, dans lequel le pere & la mere de l'enfant ne font pas nommés, n'eft donc pas un acte en bonne forme, & ne peut par confé-quent être mis dans la claffe des actes deftinés par les Ordonnances, à prou-ver en Juftice l'état des enfans, puif-qu'elles ne confient cette preuve qu'aux regiftres en bonne forme, & qu'un acte qui n'eft pas en bonne forme, n'exifte pas, relativement aux Ordon-nances.

Ainfi Clotilde, dont l'extrait bap-tiftaire ne nomme ni le pere ni la mere, eft exactement dans le même cas que l'enfant pour lequel il n'y a jamais eu de regiftre; & par une feconde con-féquence, elle eft dans l'efpece de l'ar-ticle 14 du titre 20 de l'Ordonnance de 1667, qui, quand il n'y a jamais eu de regiftres, veut que la preuve foit reçue, tant par titres que par té-moins.

D'ailleurs, l'affectation de déclarer que le pere & la mere font inconnus, eft la preuve d'une fuppreffion d'état. Les Loix naturelles & civiles autori-fent un enfant dont il eft manifefte que

I v

l'état a été supprimé, d'en faire la recherche. C'est le cas où le Législateur déclare, *non lædi statum liberorum, ob tenorem instrumenti malè concepti.* Et par une autre Loi, *statum tuum, natali professione perditâ, mutilatum non esse, certi juris est.*

L'imperfection de l'acte de baptême, la réticence qu'on y a affectée est donc la premiere circonstance qui doit entrer dans le commencement de preuve.

Ce qui est très-propre à le fortifier, ce sont les soins que la dame de S... a pris, dans tous les temps, de sa fille : ils sont détaillés dans la Requête; ils sont si multipliés, si suivis, si publics, que la preuve s'en trouve faite d'avance par leur notoriété. Qu'on réunisse ces circonstances avec l'acte de baptême tel qu'il est représenté, il ne manque plus que la preuve directe de la naissance. N'est-ce pas le cas d'entendre les témoins qui doivent en déposer?

Si on pouvoit encore en douter, ce seroit parce qu'on supposeroit que les soins que la dame de S... a pris de la réclamante peuvent avoir été inspirés par la charité, la bienfaisance, ou tout

autre principe étranger à la maternité.
Mais ce doute, fi on pouvoit le concevoir, eft bientôt diffipé par le teftament authentique de cette mere, qui y
a expreffément reconnu fa fille. On ne
fauroit refufer à cet acte important le
caractere de commencement de preuve
par écrit, qui fuffiroit pour faire admettre la preuve teftimoniale.

Il n'eft pas, il faut l'avouer, au pouvoir des peres & meres de fe donner,
ni de s'ôter des enfans, par des reconnoiffances ou par des défaveux. Un acte
de ce genre, ifolé de toute autre
preuve, ne feroit d'aucun poids : mais,
quand plufieurs faits concourent, on ne
peut douter que ce témoignage ne
foit confidérable, fuivant les circonftances.

On doit diftinguer d'abord les défaveux d'avec les reconnoiffances. Le
défaveu eft le plus fouvent odieux; il
peut être infpiré par la jaloufie du mari,
par la colere, ou par quelque autre
paffion : d'ailleurs il tend à priver un
citoyen de fon état, & la faveur eft
toujours du côté de celui qui le réclame : c'eft pourquoi on a fouvent vu
des réclamans réuffir, malgré les dé-

négations du pere & de la mere, parce
que les preuves qu'ils rapportoient dé-
truifoient ces défaveux barbares.

Mais quand là déclaration eft en faveur de l'enfant, elle eft d'un bien
plus grand poids. On doit cependant
examiner encore fi elle ne tend pas à
faire fortir le réclamant d'un état auquel il eft attaché par le titre de fa
naiffance & par la poffeffion, pour paffer dans un autre; fi ce n'eft pas une
mere coupable qui eft infpirée par une
tendreffe aveugle pour le fruit de fon
crime, ou une femme irritée qui fe
livre aux mouvemens d'une haine in-
juftement conçue contre fa famille.

Mais, hors ces circonftances finif-
tres, rien n'eft plus propre à perfuader
la Juftice que la déclaration d'une
mere qui reconnoît fon enfant, parce
qu'il n'y a alors que la force de la vérité qui puiffe produire une telle reconnoiffance.

Or tout ce qui peut accréditer &
rendre plus impofante une déclaration
de ce genre, fe rencontre dans celle
de la dame de S.... Ce n'eft point dans
le feu d'une pourfuite & d'une divifion domeftique qu'elle l'a donnée; c'eft

dans le calme d'une réflexion mûrie par
une longue fuite d'années. Retenue par
la honte d'une reconnoiffance qui emporte l'aveu du crime de fuppreffion
de part, elle a long-temps différé à la
faire ; c'est lorfqu'elle eft frappée d'une
maladie dangereufe , c'est dans fon teftament qu'elle reconnoît fa fille.

Quel autre intérêt, dans ce moment
critique, a pu l'infpirer, que l'obligation où elle fe trouvoit de rendre hommage à la vérité, & de réparer l'injuftice qu'elle fe reprochoit ?

Si cette reconnoiffance n'eft pas une
preuve parfaite de l'état, au moins on ne
peut nier que ce papier domeftique ne foit
un commencement de preuve plus que
fuffifant, felon toutes les Loix, pour
faire admettre la preuve teftimoniale.

On voit enfin que Clotilde , depuis
ce teftament jufqu'au commencement
de la conteftation , a porté publiquement le nom de fa famille. Ici commence la poffeffion d'état conftante ,
& on ne peut pas reprocher à un enfant, à qui on avoit dérobé la connoiffance de fon état, de n'en pas avoir
joui plus tôt. Mais depuis cette époque
elle a été reconnue & traitée comme

parente des perfonnes qui compofent la famille ; elle en rapporte plufieurs lettres. Auroit-on eu pour elle cette condefcendance, fi la famille n'avoit été en effet perfuadée de la légitimité de fa naiffance ? Ce jugement domef-tique ne peut être fondé que par la con-noiffance que l'on avoit de ce qui s'é-toit paffé. C'eft une tradition précieufe, que la Loi décrit en termes fi énergi-ques : *Veluti confentiens fama confir-mat rei de quâ agitur fidem.*

Qu'on réuniffe maintenant tous ces commencemens de preuve ; que l'on confidere que c'eft ici une réclamante dont l'acte de baptême porte , *pere & mere inconnus* , à qui on ne peut op-pofer le titre ni la poffeffion d'aucun autre état, qui eft née dans le cours d'un mariage concordant, qui a été élevée par les foins , aux frais , & , pour ainfi dire, fous les yeux de fa mere, parce que fon pere eft mort peu de temps après fa naiffance, qui a été en-fuite reconnue par fa mere dans un teftament authentique, & qui enfin a, depuis ce temps-là, joui publiquement de fon état, & a été traitée comme parente de ceux qui compofent la famille. Si tous ces traits ne fuffifent pas pour former une preuve complette de l'état, ne forment-ils pas du moins un commencement de preuve & un admi- nicule plus que fuffifant pour autorifer la preuve teftimoniale ?

En effet, il ne s'agit, pour s'en con- vaincre, que de prévoir & de réunir à toutes ces preuves celle qu'une en- quête peut adminiftrer fur les faits ar- ticulés par Clotilde. S'il y a, comme elle s'en flatte, des témoins qui dépo- fent de la groffeffe & de l'accouche- ment de la mere, & qui préfentent aux Juges la chaîne des faits qui, de- puis le moment de la naiffance de la réclamante jufqu'à fa demande, éta- bliront l'identité de fa perfonne ; fi cette preuve teftimoniale vient ainfi fe joindre aux faits notoires qui font déjà fous les yeux de la Juftice, quel eft l'efprit qui n'en fera pas faifi ? Or, fi cette réunion annonce un corps de preuve capable de perfuader & de dé- terminer la Juftice, c'eft la marque cer- taine qu'on doit admettre la preuve teftimoniale.

A ce récit & à ces raifonnemens, l'Abbé de S.... répondoit que Clotilde

avoit déguisé une partie des faits, &
supprimé les plus importans; qu'ainsi
les prétendus principes qu'elle avoit dé-
duits portoient à faux, & n'étoient in-
trinséquement qu'une interprétation forcée des vraies maximes & des Arrêts
cités. Il faut donc reprendre le récit
d'après lui.

Après la mort de son pere, la dame
de S.... assemble les parens pour procéder à l'élection d'un tuteur de son
fils, qui n'étoit âgé que de treize ans
sept mois : elle se chargea de cette
tutelle, & il fut arrêté que, *pour le
bien & l'avantage de son fils*, il seroit fait inventaire de tous les effets
de la succession. Dans tout le cours de
cet acte, il n'est parlé que du fils seulement.

Le 20 Août 1743, on procede à
l'inventaire, où la dame de S.... expose que son mari n'a laissé d'enfant
que *noble Joseph de S..... son fils
unique.*

A la fin de la tutelle, elle rend son
compte, & dans tout le cours de cet
acte, il n'est question que de *son fils
unique* ; elle transige ensuite, au sujet
de ses reprises, avec *son fils unique*,

né de son mariage avec ledit sieur de S.... & héritier ab intestat. N'étant alors ni obsédée, ni agitée d'aucun sentiment qui troublât la tranquillité de son ame & lui fît oublier ce qu'elle devoit à la Nature, ce qu'elle se devoit à elle-même, elle rendoit hommage à la vérité.

L'Abbé de S.... de son côté étoit bien éloigné d'avoir des sentimens contrai-res. Elevé par son pere & par sa mere comme leur enfant unique, il succé-doit comme tel, & traitoit en con-séquence avec sa mere ; s'il avoit eu besoin d'être fortifié dans une sécurité qui étoit toute naturelle , il auroit trouvé de nouveaux témoignages dans les livres de maison de son pere, te-nus avec la plus grande exactitude de-puis son mariage jusqu'à sa mort, & où tous les détails qui regardent la naissance de son fils, toutes les dépen-ses qui concernent ses nourrices, ses pensions & son entretien, sont inscrits, sans qu'il y soit fait mention d'aucun autre enfant.

Cependant la dame de S.... avoit auprès d'elle une femme de chambre appelée *Clotilde Nadal*, & connue pour fille de la nommée Nadal, qui avoit occupé le même poste jusqu'à sa mort. C'est cette Clotilde qui a entrepris d'être la sœur de l'Abbé de S....., & qui est parvenue à rendre la dame de S.... complice de ce projet odieux.

Il étoit formé depuis long-temps; mais il falloit une occasion favorable pour le mettre à exécution. Plus la dame de S.... avançoit en âge, plus les services de sa femme de chambre lui devenoient nécessaires & précieux, & plus en conséquence elle devoit acquérir d'empire sur son esprit.

Elle en fit l'essai dans une maladie sérieuse, dont sa Maîtresse fut attaquée en 1762 : elle quitta alors le nom de *Nadal* pour prendre celui de S...., & fut ainsi, de femme de chambre, métamorphosée en fille de la maison. La séduction fut poussée au point de donner naissance au testament dont on a parlé, aux démarches & aux procédures racontées plus haut. Passons aux moyens.

En premier lieu, Clotilde n'est point privée du secours des registres publics;

elle ne se trouve point dans cette extrémité qui oblige de recourir aux voies extraordinaires pour prouver la naissance; elle convient qu'elle est née le 3 Juin 1732, qu'elle a été baptisée; elle nomme la Paroisse, & indique le nom qui lui a été donné.

Il est vrai qu'elle est déclarée *fille à pere & mere inconnus*; mais, 1°. il n'en est pas moins certain que la preuve de sa naissance est uniquement attachée au registre où son acte baptistaire est consigné, parce que la Loi ne permet aucune autre preuve, si ce n'est quand les registres sont perdus, ou qu'il n'y en a jamais eu.

Qu'importe à l'exécution de la Loi que l'enfant baptisé y soit dit fille de pere & mere inconnus? Sa naissance en est-elle moins constatée par les registres que la Loi a établis? Il s'ensuit seulement qu'on ne sait quels sont ses pere & mere; que c'est-là l'état que les dépôts publics lui ont donné; & qu'elle ne peut en demander un autre, parce que la Loi ne le permet pas. Si elle vouloit que l'ignorance dans laquelle leurs pere & mere ont laissé les enfans fur ceux de qui ils tiennent le jour, fût un prétexte pour en indiquer, elle leur auroit par-là donné un titre pour réclamer arbitrairement les famil-les qu'ils voudroient choifir.

2°. La précaution de céler fur le regiftre le nom des peres & meres, foit en les déclarant inconnus, foit en leur donnant des noms fuppofés, n'eft jamais que la fuite du crime que l'on veut cacher. Les fieur & dame de S.... n'avoient nul intérêt à prendre ces précautions honteufes. Pourquoi l'union la plus légitime les auroit - elle con-duits à priver un enfant des avantages attachés à fa naiffance?

3°. Ce n'eft point laiffer fans état ceux qui font dans le cas de Clotilde, que de les empêcher de s'introduire dans une famille qui leur eft étrangere; c'eft leur conferver la qualité & le rang que leur naiffance leur a affignés dans la Société; autrement l'obfcurité de la naiffance deviendroit un titre pour s'in-troduire dans telle famille que l'on voudroit choifir. Il feroit plus avanta-geux d'être né dans l'obfcurité, que dans la légitimité d'un état médiocre,

Mais revenons à l'acte baptiftaire de Clotilde, & fuppofons que l'énonciation de pere & mere inconnus puiffe opérer un vice qui prive cet acte de la faculté de fournir la preuve requife par l'Ordonnance, & qu'un pareil certificat de naiffance ne ferve pas plus que fi les regiftres étoient perdus, ou qu'il n'y en eût jamais eu : mais alors il faut y fuppléer par le moyen que l'Ordonnance indique ; il faut prouver, *tant par titres que par témoins* : & quels titres cette Loi exige-t-elle ? *Ce font les regiftres ou papiers domeftiques des peres & meres* ; c'eft-à-dire, qu'il faut remplacer les titres publics par la poffeffion d'état.

Qu'eft-ce que c'eft que la poffeffion d'état ? C'eft ce que l'on appelle en Droit, *tractatus & educatio* ; ce qui a trois objets : 1°. que l'enfant ait été élevé dans la maifon ; 2°. que les pere & mere l'aient fouvent appelé & nommé leur fils ; 3°. qu'il ait été connu & traité en public comme l'enfant des pere & mere qu'il s'attribue.

En effet, comment un enfant qui, fans acte baptiftaire, veut fe faire reconnoître pour l'enfant légitime de ceux qu'il réclame, pourroit-il être écouté, s'il n'a pas été connu & traité comme tel, tant dans le public que dans la maison paternelle? Or, si l'on considere ce qui s'est passé à l'égard de Clotilde, sous les différens aspects qui font la possession d'état, on voit que tout se réunit pour la lui refuser.

Les livres & papiers domestiques déposent contre elle. 1°. Ceux du sieur de S.... gardent le silence le plus absolu sur le compte de Clotilde, lorsqu'il n'y manque rien de tout ce qui peut concerner la naissance & l'entretien du sieur Abbé de S.... son fils, jusqu'au moment de la mort de ce pere.

2°. La dame de S...., qui soutient l'entreprise de Clotilde avec tant d'éclat, a laissé passer trente ans sans donner à sa prétendue fille aucune preuve, aucun signe de maternité. Elle a, au contraire, géminé les actes par lesquels elle a publiquement & authentiquement déclaré qu'elle n'avoit qu'un enfant, qui est l'Abbé de S.... Dans toutes ces occasions, on voit que toutes ses

idées se rapportent à son fils unique ,
& qu'elle ne regle ses intérêts que sur
ce fondement.

En sorte que tout ce qui compose
les regiftres & papiers domeftiques ,
soit de la part du pere , soit de la part
de la mere , loin de faire preuve en
faveur de la réclamante , éleve contre
sa prétention une barriere insurmon-
table.

Peut-elle , au moins , tirer quelque
avantage de la maniere dont ses prétendus parens l'ont traitée , & de l'éducation qu'ils lui ont donnée : *tractatus
& educatio ?*

Le feu fieur de S.... n'a eu , jufqu'à
l'inftant de fa mort , aucune part à ce
qui la concerne ; il ne la connoiffoit
pas. Elle eft donc totalement étrangere
à celui qu'elle fe donne pour pere.

A l'égard de la mere , dès que Clotilde eft entrée dans fa maifon , elle y
a paffé pour la bâtarde de la Nadal ,
ancienne femme de chambre de la
dame de S.... , qui l'avoit recommandée à fa maîtreffe : & l'on peut juger
du crédit que cette domeftique avoit
fur l'efprit de fa maîtreffe , par l'in-

dulgence de celle-ci, qui non seulement a fermé les yeux sur la grossesse & sur l'accouchement d'une fille qui demeuroit chez elle, mais qui a souffert que le fruit d'un amour criminel fût élevé sous ses yeux; elle a fait plus, elle a pris part à l'éducation de cette bâtarde, & s'est engagée de la prendre à son service, quand l'âge le lui permettroit : en effet, dès 1742, Clotilde rendoit à la dame de S.... tous les soins dont elle étoit capable.

A Paris, Clotilde est mise en pension chez les Cordelieres, comme une fille dont la dame de S.... prend soin.

La dame de S.... retourne dans sa province, laisse l'enfant chez ces Religieuses, qui, n'étant pas payées, la font conduire chez la Marquise de G...., qu'elles savoient être amie de la dame de S.....

La Marquise s'en charge; &, en attendant qu'elle la puisse placer chez une Marchande de Modes, elle la met avec ses femmes de chambre, dont elle partage les travaux & la nourriture. Elle entre dans une boutique de

Modes,

Modes, où elle ne peut reſter que fort
peu de temps.

La dame de G.... s'en débarraſſe, en
la renvoyant à ſa protectrice, qui n'étoit
pas fort empreſſée de la revoir : le Courrier s'en charge, & la remet à la dame
de S...., qui répete à tout le monde
ce qu'elle avoit dit à Paris, que c'étoit
la fille de Nadal, dont elle vouloit
faire ſa femme de chambre.

L'eſpece de diſſipation dans laquelle
vivoit alors la dame de S.... ne pouvant
s'accorder avec la jeuneſſe & la figure
de Clotilde, qui auroient demandé des
précautions gênantes, elle la mit dans
différens couvens, cherchant toujours
les penſions les plus modiques. On voulut même lui donner une place de Religieuſe, pour laquelle une fondation
diſpenſoit de payer aucune dot : Clotilde refuſa, ſous prétexte qu'elle n'a-
voit pas de vocation. On lui propoſa
d'épouſer un Meûnier : elle y conſen-
tit ; mais le Meûnier, à la ſeule infpection de l'extrait baptiſtaire, refuſa
cette alliance.

La dame de S...., dont la fortune
alloit toujours en ſe dégradant, fut

Tome IV. K

enfin obligée, par économie, de prendre Clotilde chez elle, pour y faire les fonctions de femme de chambre. On la connut par-tout sous cette qualité, soit à la ville, soit dans les maisons de campagne où elle suivoit sa maîtresse ; elle y mangeoit avec les domestiques.

Cependant la séduction commençoit dès-lors. Soit que Clotilde songeât déjà à jeter les fondemens de son projet, soit que sa vanité fût offensée de l'état de domesticité auquel elle étoit publiquement réduite, elle engagea sa maîtresse à proposer, dans une maison, de l'admettre à faire sa partie avec la compagnie ; elle fut refusée. Elle parvint néanmoins à se faire servir par les autres domestiques : insensiblement elle usurpa le titre & le rang de fille de la maison, & réussit enfin à obtenir la déclaration qui fait l'unique fondement du procès qu'elle a osé intenter.

Dans cette succession de faits, qui embrasse un espace d'environ trente années, en trouve-t-on qui ait trait à ce qui forme le *tractatus & educatio*? Aucune reconnoissance publique, aucun traitement , aucune circonftance n'apprend que Clotilde ait été regardée dans le Public, ni même dans la maifon de la dame de S...., comme fa fille.

Quant à ce qui s'eft paffé dans les dernieres années qui ont précédé le procès , on n'y voit que les preuves d'une entreprife méditée & concertée, pour monter d'un état abject à un état honnête.

Outre qu'il eft de maxime que les déclarations des peres & meres doivent être rejetées , fi elles font fufpectes, c'eft-à-dire , lorfqu'il paroît qu'elles font concertées avec les enfans , il faut ajouter que celle de la dame de S...., & tout ce qu'elle a pu faire en faveur de fa prétendue fille , n'a été mis en ufage que quand il n'étoit plus temps. Elle ne pouvoit plus changer l'état de Clotilde, qu'elle avoit elle-même fixé par des actes irrévocables & décififs, & par une conduite fuivie & uniforme pendant trente années , qui s'eft toujours réunie à l'extrait baptiftaire de Clotilde, pour établir fa bâtardife.

Qu'on ne parle point des lettres

K ij

qu'elle a eu l'adreffe de fe procurer
depuis que la féduction a produit fon
effet fur l'efprit de la dame de S....
Elles entroient néceffairement dans le
fyftême de Clotilde. La prétendue mère,
dont elle avoit extorqué le fuffrage, l'a
préfentée comme fa fille aux perfonnes
qui vinrent la voir pendant fa maladie;
& Clotilde écrivit, en cette qualité, à
quelques parens & à quelques amis de
la dame de S...., qui, n'ayant aucun
intérêt ni d'approfondir, ni de critiquer
cette métamorphofe, lui attribuerent,
dans leurs réponfes, la qualité qu'elle
avoit prife.

L'état qu'a poffédé Clotilde pendant
trente ans, & jufqu'au moment où elle
a fongé à en ufurper un autre, étoit
donc abfolument oppofé à celui auquel
elle s'étoit avifée d'afpirer après ce long
efpace de temps. Son extrait baptiftaire
étoit le titre fondamental de ce premier état, & toutes les circonftances de
fa vie étoient analogues à la qualité que
ce titre lui attribuoit. Ces circonftances
bien appréciées ne préfentent qu'un enfant pour lequel la dame de S.... avoit
pris une affection finguliere. Rien n'eft

plus commun que les exemples de ces
sortes d'attachemens, même pour des
enfans inconnus, que des femmes se
déterminent à adopter, soit par fan-
taisie, soit autrement. On pourroit
citer de ces adoptions qui ont été pouf-
fées jusqu'à l'extravagance ; mais celle
de la dame de S.... en faveur de Clotilde, loin de former à celle-ci un
titre de filiation, exclut au contraire
toute idée de maternité, puisqu'on n'en
trouve aucune trace, aucun indice dans
les actes de charité exercés envers elle
par la dame de S...., jusqu'au moment
où la féduction a commencé.

C'est d'après ces principes & ces motifs, que, par Arrêt du Parlement de
Toulouse, du 11 Mars 1766, la Sentence du 20 Avril 1765 fut infirmée ;
Clotilde déboutée de ses demandes,
avec défenses de prendre le nom de
S...., sous les peines de droit, & con-
damnée aux dépens.

Elle se pourvût en caffation contre cet
Arrêt ; elle exposa, dans la Requête
qu'elle présenta à cet effet, les faits
tels que nous les avons rapportés d'a-
bord d'après elle ; & il fut ordonné

K iij

que cette Requête feroit communiquée:
mais le fieur Abbé de S...., par le miniftere de M. Moriceau , Avocat au
Confeil , rétablit les faits tels qu'ils
étoient , & difcuta les principes de la
matiere ; & , le 8 Avril 1772 , intervint Arrêt du Confeil , qui rejeta la
demande en caffation.

QUESTION D'ETAT,

Sur la validité d'un mariage contracté en pays étranger, & sur la légiti- mité de l'enfant qui en étoit né.

IL y a peu de Causes qui soient plus défavorables que celles où un héritier collatéral demande aux Tribunaux d'a- néantir un mariage, & de priver des enfans de l'avantage précieux de la lé- gitimité, pour leur enlever le patri- moine qui leur étoit destiné par la Nature, & s'enrichir en les couvrant d'opprobre. Cependant, comme la Re- ligion & les Loix civiles ont prescrit des formalités essentielles pour la vali- dité des mariages, ces Causes intéres- sent toujours l'ordre public ; & , quel- que odieuses que soient ces réclama- tions, les Magistrats ne doivent les proscrire que lorsqu'elles sont contraires au vœu des Loix & de la Jurisprudence, parce qu'il est important que l'état des hommes ne soit pas abandonné aux ca- prices des individus.

K iv

Dans cette Caufe, c'étoit un collatéral qui conteftoit les droits de l'héritier du fang, un neveu qui difputoit à une fille la fucceffion de fon pere, un parent qui attaquoit un mariage reconnu & approuvé par une famille entiere; c'étoit enfin une efpece de conflit entre les Loix & la Nature.

Voici les faits fur lefquels il appuyoit fa réclamation.

Un jeune homme de Maubeuge, nommé *Camp de Laurent*, s'étoit expatrié vers l'an 1714 ou 1715. On prétendoit qu'il s'étoit engagé, qu'enfuite il avoit déferté. Quoi qu'il en fût de ces faits, qui n'étoient pas conftans, ce qu'il y avoit de certain, c'eft qu'en 1716 il s'étoit réfugié à Dueren, ville du Duché de Juliers en Allemagne; il n'avoit alors que dix-neuf ans, âge propre à la féduction en tout genre.

Ce jeune homme, fans état, fans reffource, fit connoiffance dans ce pays avec une veuve âgée de trente ans, nommée *Macour*, fuivant les certificats allemands, & *Macors*, fuivant toute la procédure françoife: différence un peu finguliere, & qui pouvoit faire naître des foupçons fur l'identité de la perfonne.

Il paroît qu'elle étoit veuve d'un Gentilhomme du Hainaut, appelé *Liverſain*; elle étoit de Cologne; elle avoit demeuré à Rottembourg, & c'étoit dans cette ville qu'étoit mort ſon premier mari, ſuivant l'extrait mortuaire qu'on rapportoit.

Cette veuve ſe trouva à Dueren, en même temps que le ſieur Camp de Laurent. La conformité du ſort fit peut-être éclore l'inclination; ou la veuve regarda comme un très-grand avantage pour elle une union, quelle qu'elle fût, avec un jeune étranger; à qui l'éloignement de ſa famille, & peut-être l'indignation de ſes parens, laiſſoient cependant bien peu d'eſpérance. Cette union avoit été contractée en 1716, & on en repréſentoit le titre.

Ce nouveau ménage que Dueren avoit vu former dans ſon enceinte, y reſta peu de temps; bientôt le déſir & la hardieſſe revinrent au ſieur Camp de Laurent, de revoir ſes foyers paternels. Il quitta l'Allemagne, & rentra dans le ſein de ſa famille. Comment y fut-il reçu? Y parut-il accompagné de ſa femme? Ses parens connurent-ils ce prétendu mariage? Y donnerent-

K v

ils un confentement tacite? Ce font
autant de faits fur lefquels les Parties
n'étoient pas d'accord. Ce qu'il y avoit
de certain, c'eft qu'en 1722, la dame
Camp de Laurent accoucha d'une fille,
& que cette fille fut baptifée fous le
nom de fille du fieur Camp de Laurent & de fon époufe. On trouvoit
même fur l'extrait de baptême, parmi les
fignatures qui l'accompagnoient, celle
de la dame Olivier : c'étoit le nom que
portoit l'aïeule de l'enfant, avant que
d'être mariée; mais, par une fingularité
qui étoit remarquable dans la Caufe,
l'aïeule avoit pas pris les noms de
baptême qu'elle prenoit ordinairement.
D'ailleurs on a avoit attefté dans cet
acte la préfence du pere, & on n'a-
voit rien dit de l'aïeule ; ce qui étoit
une forte raifon de fufpecter la préfence
de celle-ci:

Quoi qu'il en fût encore de ces circonftances, il paroiffoit certain que la
dame Camp de Laurent avoit eu une
poffeffion publique de fon état. La fortune du fieur de Laurent avoit changé
de face en peu de temps. En rentrant
en France, il avoit trouvé des protecteurs qui l'avoient mis dans les entrepri-

fes des vivres. Des hafards heureux l'a-
voient fervi. Il fe trouvoit dans une
opulence qui paroiffoit augmenter jour-
nellement.

Mais tandis qu'une partie de cette
famille acquéroit ainfi l'éclat que donnent les richeffes, une autre portion
reftoit dans l'obfcurité. Les pere & mere
du fieur Gobault n'éprouvoient point les
faveurs de la fortune : ils n'avoient pas
pris la route qui y conduit. Ils ne lui
laifferent bientôt que la médiocrité dans
laquelle eux-mêmes avoient vécu. Le
fieur Gobault n'en fut pas plus affligé :
mais des circonftances imprévues ayant
encore diminué les dernieres reffources
qui lui reftoient, il crut en trouver
dans la générofité de fes oncles : comment le fieur Gobault en fut-il accueilli ?

La dame de l'Epine affuroit que
l'inconduite du neveu avoit révolté fes
oncles; qu'ils furent réduits à employer
contre lui les derniers remedes ; qu'ils
crurent devoir fe précautionner contre
fon libertinage, en lui ôtant les moyens
de s'y livrer par une détention qui l'en-
levoit aux objets capables de l'entrete-

K vj

nir ; mais ces faits étoient indifférens
dans la Caufe.

Ces traitemens fans doute n'étoient
pas faits pour exciter dans l'ame du
neveu une bien tendre reconnoiffance ;
cependant il n'avoit jamais montré contre eux aucun reffentiment ; il avoit
vu fans murmure l'un d'eux difpofer
de fa fucceffion entiere en faveur du
furvivant, enrichir fes domeftiques, ne
lui laiffer à lui-même qu'une penfion
viagere de 300 livres , tandis qu'un
Cuifinier, une Femme de chambre en
avoient de 4 & 600 livres. Il avoit tout
enduré fans fe plaindre.

Il y avoit plus , l'invalidité du mariage de celui de fes oncles qui reftoit, lui étoit connue depuis long-temps ;
mais il ne s'étoit permis ni la moindre
démarche , ni même le moindre défir. Il penfoit que le fieur de Laurent
avoit une fille ; qu'il pourroit réfléchir
fur le malheureux état où elle fe trou-
veroit en le perdant , & prendre peut-
être des précautions pour l'en garantir :
enfin il penfoit tout ce qu'un collatéral
honnête, refpectueux & exempt d'avidité peut penfer.

Le fieur de Laurent étoit mort. Le

sieur Gobault, à ce moment, avoit cru
pouvoir réclamer les droits que la Loi
lui donnoit, il s'étoit présenté pour
recueillir sa succession.

Aussi-tôt après sa mort, arrivée le
29 Mai 1771, il requit le Juge de Guise
de se transporter au château de Bernou-
ville, où il étoit décédé, pour y ap-
poser les scellés. Le Juge s'y trans-
porta ; mais la dame de l'Epine & son
mari s'opposerent au scellé requis par
le sieur Gobault. Une Sentence ordonna
cependant qu'il seroit procédé provisoi-
rement à l'apposition de scellés, & renvoya les Parties à l'Audience. La dame de
l'Epine demanda d'être maintenue dans
les droits que sa qualité de seule fille
& héritiere du sieur Camp de Laurent
& de la dame Macors, ses pere &
mere, lui donnoit. Le sieur Gobault
contesta la légitimité de la dame de
l'Epine, & la validité du mariage dont
elle étoit née, & demanda une provision de 6000 livres. Le Juge de Guise
la lui accorda, & ordonna que les Parties se pourvoiroient en la Cour, pour
y plaider sur les moyens d'abus.

C'est en cet état que la Cause s'est
présentée au Parlement de Paris.

Le Défenseur du sieur Gobault (1) soutenoit que la dame de l'Epine n'a-voit jamais eu une possession publique & constante de son état.

1°. Que rien ne prouvoit qu'elle eût été reçue & adoptée par son aïeul paternel, puisque le testament qu'il avoit fait en 1730, ne faisoit aucune mention du mariage de son fils. Il pouvoit l'ignorer, ou feindre de n'en être pas instruit : s'il n'avoit pas connu son existence, on ne pouvoit pas dire qu'elle eût joui de l'état de sa petite-fille ; s'il en avoit été informé, & s'il l'avoit méconnu, il n'avoit donc pas donné son appro-bation au mariage dont elle étoit le fruit.

2°. Quant au consentement de l'aïeule de la dame de l'Epine, ce n'étoit point elle qui étoit désignée par l'acte de bap-tême sous le nom de *Marie-Marguerite Olivier*, puisqu'elle étoit simplement nommée *Marguerite* dans les autres actes.

Le Défenseur du sieur Gobault ajou-toit que les seules fins de non-recevoir qu'on puisse admettre contre des col-

(a) M. Linguet.

latéraux, font celles qui réfultent de leurs propres reconnoiffances; que le fieur Gobault n'en avoit fait aucune qu'on pût lui oppofer; qu'il s'étoit préfenté auffi-tôt qu'il avoit été autorifé à le faire, & qu'il n'avoit attaqué le mariage que par la voie de l'exception; que fi la Jurifprudence avoit quelquefois jugé non-recevables des collatéraux qui vouloient troubler l'état d'un mariage réfolu par la mort, ce n'étoit que parce qu'ils l'attaquoient par la voie de l'action; mais qu'on avoit toujours accueilli leur réclamation, lorfqu'ils s'étoient pourvus par exception; & il foutenoit enfin qu'un moyen d'abus abfolu, tel que le défaut de préfence du propre Curé, pouvoit être allégué par les collatéraux.

Si l'infamie, difoit-il, d'une alliance peut autorifer la réclamation des collatéraux, le défir légitime de recueillir des fucceffions auxquelles la Loi les appelle par préférence à des êtres dont elle n'avoue pas l'exiftence, mérite également la protection de la Juftice.

Au fond, quelles étoient les formalités qui avoient été remplies dans le mariage dont le fieur Gobault conteftoit

la validité ? Il avoit été contracté en
pays étranger; une des Parties étoit mineure; il n'avoit point été réhabilité:
or quelles étoient les Loix qu'on devoit
consulter? Etoient-ce celles du Royaume, ou celles d'Allemagne?

Lorsqu'il s'agit, continuoit le Défenseur du sieur Gobault, d'un mariage
contracté en pays étranger, c'est le domicile du mari qui détermine les Loix
auxquelles il doit être assujetti. Le sieur
Camp étoit né en France, il avoit passé
quelque temps dans un pays étranger;
mais il étoit mineur, conséquemment
sans volonté, parce qu'on ne change
point de domicile, à moins qu'il n'y ait
animus perpetuo remanendi, & *animus
constans*; il étoit revenu dans son pays;
son vœu avoit toujours été d'y revenir;
il y avoit donc conservé son domicile:
ainsi c'étoit aux Loix de la France à
prononcer sur la validité de son mariage.
Or, dans ce Royaume, plusieurs formalités sont nécessaires pour rendre un
mariage valide; 1°. la proclamation
des bans : elle doit être faite par le
Curé de chacune des Parties contractantes; 2°. la présence du propre Curé
de ceux qui contractent, sinon sa per-

miſſion par écrit de ſe marier devant
un autre Prêtre, ou celle de l'Evêque
Diocéſain. Ce ſont les regles établies
par l'Ordonnance de 1639, art. 1, par
l'Edit de 1697, & par la Déclaration
du 15 Juin de la même année.

Quand on ſuppoſeroit qu'avant l'année 1732, & conſéquemment à l'époque du mariage du ſieur Camp, la préſence de l'un des Curés des Parties
pouvoit être conſidérée comme ſuffi-
ſante, il n'en réſulteroit rien en faveur
du mariage dont il s'agiſſoit, parce qu'il
n'étoit pas certain que Catherine-Eli-
ſabeth Macors eût un domicile acquis
à Dueren, lors de ce mariage : d'ailleurs le ſieur Camp étoit mineur, la
préſence de ſon propre Curé étoit la
plus indiſpenſable.

Que les Ordonnances concernant les
mariages en France, n'aient été enre-
giſtrées au Parlement de Flandre qu'en
1742, c'eſt un fait indifférent ; tout
le monde ſait que l'Edit de 1556,
l'Ordonnance de Blois, la Déclaration
de 1639, ont précédé l'établiſſement
du Parlement de Flandre, & que quand
le Roi érige de nouvelles Cours de
Juſtice, il n'eſt pas néceſſaire, pour

affurer l'exécution des Loix antérieures, qu'il en ordonne un enregiftrement exprès : autrement , dans le temps intermédiaire de l'établiffement de ces Tribunaux & de l'enregiftrement , il y auroit des Juges fans Jurifprudence , & des Magiftrats fans fonctions. Les Flamands eux-mêmes ont tellement reconnu qu'ils étoient liés par les Loix du Royaume , que lorfqu'ils ont cru qu'il leur étoit avantageux d'être exceptés de la Loi générale , ils ont follicité des Déclarations particulieres, telles que celle de 1704. Cette Loi permet aux mineurs de la Province, d'après un ancien ufage , de fe faire autorifer en Juftice pour contracter mariage , dans le cas d'un refus opiniâtre de la part des parens : elle déroge aux Loix contraires ; mais elle excepte formellement de la dérogation ce qui concerne la préfence du propre Curé des Parties : en forte qu'on peut dire que dès 1704 , & fauf la limitation portée par cette Loi , celles qui concernent la validité des mariages étoient en vigueur dans la Province.

Ainfi tout fe réunit , concluoit le Défenfeur du fieur Gobault, à prouver les vices qui rendent nul le mariage du sieur Camp de Laurent , & à priver la dame de l'Epine sa fille , des avantages de la légitimité.

Les sieur & dame de l'Epine soutenoient que le sieur Gobault n'avoit aucun moyen d'abus, & que d'ailleurs sa qualité le rendoit non-recevable.

Le seul moyen d'abus, disoit leur Défenseur (a), qui pût mériter quelque attention , étoit le défaut de présence du propre Curé. Le Concile de Trente est la premiere Loi qui en ait établi la nécessité. Après des doutes qui ont subsisté fort long-temps, on convient universellement aujourd'hui que sa présence ne doit pas être purement passive ; mais quel est le propre Curé, lorsque les Parties contractantes ne sont pas domiciliées sur la même Paroisse ? Avant 1732 , c'étoit un principe admis par la Jurisprudence, que la présence du Curé d'une des Parties contractantes suffisoit pour la validité du mariage. En 1732 , d'après un Arrêt rendu dans la Cause de Marie Thaunay, la Juris-

(a) M. Gerbier.

prudence a été fixée fur ce point dans
le reffort du Parlement de Paris : on a
exigé le concours de l'un & l'autre
Curé; mais, 1°. on ne pourroit, fur
le fondement de cette Jurifprudence,
déclarer abufif un mariage contracté
antérieurement. 2°. Rien n'empêchoit
que dans les autres Cours fupérieures
on ait pu fuivre une Jurifprudence contraire depuis 1732. La Loi qui a détruit tous les doutes n'ayant point été
enregiftrée dans le Parlement de Flandre, la néceffité du concours des deux
Curés y étoit par conféquent inconnue
long-temps après l'époque de 1732.
Cela eft prouvé par une foule d'actes de
célébration de mariage qui font rapportés; & l'on n'en doit pas être furpris, fi l'on confidere qu'il n'y a pas
plus de trente ans que nos Loix fur
les formalités des mariages y ont été
enregiftrées. Ainfi il eft évident que la
diverfité des domiciles des Parties contractantes n'exigeoit point, en 1716,
le concours des deux Curés.

Quant au confentement des pere &
mere du fieur Camp, quelle preuve
rapportoit-on du défaut de cette formalité? S'il eft néceffaire, fuivant nos

Loix, que ce confentement foit conftaté par l'acte de célébration , un mariage contracté en Allemagne n'eft pas
affujetti aux mêmes regles. Dans ce
pays , le Concile de Trente forme la
Loi des mariages , & il n'exige point
cette formalité. On ne rapportoit pas ,
à la vérité , ce confentement par écrit ;
mais on fourniffoit des preuves non fufpectes de l'approbation que les pere &
mere avoient donnée au mariage , de
la fatisfaction qu'ils en avoient mar-
quée , puifqu'ils avoient reçu dans leur
maifon leur fils & fon épouſe : la mere
avoit préfenté au baptême le premier
fruit de leur union. Quinze ans après ,
le pere avoit confié à fon fils l'exécution de fes dernieres volontés. Les pere
& mere ne feroient pas écoutés aujour-
d'hui , s'ils entreprenoient de critiquer
ce mariage , fous prétexte du défaut de
confentement de leur part ; à plus forte
raifon devoit-on rejeter un pareil moyen
propofé par un collatéral.

Le défaut de publication de bans étoit
chimérique ; la publication en avoit été
faite à Duéren , puifque l'acte ne faifoit
pas mention du contraire , & que , fuivant un acte de notoriété des Officiers

Municipaux de cette ville, on ne fait point mention des publications des bans dans ces sortes d'actes, que lorsqu'elles n'ont point été faites parce qu'il y a eu dispense. Au surplus, le Concile de Trente n'exigeoit pas qu'on publiât des bans à Maubeuge, & l'on n'y connoissoit pas, en 1716, la Déclaration de 1639, qui prescrit la publication dans les deux Paroisses.

D'ailleurs, c'est une maxime consacrée par la Jurisprudence, que les collatéraux ne peuvent être admis à réclamer contre un mariage, que lorsqu'il fait réjaillir sur une famille entiere la honte & le déshonneur : hors ce cas, les Arrêts ont toujours imposé silence aux parens collatéraux.

Or la vertu même & l'honnêteté ont présidé au mariage du sieur Camp de Laurent & de la demoiselle Macors; cinquante ans de bonne foi, de possession publique & paisible dans le sein de deux familles, l'ont consacré ; une fille, qui en est le seul gage, a été élevée, mariée sous la foi des avantages que l'opinion publique & la Loi attachent à une naissance légitime. Pouvoit-on, dans de pareilles circonstances, écouter un collatéral avide, qui ne tendroit de détruire un mariage qu'il auroit dû respecter, que pour satisfaire sa cupidité ?

Tels étoient les différens moyens qui furent développés par les Défenseurs des Parties pendant plusieurs audiences.

Par Arrêt du 29 Mai 1772, rendu sur les conclusions de M. l'Avocat-Général de Vaucresson, le sieur Gobault fut déclaré non-receyable, & condamné par corps à restituer la provision que le Juge de Guise lui avoit accordée, &c.

AFFAIRE *de la demoiselle de Camp, contre M. de Bombelles.*

Lorsque cette Cause fut plaidée, elle fit sur les esprits une sensation très-vive, mais en même temps bien dif-férente. Il fut aisé de sentir que dans l'affaire de la demoiselle de Camp, il y avoit plus d'un intérêt secret : telle personne à qui elle sembloit étrangere, ne laissoit pas d'y prendre une très-grande part. De cette diversité d'inté-rêts naissoit un contraste frappant de sentimens & d'opinions sur le fond de la question, &, par influence, sur les personnages mêmes qui en étoient l'objet. On les adoptoit selon que la situation de l'un ou de l'autre avoit un rapport plus ou moins éloigné, avec des craintes ou des espérances cachées dans une situation ressemblante. Aussi éprouverent-ils des fortunes bien con-traires dans l'opinion publique.

Voici les faits qui ont donné lieu à cette Cause vraiment célebre.

La

La demoiſelle de Camp, née à Montauban, d'une famille qui n'a rien de remarquable qu'une probité éprouvée dans un commerce établi depuis deux cents ans, étoit dans ſa vingt-troiſieme année. M. de Bombelles, Gentilhomme, décoré du titre de *Vicomte*, & de la Croix de S. Lazare, Eleve de l'Ecole Royale Militaire, Officier dans le Régiment de ***, étoit à peu près du même âge. Il étoit né dans la même ville, & y faiſoit ſa réſidence ordinaire. Des amuſemens de ſociété lui procurerent la premiere entrevue de la demoiſelle de Camp. Ils étoient jeunes tous les deux. M. de Bombelles avoit des agrémens & un cœur; la demoiſelle de Camp, de la ſenſibilité & des charmes. L'effet inévitable d'une liaiſon ſuivie, à cet âge, eſt de l'amour; auſſi s'aimerent-ils : le haſard les avoit raſſemblés, l'amour les réunit.

Pendant qu'une paſſion d'autant plus violente qu'elle eſt plus douce, les enchaînoit d'un côté, des obſtacles invincibles s'élevoient de l'autre, & ſembloient les menacer d'une ſéparation éternelle. La demoiſelle de Camp étoit fille de Proteſtans, & Proteſtante elle-

Tome IV. L

même. M. de Bombelles faifoit profeffion , à l'exemple de fes peres , de la
Religion Catholique ; tous les deux
étoient fous la tutelle de parens qui
tenoient également à leur culte. Que
de raifons de s'éviter & de fe craindre !
Mais , foit que la vue , qui n'eft pas
rare dans cette ville, d'unions heureufes
& paifibles entre des efprits divifés de
fentimens & de Religion , les raffurât
fur la différence du culte ; foit plutôt
que , dans ce moment , ils ne viffent
qu'eux-mêmes & ne fentiffent que leur
amour , ils n'écouterent & ne fuivirent
que les infpirations de leur cœur ; & ,
loin de fe contraindre fur les fentimens
que la raifon leur crioit d'étouffer , ils
fe jeterent en aveugles dans les bras
l'un de l'autre.

Si l'on s'en rapporte à la demoifelle
de Camp, M. de Bombelles en fit la
demande à fon pere : après l'avoir obtenue de fa famille, on dreffa les articles
d'un contrat. M. de Bombelles , à qui
ils furent préfentés, les figna avec tranf-
port ; mais , après les préliminaires, il
parla des difficultés & des contradictions qu'il éprouveroit du côté de fa
famille ; il repréfenta la néceffité de

tenir son mariage secret, jusqu'à ce
qu'il pût se concilier les suffrages de
ses parens ; il donna des raisons qui
parurent convaincantes. La famille enfin
fit l'honneur à M. de Bombelles de le
croire assez honnête homme pour pouvoir mettre sous la sauve-garde de ses
sermens, l'honneur de leur parente, &
l'état de ses enfans. On se contenta de
la bénédiction d'un Ministre.

M. de Bombelles soutient au contraire qu'il ne demanda la demoiselle
de Camp qu'à elle-même. Leur union,
si on l'en croit, fut long-temps secrete.
Il n'alloit jamais chez le pere ; & quand
il voyoit sa fille, c'étoit chez une amie
obligeante, à qui il devoit tout ce qu'il
avoit eu d'occasions heureuses. Dans la
suite, il est vrai qu'il fut connu du
pere, & ce fut la demoiselle de Camp
elle-même qui le présenta ; mais, dans
ce temps même, ses visites furent très-
rares.

Un soir qu'il étoit prié d'un souper,
il ne fut jamais si surpris, ajoute-t-il,
que lorsqu'il s'entendit, au dessert, com-
plimenter sur une inclination qu'il
croyoit très-cachée ; il s'apperçut, avec
une surprise amere, que son intrigue

L ij

amoureuse n'étoit plus un mystere, &
il ne pouvoit imaginer une pareille in-
discrétion. Lorsqu'il vit paroître un
contrat de mariage, l'effroi le saisit,
& il cherchoit déjà dans tous les yeux
s'il n'étoit pas environné d'ennemis ;
mais, à l'accueil du pere, & à la con-
tenance de la fille, il jugea que c'étoit
un époux que lui demandoit, en réparation de ses torts, la famille assemblée.
Son premier mouvement fut de se ré-
volter contre une séduction ou une
violence préméditée ; mais son inexpé-
rience, & les risques attachés à un refus, un dénuement de tout secours au
milieu d'étrangers qui se croyoient ou-
tragés, &, plus que tout cela, les larmes & l'inquiétude attendrissante de
sa maîtresse, tout se réunissoit contre
lui, jusqu'à lui-même, dont le cœur
étoit plein de la demoiselle de Camp,
au moment même qu'elle le trahissoit.
Il avoit toujours désiré d'en faire son
épouse ; c'étoit, depuis long-temps,
l'objet de toutes ses pensées. Il signa,
& de nouveaux applaudissemens, &
sur-tout les caresses de la demoiselle
de Camp furent le prix de sa complaisance,

Mais il eſt faux que cette piece, avec laquelle on vouloit l'enchaîner, ait jamais été ſuivie d'aucun mariage; il rejette du moins avec horreur l'imputation qu'on oſe haſarder contre lui, d'avoir, au mépris de ſa Religion, fait, *au deſſert*, un acte d'impiété. Cependant il exiſte une atteſtation du Miniſtre, un certificat d'un prétendu Paſteur de Montauban, & deux autres témoignages. Mais il faut obſerver auſſi que ces pieces ont été taxées de fabrication & de fauſſeté; &, comme par la tournure que l'affaire a priſe, & l'impoſſibilité de vérifier de pareilles preuves, il n'a été à cet égard prononcé rien de juridique, nous nous contenterons de les citer à leur place, ſans en porter aucun jugement.

Quelle que ſoit l'exacte vérité, il eſt certain que M. de Bombelles & la demoiſelle de Camp jouirent des droits de femme & d'époux. Qu'un mariage eût en effet ou n'eût pas ratifié ſes libéralités, celle-ci ne mit point de bornes à la ſatisfaction de ſon amant; & il paroît que leur bonheur n'eut d'autre ſujet d'inquiétude, que celle qui provenoit de la famille de M. de

L iij

Bombelles. On redoutoit fur-tout une
tante qui ne favorifoit pas les inclinations de fon neveu. Du côté de la fille,
on ne voit pas, depuis le contrat figné,
qu'ils aient été gênés & contraints; &
fi leur félicité n'étoit pas complette,
fur-tout pour la demoifelle de Camp,
qui ne pouvoit jamais être affez raf-
furée fur la légitimité trop équivoque
de fes nœuds, du moins elle étoit telle,
que ce qu'il y avoit plus à craindre
pour elle, étoit un changement quelconque dans leur fituation.

Ce qu'elle appréhendoit arriva. M. de
Bombelles reçut ordre de joindre fon
Régiment. Tant que la demoifelle de
Camp eut auprès d'elle M. de Bombelles, fes craintes furent modérées.
Une douce habitude & fa tendreffe lui
garantiffoient fon amant; mais s'il venoit à s'éloigner d'elle, tout lui devenoit un fujet d'inquiétude & de réflexions accablantes. L'éloignement, &
fon effet prefque inévitable, la conta-
gion de l'exemple, & le défir inné de
la liberté, font autant de malheurs qui
ont dû remplir d'alarmes le cœur de
la demoifelle de Camp. Il n'eft pas
étonnant fi, n'éprouvant pas une cou-

fiance entiere dans ce qu'elle pouvoit avoir acquis de droits, elle a encore cherché à mettre de fon côté un nouveau titre.

M. de Bombelles, dont le cœur n'étoit pas épuifé, qui devoit même être de plus attaché à fa maîtreffe, par la néceffité même de s'en éloigner, ne fit nulle difficulté d'écrire & de figner de fa main un teftament où il affuroit à la demoifelle de Camp, *fa chere époufe, la jouiffance de tous fes biens*, à charge de nourrir & entretenir les enfans provenus *de leur mariage*. Munie de cette nouvelle affurance, la demoifelle de Camp laiffa partir fon amant ou fon époux.

Depuis le 20 Avril, jour de fon départ, jufqu'au 19 Octobre qu'il y revint, cet intervalle n'eft marqué que par des alternatives de brouilleries & de raccommodemens, qui ne cefferent qu'au 15 Novembre, époque de cette inondation malheureufement célebre, qui entraîna une partie de la ville. Pendant cet efpace de temps, les Avocats font en contradiction de faits, qu'ils préfentent & tournent chacun à fon avantage.

L iv

Ces mécontentemens, si l'on en croit M. de Bombelles, vinrent au sujet d'une grossesse que la demoiselle de Camp avoit simulée, & dont la fausseté fut découverte. La demoiselle de Camp soutient au contraire qu'ils eurent pour cause le dérangement de M. de Bombelles; qu'il s'étoit adressé à elle pour engager son pere à lui prêter une somme de 1500 livres, & que n'ayant pu réussir, il lui écrivit des lettres très-dures; une entre autres pleine de désespoir, où il la menaçoit de passer en Allemagne, & de quitter un pays qui ne lui offroit aucune ressource. Ainsi chacun déguisant ses torts, s'attribue le mérite & l'honneur de la réconciliation.

Ce qui est incontestable, c'est qu'il y en eut une, & il n'y manqua rien. Les suites naturelles furent une grossesse, non pas feinte cette fois, mais très-réelle. Ce nouvel événement dérangea leurs projets. Jusque-là leur union avoit été très-secrete; mais l'état de la demoiselle de Camp ne pouvoit souffrir long-temps le mystere. Il falloit que M. de Bombelles consentît que son mariage, vrai ou faux, devînt du

moins certain pour le Public, ou que
sa maîtresse fût déshonorée. Mais la
famille noble, & sur-tout la tante,
cette Dame si redoutée de M. de
Bombelles, de quel œil verroient-ils
un mariage où un mineur, sans le consentement & l'aveu de ses parens,
s'étoit engagé de sa seule autorité? Il
étoit à craindre qu'ils ne se liguassent
contre une union qui peut-être n'étoit
pas en état de soutenir un examen rigoureux; mais enfin le péril le plus
pressant l'emporta, & M. de Bombelles
lui-même aima mieux risquer la bienveillance de sa famille, que l'honneur
de son amante; il consentit à la publicité du mariage, & par-tout où
il se présenta, il se dit l'époux de la
demoiselle de Camp.

La demoiselle de Camp fut reçue &
fêtée dans les meilleures maisons de
Montauban, sous le titre de *Vicomtesse
de Bombelles*; mais à quelque temps
de là, elle eut encore le chagrin de
voir que son époux alloit lui être enlevé. Ce ne furent pas, cette fois, dit
M. de Bombelles, des ordres précis qui
le contraignirent d'abandonner Montauban; sa tante, qui n'avoit jusque là
L v

regardé fon attachement que comme
un fimple amufement, s'effraya de la
qualité qu'ofoit prendre publiquement
la demoifelle de Camp ; fon inquiétude fur-tout fut au comble, lorfqu'elle
apprit que la famille de la demoifelle
de Camp parloit d'un contrat de mariage : alors elle remit fous les yeux de
fon neveu fon aveuglement & fa folie ;
mais perfuadée d'ailleurs que les remontrances les plus vives ne valoient
pas l'abfence, elle jugea qu'il falloit
l'éloigner pour le guérir ; & fe fervant
de tout l'afcendant qu'elle avoit fur
fon neveu, elle le renvoya à fon Régiment.

Madame de.... put bien le faire partir,
mais elle ne put empêcher que l'image
de la demoifelle de Camp ne le fuivît ;
il l'emportoit dans fon cœur. On voit
dans les lettres paffionnées qu'il ne cef-
foit de lui écrire, que le fouvenir de
la maîtreffe effaça bientôt les repréfentations de la tante. Il paroît même qu'il
ne l'a jamais tant aimée que dans le
moment où il dit l'avoir évitée pour
apprendre à fe paffer d'elle : fes lettres
du moins font plus remplies d'amour :
les noms les plus doux, ceux fur-tout

de *femme*, de *chere épouse*, y font répétés avec complaifance ; & ce qui ne fe concilie pas très-bien avec le projet de fe détacher d'elle, & de n'être parti qu'à ce deffein, c'eft que les lettres écrites dans ce temps à la demoifelle de Camp, font toutes à l'adreffe de la Vicomteffe.

Il eft vrai qu'il paroît que de fon côté, la demoifelle de Camp ne négligeoit rien pour fe conferver M. de Bombelles ; & comme elle réuniffoit alors deux pouvoirs bien féducteurs lorfqu'ils fe trouvent réunis dans une perfonne qu'on aime, celui d'amante & celui de mere, elle étoit bien forte contre la tante, avec la foibleffe de M. de Bombelles. Elle ne pouvoit fe faire entendre ; mais fes lettres parloient. Elle oppofoit enfin, autant qu'elle le pouvoit, les féductions d'une maîtreffe aux repréfentations d'une parente.

Mais elle avoit, ajoute-t-on, un autre but ; c'étoit d'accumuler des preuves qui puffent fervir à établir un mariage, dans le cas où il prendroit envie à M. de Bombelles de fe dégager. Elle provoquoit les proteftations de fincérité

L vj

& d'attachement (a) ; elle feignoit des inquiétudes, pour se voir rassurer ; elle rappeloit à dessein leur premiere rupture, & mettoit par-là M. de Bombelles sur la voie de lui protester encore de *la sainteté de ses sermens*, & de *l'inviolabilité de leur union*. Ces papiers n'étoient pas égarés ; ils étoient mis en réserve. C'est ainsi, conclue-t-on, qu'en abusant de la confiance d'un homme à qui l'excès de sa passion ôtoit toute défiance, elle s'est procurée toutes les lettres dont elle projetoit dès-lors de s'armer, au besoin, contre M. de Bombelles.

(a) Le Monsieur que vous citez comme ayant porté obstacle aux nouveaux liens que je devois former, n'existe que dans l'imagination des auteurs de cette imposture. Mes démarches auprès de mes parens, pour donner quelque authenticité *à ceux que j'ai formés avec vous*, détruisent ce prétendu fait..... Je ne dois qu'à vous, Madame, pour votre tranquillité (s'il est vrai que vous puissiez l'être), la certitude que, *si vous n'aviez que ma simple parole pour l'inviolabilité de mon serment, ce contrat seroit aussi sacré que celui qui est une preuve incontestable des droits que vous aurez sur moi, tant qu'il circulera une goutte de sang dans mes veines.*

Nous rapportons les faits sans adopter ni rejeter le commentaire de chacune des Parties. Une contrariété bien soutenue d'un bout à l'autre de cette Caufe, embarraffe fi bien l'efprit, qu'on ne peut guere, dans tous les détails, entrevoir la vérité que comme une fimple conjecture.

Enfin le terme de la groffeffe eft arrivé ; la demoifelle de Camp accouche ; M. de Bombelles en témoigne la joie la plus vive, & remercie la demoifelle de Camp du plaifir d'être pere. Cependant il ne paroît pas que ce bonheur, dont il fe montre fi pénétré (a), ait fait en lui le changement

---

(a) Que je fuis heureux, ma chere amie, d'apprendre que tu viens de donner le jour à une petite fille qui fera le bonheur de ma vie ! Elle te reffemble affurément, c'eft tout ce que je défirois. Ma coufine ne favoit pas trop comment me l'annoncer ; elle fembloit craindre qu'une fille n'eût quelque chofe d'alarmant.... Ma fanté, délabrée depuis long-temps, éprouve aujourd'hui que le meilleur remede eft la fatisfaction d'apprendre que ma *tendre époufe* fe porte bien, & qu'elle me donne une feconde elle-même. Je fuis d'une gaieté inconcevable ; ton état & tes heureufes couches y ont la plus grande part.

qu'il devoit naturellement produire. On
ne voit pas du moins que M. de Bombelles soit devenu plus circonspect dans
ses dépenses, & plus modéré dans ses
plaisirs. Soit nécessité ou défaut de conduite, du moins est il vrai que la foule
de ses créanciers s'est accrue, ou peut-
être étoit-ce là le terme de leur pa-
tience.

Tous les Officiers du Régiment te font mille
complimens, sur-tout C...., N.... & la C....
qui t'aiment autant que moi. Adieu, ma
chere amie; recommande à la petite d'être
bien sage, & d'avoir le caractere aussi doux
que sa chere & tendre mere. Embrasse-la
un million de fois de la part de celui que
tu crois être son pere; engage-la à le bien
aimer; il ne lui sera pas difficile de suivre
ton exemple...... J'ai eu la visite de plusieurs de mes camarades; dans le nombre, il
y en a trois qui sont mariés, & qui ont
reçu aujourd'hui la nouvelle des couches de
leurs femmes; il semble que nous nous
soyons donné le mot, car elles ont toutes
fait des filles...... Je leur dispute à tous
le plaisir qu'ils ressentent, parce que je
crois qu'aucun d'eux ne doit aimer autant
leur femme que moi, parce que la mienne
est la plus aimable de toutes. J'oubliois de
te faire part que notre ami C.... veut être
ton gendre; ainsi garde-lui bien sa petite
femme.

Il n'y avoit guere de Courrier qui n'apportât à la demoiselle de Camp quelque lettre d'un nouveau créancier. Depuis qu'ils avoient perdu de vue M. de Bombelles, c'étoit à la demoiselle de Camp, qu'ils croyoient sa femme & qui en portoit le nom, que s'adressoient tous ceux à qui il devoit. Mais qu'étoit-il donc devenu lui-même? Il avoit quitté le séjour de Lille, & s'étoit réfugié à la Capitale, où de nouveaux embarras, de plus grands chagrins, & une toute autre destinée lui étoient réservés.

Ses malheurs ou ses fautes ne permirent pas qu'il restât long-temps citoyen libre de cette grande ville. Une dure prison devint sa demeure. S'il étoit vrai, comme il l'insinue lui-même, que sa captivité n'eût en partie d'autre cause que son opiniâtreté à rester fidele à la demoiselle de Camp; que la tante, qui avoit vu ses remontrances méprisées, avoit fait agir secrétement pour qu'il fût arrêté, afin qu'on eût dans sa détention un moyen de l'arracher à sa maîtresse, une persécution si constante pourroit devenir sa meilleure justification; mais peut-être aussi n'a-t-il

voulu que couvrir d'un prétexte honnête, une disgrace dont la cause étoit
moins honorable. Du moins, la demoiselle de Camp rejette sur son inconduite
& sur les sollicitations de ses créanciers
auprès du Ministre, une détention où
elle n'avoit aucune part. Quoi qu'il en
soit, sa captivité fut longue; & soit
qu'il fît au fond de son cœur à la demoiselle de Camp le reproche sincere
d'avoir causé tous ses malheurs, ou
qu'un séjour aussi triste eût aigri ses
idées, le premier usage qu'il fit de sa
liberté, fut de lui écrire une lettre dé-
solante.

Il s'y dépeignoit sous les traits d'un
homme au désespoir; il accusoit la demoiselle de Camp de tous ses chagrins,
& finissoit par l'avertir qu'il passoit
en pays étranger. *J'y vais*, disoit-il,
*chercher une terre moins ingrate, où
mes actions & mes démarches ne soient
plus épiées.* Il l'assuroit enfin que si jamais il faisoit fortune, personne n'y
auroit plus de part qu'elle.

Il faut qu'après cette lettre, M. de
Bombelles ait changé de projet, ou
qu'il ne l'ait écrite que dans le dessein de distraire la demoiselle de Camp

& de voiler ses démarches. On ne voit point qu'il se soit exilé du Royaume, ni qu'il soit allé dans les pays étrangers tenter la fortune.

Il dit que ne voyant dans le présent & dans l'avenir aucun moyen de gagner ses parens, n'imaginant aucune possibilité de faire jamais entrer la demoiselle de Camp dans sa famille, & d'acquitter ainsi la parole qu'il avoit donnée, il ne pouvoit pourtant la détacher de son cœur, & se juroit encore à lui-même qu'il n'auroit jamais d'autre épouse; mais qu'enfin des considérations supérieures venant à l'appui des instances de sa tante, il ne lui fut plus permis de balancer; & d'ailleurs il étoit condamné à ne la jamais revoir. Les murs de sa prison l'effrayerent; il promit tout ce qu'on voulut: sa liberté en fut le prix.

M. de Bombelles avoit montré une si grande tendresse pour la demoiselle de Camp, qu'il étoit à craindre que malgré sa parole, il ne retournât à l'objet de ses premieres inclinations. Le moyen le plus sûr de l'en détacher, c'étoit de remplacer la demoiselle de Camp dans son cœur. On lui proposa la demoiselle de C.... Il ne pouvoit avoir d'autre raison de ne pas accepter, que la demoiselle de Camp elle-même, & elle ne devoit plus en être une. Il consentit à devenir l'époux *d'une femme qui lui apportoit un nom & des vertus.*

Mais quelle dût être la douleur de la demoiselle de Camp, lorsque cette nouvelle parvint à Montauban ! La perte de M. de Bombelles pouvoit lui être très-sensible ; elle l'avoit aimé ; mais celle d'un époux, du pere de son enfant, voilà ce qui dut pénétrer son cœur d'amertume. L'état de sa fille, le sien, l'honneur de sa famille, M. de Bombelles lui avoit tout ravi. Il ne lui restoit plus que le ridicule de s'être parée d'un vain titre, la honte de l'avoir pris, & l'humiliante nécessité de le quitter. Il n'est guere possible d'imaginer une situation plus cruelle.

De son côté, M. de Bombelles ne fut pas long-temps sans être inquiété. Un parent de sa femme, sollicité, dit-on, par des raisons d'intérêt, s'attacha à jeter l'alarme dans le cœur de son épouse. Les folies & les imprudences de sa jeunesse furent d'abord relevées

avec exagération ; mais ce parent ennemi, voyant que tous ces torts dif-
paroissoient devant la tendresse des
deux époux, ramasse tous les bruits
semés à Paris de son prétendu mariage, avec une jolie fille de Montauban, & il les porte aux oreilles de la
Vicomtesse. Le mari à l'instant fait venir des certificats des Curés & Vicaires de Montauban, & se justifie encore.
Mais des gens intéressés à sa perte mirent tant d'apparence contre lui, que
la Vicomtesse, partagée entre son affection & la crainte que son mari ne
fût coupable, tomba dangereusement
malade. On profita de ce moment pour
lui porter les derniers coups dans le
cœur de son épouse.

On s'attache à jeter de la prévention
dans l'esprit du Confesseur. Des prétendues preuves d'un mariage lui sont
administrées : on accumule des vraisemblances perfides : on parvient à lui
persuader qu'il ne doit plus souffrir de
société entre sa pénitente & son indigne mari. Enfin, un soir qu'il revenoit à son épouse, après une courte
absence, le Vicomte a la douleur de

se voir rejeté de son lit par une main mourante.

Il veut courir à la source de la calomnie : pour la découvrir, il s'adresse au Directeur même. Il apprend qu'il existoit dans les mains de gens en place, un extrait des registres qui prouvoit une célébration de mariage à Bordeaux. Il vole chez l'Archevêque, lui conte ses malheurs, &, par ce qu'ils ont d'intéressant, le conjure de lui aider à découvrir les auteurs d'une imposture aussi atroce. Le Prince R.... lui conseille de s'adresser au Curé de la paroisse même où l'on plaçoit cette prétendue célébration. La réponse du Curé est » qu'on lui avoit présenté un acte d'impartition nuptiale, écrit sur un quart de parchemin timbré & légalisé, dans lequel on avoit très-bien imité son écriture & son seing ; que le Commissaire départi de la province lui avoit fait demander un pareil extrait ; mais qu'après l'avoir cherché sur ses registres inutilement, il l'avoit prié de donner un certificat qui constatât qu'il ne l'avoit point trouvé ; qu'il n'avoit ni vu ni connu les Parties qu'on suppo-

soit s'être époufées «. Il joignit à fa
lettre un certificat en forme, par lequel il atteftoit l'avoir cherché fur fes
regiftres, & ne l'avoir pas trouvé, *n'y
étant pas*, *& n'y pouvant être*, *ne
les ayant jamais mariés.*

Ce fut d'après ces indices que M. de
Bombelles, le 25 Juin, fe détermina à
publier un Mémoire à confulter : il y
inféra la lettre & le certificat du Curé
de Bordeaux : il ajouta les certificats
des Curés & Vicaires de Montauban,
avec une lettre de fa tante. Il demandoit à la Juftice de l'autorifer à pourfuivre fes ennemis comme calomnia-
teurs; & fe plaignant amèrement : » S'il
étoit vrai, concluoit-il, que je fuffe
marié à M.... ou à B...., & que cette
époufe fuppofée exiftât quelque part,
elle auroit plus d'intérêt que perfonne
à me réclamer ; on ne voit pas qu'elle
paroiffe : peut-il être une preuve plus
convaincante que cette chimere n'eft
qu'une invention atroce de mes cruels
perfécuteurs «?

Après cette proclamation, la demoifelle de Camp ne pouvoit plus fe cacher & fe taire ; c'eût été confentir
à fa honte, & faire un aveu tacite qu'elle

n'avoit jamais été mariée. Elle s'arrache
du sein de sa famille, ramasse tout ce
qu'elle juge propre à constater son mariage, & vient disputer à sa rivale, &
redemander à ses Juges un époux trans-
fuge. Elle se précautionne du contrat
de mariage, d'une copie du testament
déposé chez un Notaire à Montauban,
des certificats de l'Evêque, de l'Inten-
dant : elle y joignit les lettres du Vicomte, & une enquête formée des dé-
positions de cinquante témoins, qui
toutes tendoient à prouver le mariage.
Elle se trouva munie encore de deux
extraits, l'un tiré des registres de la
Paroisse de Bordeaux, l'autre expédié
par le Pasteur soi-disant des Eglises
Protestantes de Montauban.

Escortée de toutes ces preuves, elle
arrive à la Capitale. Son premier soin
est de faire une réponse à la Consultation de M. de Bombelles, sous la
forme d'un Mémoire à consulter.

Après le récit de ses malheurs, elle
demande si un mariage, qui réunit
d'ailleurs tout ce qui garantit la vérité
d'une union conjugale, devenoit nul
par un seul vice apparent, par l'omis-
sion du Curé ; & de ce que sa pré-

sence est d'une nécessité indispensable,
suivant la Doctrine du Concile de
Trente, dans les unions entre Catholiques Romains, s'ensuit-il que les Protestans, qui ne reconnoissent pas l'autorité du Concile, soient astreints à la
même obligation ? Après avoir hasardé
quelques idées sur la validité de leurs
mariages en France, & jeté le germe
de toutes celles qu'il développa dans la
suite, son Défenseur conclut pour elle,
que son mariage étant revêtu de tout
ce qui pouvoit le rendre authentique,
l'obligation si stricte de faire intervenir la personne d'un Curé, dont sa qualité de Protestante la dispensoit, étant
encore compensée par tant d'autres
preuves d'une force & d'une évidence
convaincante, il y avoit tout lieu d'espérer que son état & celui de son enfant lui seroient conservés. Il appuya
sa Consultation du contrat de mariage,
du testament, des certificats de l'In-
tendant & de l'Evêque, avec un long
extrait des lettres de M. de Bombelles
à la demoiselle de Camp, où les noms
de femme & d'épouse se trouvent souvent répétés. Il annonça l'acte de Montauban ; mais il garda le silence sur ce-

lui de Bordeaux : il ne fut pas parlé de l'enquête.

Affignation le 5 Décembre à la demoifelle de Camp, pour dire de quelles pieces elle prétendoit fe fervir. Nulle réponfe. Nouvelle inftance de M. de Bombelles : même filence de la part de la demoifelle de Camp. Après plufieurs femonces inutiles, on vient à l'Audience, & la demoifelle de Camp fe laiffe condamner ; mais en revenant par oppofition à l'Arrêt, on fignifie à M. de Bombelles, qu'Antoinette fa fille reprend l'action de fa mere, & conclut à ce que défenfes fuffent faites à la demoifelle C.... de s'appeler Vicomteffe de ***. C'étoit bien de la demoifelle de Camp qu'il étoit toujours queftion, mais ce n'étoit plus elle qui reftoit en caufe ; & fi la conteftation étoit toujours la même, le plan de défenfe étoit changé.

Le Défenfeur établit la qualité de la mineure, fur ce qu'étant née de M. de Bombelles & de la demoifelle de Camp, il fuffifoit qu'elle eût l'intérêt le plus fenfible à demander que le fecond mariage qui la couvroit du même opprobre dont il accabloit fa mere, fût déclaré nul.   Le

Le moyen de l'anéantir, c'étoit de prouver la validité du premier, & la premiere démarche étoit de rapporter un acte de célébration. On n'a pas oublié que la demoiselle de Camp en avoit deux ; mais on se souvient aussi que celui de Bordeaux avoit été désavoué, & personne n'ignore que celui de Montauban étoit trop contraire à nos Loix, pour qu'on osât le montrer en Justice. Il fallut donc apprendre à se passer de l'acte d'impartition, & appuyer le mariage sur d'autres fondemens. On soutint qu'un acte de célébration n'étoit pas la seule preuve propre à le constater, & qu'on ne devoit pas conclure de ce que la demoiselle de Camp n'en rapportoit point, qu'il n'y eût point eu de mariage, ou que le mariage fût nul.

L'ancienne Ordonnance de 1639 n'admettoit aucun cas où l'on fût dispensé d'un acte en forme ; mais sur les abus inévitables d'une Loi si sévere, on se décida à en adoucir la rigueur. Aux termes de l'Ordonnance de 1667, on fut admis à la preuve testimoniale au défaut de titres.

Le Défenseur d'Antoinette préten-

Tome IV.   **M**

doit que la demoiselle de Camp étoit
plus que personne dans le cas de jouir
de l'exception favorable. Pour cela, il
suffisoit qu'elle se trouvât dans l'impuissance de représenter un acte. Ayant
déjà pour elle les plus fortes présomptions, il étoit impossible que ce supplément de preuve ne lui fût pas accordé. Il est vrai qu'avant d'admettre
ces témoignages, l'Ordonnance exige
pour préliminaire, un commencement
de preuve par écrit. Mais la demoiselle
de Camp étoit en état de satisfaire ses
Juges à cet égard : elle pouvoit en citer
même d'une nature à la dispenser de
toute autre information ; elle rapportoit en effet le contrat, le testament &
les lettres.

M. de Bombelles répondoit que la
demoiselle de Camp n'avoit aucun droit
au privilége de la Loi. Quelquefois,
il est vrai, la preuve testimoniale a
été accordée au défaut des titres, mais
toujours avec la plus grande réserve. Il
faut sur-tout exciper de quelque événement fâcheux, articuler la perte ou
la distraction des registres. La demoiselle de Camp n'avoit rien de semblable en sa faveur ; elle ne pouvoit donc
éclamer la preuve testimoniale.

On ajoutoit : pourquoi la preuve teftimoniale a-t-elle été introduite dans nos Cours ? pour remplacer le défaut d'actes. Si-tôt que les pieces, les feules qui foient véritablement juftificatives, paroiffent, l'autre genre de juftifica-tion, d'une date plus nouvelle, & qui n'eft que de néceffité, n'a plus lieu, & devient inutile. L'une n'étant que le fupplément de l'autre, l'exiftence de la premiere donne l'excluſion à celle qui la repréſente. Pour exclure la de-moifelle de Camp de la preuve tefti-moniale, il fuffit donc de lui oppofer fes propres actes. Dès qu'elle a en fa puiffance le moyen le plus fûr d'établir la réalité de fon mariage, elle ne peut recourir à celui qui n'eft que d'expé-dient. Le choix ici n'eft ni libre, ni indifférent. La difpofition de l'Ordon-nance, qui veut que la preuve par té-moins ne foit admife qu'au défaut de la preuve par titres, a fon principe dans des vûes fages. La preuve par titres eft exempte de la fraude & de la fupercherie dont l'autre eft fufcep-tible.

Si pour être difpenfé de la repréſen-tation d'un acte il falloit toujours prou-

M ij

ver , difoit la demoifelle de Camp;
la perte des regiftres , les unions proteftantes feroient dépourvues de toute
preuve légale. Déformais il n'y auroit
donc plus de différence entre elles &
les cohabitations illicites. Sont - elles
donc regardées du même œil dans les
Tribunaux ? Pendant que les fruits dif-
graciés de celles ci n'ont recueilli que
la honte de la *bâtardife* , ont expié
dans l'opprobre le libertinage de leurs
peres, n'a-t-on pas toujours , aux enfans des autres, affuré les effets & les
diftinctions civiles ? Cependant ils ne
peuvent ni repréfenter, ni faire valoir
la diftraction des regiftres. Dans leur
pofition , la poffeffion bien établie a
toujours remplacé le titre,

La demoifelle de Camp, dit-on,
eft munie de deux actes, & ce n'eft
que lorfqu'on en a été malheureufement
dépouillé, qu'on peut recourir à la poffeffion. On répond que la qualité de
la demoifelle de Camp, qui lui a
été fi funefte, la difpenfant de les repréfenter , on n'a nul droit de la forcer fur fes avantages. Il exifte bien un
aveu public d'un de ces actes, mais
elle ne l'a point mis au procès ; elle

reſtoit par conſéquent libre dans l'u-
ſage qu'elle en vouloit faire.

Après avoir ſoutenu dans le Mémoire à conſulter, le droit de la demoiſelle de Camp à la poſſeſſion d'état,
il reſtoit à ſon Défenſeur à la bien
établir.

» Qu'eſt-ce qu'une poſſeſſion d'état,
» diſoit-il ? De l'aveu de nos adver-
» ſaires, elle conſiſte dans l'opinion pu-
» blique, mais principalement dans
» l'opinion de ceux qui ſont obligés
» d'en prendre connoiſſance, & qui
» ont intérêt de ne pas s'y méprendre «.

Quelles ſont les perſonnes obligées
de prendre connoiſſance de l'état des
citoyens ? Ce ſont ſans doute les Chefs
de l'Adminiſtration, tant eccléſiaſtique
que civile. Or la demoiſelle de Camp
leur préſentoit ſes atteſtations émanées
de ce que la Juriſprudence & l'Egliſe
ont de plus reſpectable. M. l'Evêque
de Montauban, dans un certificat du
7 Octobre 1771, déclare que d'après
les inſtructions qu'il avoit priſes ſur
la conduite de la demoiſelle de Camp,
elle a toujours joui, en qualité de
fille, d'une bonne réputation ; que
depuis environ 1766 elle a été recon-

M iij

nue pour l'épouse de M. de Bombelles , & qu'elle a mérité l'estime publique , &c.

M. le premier Président de là Cour
des Aides & Finances de Montauban
certifie *que dame Marthe de Camp, Vi-*
comtesse de Bombelles , a toujours joui ,
avant & depuis 1766 , époque de son
mariage , d'une réputation intacte ;
que la sagesse de sa conduite , &
l'austérité de ses mœurs , lui ont mé-
rité l'estime publique , &c.

M. le Commissaire départi dans la
province, atteste que damoiselle Marthe de Camp , habitante de Montauban , connue sous le nom de dame
de Bombelles depuis l'année 1766 , a
toujours eu , avant & depuis son mariage , une conduite irréprochable.

Après le suffrage des personnes qui
par leur place sont les plus obligées de
prendre une information exacte de l'é-
tat des citoyens, le plus important,
c'est sans contredit celui des plus pro-
ches parens, qui, par cette raison, ont
le plus grand intérêt à ne se pas tromper. Dans toute la famille de M.
de Bombelles , on ne voyoit pas
qu'aucune autre personne que son mari

eût méconnu son épouse, si l'on en
excepte pourtant la dame sa tante.

On rapportoit cependant un désaveu
de l'aînée des sœurs ; mais cette sœur,
qui étoit sous une dépendance entiere
de la tante, pouvoit bien n'avoir cédé
qu'à des inspirations forcées : ce désaveu, d'ailleurs, est balancé par un témoignage d'une toute autre force. La
cadette n'a jamais cessé de reconnoître
la demoiselle de Camp pour la femme
légitime de son frere, & cette cadette
étoit Religieuse.

Aux trois certificats des dépositaires
immédiats de l'autorité publique, à la
reconnoissance de la sœur Religieuse,
on joignit les lettres que la demoiselle
de Camp avoit reçues des différentes
garnisons où avoit séjourné son mari,
toutes adressées à la Baronne ou Vicon-
tesse de Bombelles, selon qu'il plaisoit
à son mari de s'appeler Baron ou Vicomte ; on recueilloit les bruits qu'il
avoit semés de son mariage ; on représentoit la publicité qu'il y avoit donnée
lui-même, & tous ces aveux qu'il ne
croyoit pas indiscrets alors ; & l'on demandoit s'il y avoit jamais eu possession
mieux établie.

M iv

Les trois certificats, répondoit M. de Bombelles, malgré l'autorité que leur donne le caractere public des personnes qui les ont accordés, font déjà équivoques en eux-mêmes; ils le deviennent encore davantage par la fuspicion plus que probable, qu'ils ne font que l'ouvrage de la furprife & du manége. Ces lettres, dont le deffus porte le titre de Vicomteffe, ne font que la fuite toute fimple de fa complaifance à publier que la demoifelle de Camp étoit fa femme, pour la fauver d'un affront cruel. Quant à fa fœur Religieufe, comment pouvoit-on prendre pour une reconnoiffance pofitive de fa part, un filence qui tout au plus n'étoit pas un défaveu formel? Si la demoifelle de Camp montroit de fes lettres, elles avoient été écrites dans un temps où cette réclufe avoit été dupe, comme tant d'autres, d'un mariage qui n'étoit que fimulé.

Jufque-là, ajoutoit-il, point de traces d'une poffeffion certaine; mais du moins dans mon abfence a-t-elle fait quelque acte qui décele la mere de famille? Voit-on qu'elle ait compté avec les Fermiers, payé des dettes, reçu, expédié des quittances ? Ai-je du moins touché la dot ? Avec le caractère de prodigalité qu'on me prête, je n'ai pas dû négliger cette reſſource dans mes beſoins. Comment ſe fait-il que je demande pluſieurs fois, par forme d'emprunts, les ſommes les plus modiques, & qui ne me ſont jamais envoyées, pendant que je peux exiger un argent plus conſidérable, qui ne pouvoit m'être refuſé ?

Il eſt ſi ſûr que notre mariage n'étoit qu'une fable convenue entre nous pour tromper les autres, que dans l'inſtant périlleux de votre groſſeſſe, vous vous êtes effrayée de l'opinion publique; vous avez redouté cet inſtant où tous les yeux alloient s'ouvrir ſur vous; & vous les avez évités, en allant cacher vos couches dans une paroiſſe étrangère.

Nouvel indice contre la poſſeſſion d'état. L'acte de Bordeaux eſt du 28 Mai 1766 ; celui de Montauban du 21 Mars précédent : c'eſt donc dans l'année 1766 qu'elle place ſon mariage. Cependant juſqu'en l'année 1767 on ne voit pas qu'elle ait la qualité de Vicomteſſe : avide comme elle eſt de qualités, il eſt étonnant qu'elle ait diſ-

M v

féré fi long-temps à fe parer de fon titre.
Toutes les lettres qu'elle reçoit de M.
de Bombelles dans l'intervalle de cette
même année, font à l'adreffe de la demoifelle de Camp. Ce n'eft qu'au commencement de l'année fuivante que fe
trouve la fufcription de Vicomteffe ;
& ce qu'il faut bien remarquer, c'eft-
là l'époque de la groffeffe. On peut
induire de là que ce n'eft point le mariage, mais la néceffité de paroître mariée, qui avoit mis la demoifelle de
Camp en poffeffion d'un titre qu'elle
ne s'étoit pas acquis par fon droit d'é-
poufe, & qui ne lui avoit été cédé que
par complaifance.

Toutes ces lettres remplies des noms
de femme & d'époufe, tantôt à l'adreffe
de la demoifelle de Camp, tantôt avec
la fufcription de Vicomteffe, font évi-
demment une impofture concertée, un
déguifement convenu, & par conféquent, difoit-on, ne peuvent fervir à
établir un mariage ; autrement il ne
feroit guere de fille qui manquât de
prétextes pour s'être fait écrire des lettres femblables, & fe procurer par-là
le droit de fe faire reconnoître pour
la femme légitime de celui qui n'a

voulu la payer que pour la séduire.

La demoiselle de Camp peut - elle même citer l'*extrait de baptême* de sa fille ? » C'est ici une observation à ne pas négliger, & qui fera sentir un jour à l'enfant le prix de sa légitimation. L'usage du Diocese, même pour les Protestans, lorsqu'un enfant doit sa naissance à des personnes mariées, est de le qualifier de légitime, ou de faire mention du mariage de ses pere & mere. La demoiselle de Camp, qui a été baptisée dans une église paroissiale de ce Diocese, n'oseroit nier cet usage : son propre extrait de baptême en fait foi : ses pere & mere y sont dits mariés.

» Elle a essayé, par surprise, d'obtenir du Prêtre qui a baptisé son enfant, les mêmes qualifications, & de lui faire croire qu'elle étoit reconnue pour femme. Dans ce dessein, elle avoit aposté pour tenir l'enfant sur les fonts, au nom de la demoiselle de ***, qui depuis a bien su donner son désaveu, une certaine Antoinette Bi...., qui se disoit commise à cet effet par la marraine. Le Prêtre n'a point donné dans le piége ; il s'est contenté d'exprimer les noms du pere & de la mere bien constatés

M vj

par les lettres qu'elle repréfentoit, mais il s'eft abftenu de faire mention qu'ils fuffent mariés, & n'a point voulu rifquer fur l'enfant la qualité de *légitime* «.

» Si je ne me fuis pas appelée votre femme, répliquoit la demoifelle de Camp, à l'inftant même où je le fuis devenue, fouvenez-vóus feulement de la dame de Camp votre tante, vous aurez l'explication de cette réferve. Si je ne quittai mon nom de fille que lorfque je devins mere, ce ne fut point par la raifon odieufe que vous fuppofez, c'eft qu'alors vous n'o-fâtes plus exiger de votre femme une complaifance qui vous auroit couvert de honte à fes yeux, & que vous n'auriez pas obtenue «.

Elle n'avoit encore ni compté avec les Fermiers, ni payé de dettes ; mais fi M. de Bombelles n'avoit point de Fermiers, fon époufe n'avoit pu compter avec eux. Pour des dettes, il en avoit, mais elles étoient telles que fa fortune entiere n'auroit pu les acquitter : il n'eft pas étonnant qu'il *fubfiftât fi peu de traces d'une adminiftration auffi raccourcie.*

Il est facile d'empoisonner les démarches les plus naturelles. On fait un
crime à la demoiselle de Camp d'être
allée faire ses couches à la campagne :
on ne veut pas qu'une jeune femme
qui touche au terme de sa grossesse,
ait quitté le séjour mal sain de la ville,
pour chercher dans un air plus pur
quelque soulagement aux incommodités inséparables de son état. On ose
déshonorer du nom de fuite, une retraite qui n'étoit pas moins de nécessité
que de précaution. Le Tar venoit de
submerger la ville, & de renverser
dans son ravage la maison de son pere.
Au milieu d'un bouleversement général, M. de Bombelles n'ayant aucune
demeure décente à lui offrir, elle se
retire à la campagne, dans une maison qui appartenoit à son pere. Est-ce
là se cacher pour faire ses couches ? Eh !
sa grossesse étoit connue de toute la ville
dont elle s'absentoit.

Mais la dot : il n'a pas touché la
dot. Lors du mariage, les especes lui
furent comptées ; mais, soit affectation
d'un faux désintéressement, soit qu'a-
lors il se trouvât assez riche de la
possession de la demoiselle de Camp

ou plutôt qu'il crût cette somme beaucoup plus en sûreté dans les mains de
fon beau-pere que dans les fiennes, il ne
voulut pas l'accepter. Lorfque la garni-
fon de Lille eut changé fes mœurs,
multiplié fes befoins & fes dettes, il
la demanda, mais le pere de la demoifelle refufa à fon tour. L'inconduite
de M. de Bombelles s'étoit fait fentir jufqu'à Montauban ; il venoit de
vendre le feul bien qu'il poffédât, &
fur lequel il avoit placé le douaire de
fa femme. On crut devoir ménager à
la fille & à fa mere cette foible reffource , dont l'emploi n'eût été peut-
être que l'acquit de quelque dette
moins honorable.

» Dans l'extrait de baptême, il eft
vrai, la fille n'eft dite ni légitime, ni
iffue de pere & mere mariés ; mais
pour en tirer une induction férieufe,
il faudroit que toutes les preuves d'état
fuffent réduites à ce feul titre ; il faudroit que le Vicaire qui a baptifé l'enfant, n'eût pas eu des raifons perfonnelles de haine qui l'ont dirigé dans
la rédaction de l'acte : il faudroit enfin
qu'on ne pût pas le foupçonner d'un
zele amer & vindicatif, qui, par un

déplorable abus, a influé jufque fur les fonctions de fon miniftere «.

Enfin nous arrivons à la preuve favorite, & réfervée comme la piece d'élite par le Défenfeur de la demoifelle de Camp ; c'eft cette enquête annoncée, qui contient les dépofitions de cinquante témoins, tendantes toutes à prouver que la demoifelle de Camp étoit généralement regardée dans fa ville comme l'époufe de M. de Bombelles.

Lorfque cinquante perfonnes, qui n'ont d'autre intérêt vifible que celui de la vérité, atteftent un fait, & que leurs témoignages uniformes n'éprouvent de contradiction que de la part de l'homme intéreffé à le nier, il eft plus que probable que c'eft le contradicteur qui en impofe, & fa dénégation intéreffée n'eft pas d'un grand poids : cependant réduifons ces témoignages à leur jufte valeur.

Pour en apprécier le mérite, il faudroit favoir de quelle confiance font dignes les perfonnes qui dépofent. La force de leurs fuffrages ne fe calcule que fur leur probité & leur défintéreffement ; mais quel jugement porter d'hommes qui témoignent à cent cin-

quante lieues, & dont les affections particulieres & les rapports infinis d'égards
& d'intérêts deviennent dans l'éloignement imperceptibles? Voilà déjà de
quoi jeter les Juges dans la perplexité;
mais les Avocats l'augmentent encore.
Si l'on veut croire le Défenseur de la
demoiselle de Camp, tous les témoins
font gens respectables & les plus dignes
de foi ; ce font des femmes de condition, ce font des Officiers, des Magistrats équitables, pour la plupart Catholiques, qui par conséquent doivent être
moins soupçonnés. Cependant les Défenseurs de M. de Bombelles affirment
que cette liste n'est composée que de
Proteſtans, pour la plupart parens ou
alliés de la demoiselle de Camp. Dans
ce chaos de contrariétés compliquées,
comment démêler la vérité ?

Ainsi, quand donc cette enquête ne
feroit pas proscrite par l'Ordonnance,
& condamnée fous le titre d'*examen
à futur*, le peu de confiance que faisoit
naître cet amas d'attestations, eût suffi
pour les écarter.

Cependant la réunion de cinquante
témoignages formoit une autorité im-
posante, que le Défenseur de la demoi-

felle de Camp abandonnoir à regret. Il
essaya de sauver son enquête de la
proscription de l'Ordonnance ; il ne cita
qu'une partie de la disposition de la Loi,
& soutint qu'elle n'avoit interdit de ces
procédures commencées que les enquêtes
par tourbes, & sur l'interprétation d'une
Coutume. Mais la vigilance de ses Adversaires ne fut pas mise en défaut,
par son adresse à cacher le côté de la
Loi qui détruisoit son titre, pour ne
montrer que celui qui lui étoit favorable. Ce qui n'avoit peut-être été
qu'inexactitude, fut taxé d'infidélité ;
ils lui reprocherent d'avoir altéré le
texte de l'Ordonnance.

Cet article, en effet, ne défend pas
seulement les enquêtes *par tourbes*, &
sur l'interprétation d'une Coutume,
mais toutes les enquêtes d'*examen à
futur* sans distinction.

» Mais qu'importoit, après tout, que
ces témoignages eussent dans la forme
une imperfection qui leur ôtoit l'avantage d'être juridiques ? Cette enquête
sera, si l'on veut, une procédure inutile ; mais les pieces qu'elle contient
ne seront pas pour cela anéanties. Ce
n'est pas une information que nous

préféntons à la Juftice, c'eft un acte de notoriété légalifé par un Juge, & figné de cinquante de nos Citoyens qui fe font réunis pour certifier ce qu'ils ont vu «.

On répondit qu'on ne dénaturoit pas ainfi un acte, en changeant fa déno-mination. Lorfqu'il étoit nul fous la forme qu'exigeoit la Loi, on ne pou-voit le faire revivre fous un autre nom. Tant que ces témoignages n'avoient d'autre but qu'une condamnation pré-méditée, que le deffein vifible d'at-tenter fur la volonté des Juges, & de furprendre leur jugement, de quelque nom qu'on les appelât, ils reftoient toujours *examen à futur*, & ils fui-voient néceffairement la deftinée de l'acte irrégulier qui les renfermoit.

Ce n'étoit pas affez de foutenir la réalité du mariage, il falloit encore en défendre la validité. Quand il ne feroit pas vrai, difoit-on à la démoifelle de Camp, que le prétendu mariage n'eft qu'une invention de votre part ; quand fon exiftence feroit auffi vraie qu'elle eft démontrée fauffe, qu'en réfulte-roit-il ? qu'il faudroit l'annuller ; la Loi vous le déclare.

Il faut rapporter ici ce qu'on cita de Loix plus certaines & plus précises sur cette matiere. » Voulons, dit l'Edit » de Décembre 1680, qu'à l'avenir » nos Sujets de la Religion Catholique, » Apostolique & Romaine, ne puissent, » sous quelque prétexte que ce soit, » contracter mariage avec ceux de la » Religion Prétendue Réformée, dé- » clarant tels mariages non-valablement » contractés, & les enfans qui en pro- » viendront illégitimes «.

» L'Edit du mois de Juin de la même » année défend à tous Sujets, de quel- » que qualité & condition, âge & sexe » qu'ils soient, faisant profession de la » Religion Catholique, Apostolique & » Romaine, de jamais passer de l'une » à l'autre Religion, pour quelque » cause, raison, prétexte & considéra- » tion que ce puisse être «.

Il semble, d'après ces Loix, que le procès est décidé. Si M. de Bombelles étoit Catholique, par l'Edit de Dé- cembre, il n'a pu épouser la demoiselle de Camp, qui est Protestante. Par celui de Juin, il ne peut s'être fait Protes- tant pour contracter avec elle. Ces deux Edits, qui ne se sont pas suivis de loin, semblent être le supplément l'un de l'autre ; & l'on ne voit pas comment la demoiselle de Camp s'est sauvée de la rigueur de ces deux Loix : une inculpation très-sérieuse fut sa ressource.

» Ce n'est pas, dit-elle, à M. de Bombelles à se servir contre moi de la sévérité des deux Loix citées : pour cela, il faudroit qu'il fût Catholique ; &, malgré le signe dont il est décoré, il n'est qu'un Protestant lui-même, & nous en offrons la preuve : ce n'est du moins qu'à ce titre qu'il m'a obtenue & possédée ; &, dans ce cas, je le poursuis comme un imposteur qui a réuni le rapt & le viol à la plus lâche trahison «.

Il paroissoit en effet une demoiselle C***, qui attestoit que le sieur de Bombelles lui avoit dit qu'à cause de sa Croix (qu'il indiquoit de sa main), il alloit à la Messe. Venoit ensuite la déposition d'un Lieutenant-Colonel. Il déposoit que le sieur de Bombelles lui confia un jour, qu'ayant étudié les deux Religions, Catholique & Protestante, il étoit persuadé que la derniere étoit la meilleure, & qu'il étoit décidé à la suivre toute sa vie.

Le réfultat de toutes les autres dépofitions, c'eft que M. de Bombelles
n'étoit qu'un faux Catholique, ou que,
par une affectation hypocrite, il avoit
féduit une jeune fille, abufé fa famille,
& s'étoit joué de la crédulité d'une
ville entiere.

Mais en raffemblant fur la tête de
M. de Bombelles des accufations qui
le repréfentoient à la Juftice, ou comme
un homme indifférent fur fa Religion,
& qui ne regarde le figne dont il eft
décoré, que comme un vain ornement
qui peut tout au plus fervir à fa fortune;
ou comme un homme qui, fous une
feinte apparence de culte étranger, ne
craint pas de favorifer fes inclinations
& de couvrir d'opprobre une honnête
famille, quel étoit le but de ces deux
portraits également odieux? que pré-
tendoient les demoifelles de Camp?
faire punir le fieur de Bombelles comme
féducteur ou comme apoftat? Non, fans
doute: l'une lui redemandoit un pere,
& l'autre un époux; & elles favoient
que les preuves qu'elles articuloient
contre lui, n'étoient pas affez férieufes,
& fur-tout affez juridiques, pour qu'il
en pût jamais réfulter ni conviction, ni

condamnation. On ne peut donc leur
prêter l'intention révoltante d'avoir voulu perdre un homme qu'elles devoient
ménager à tant d'égards. Seulement
elles ont voulu se soustraire à la rigueur
de cette Loi sévere qui condamne tout
mariage d'un Catholique avec un Protestant. Pour y réussir, elles ont travesti, le mieux qui leur a été possible,
M. de Bombelles en Réformé, voulant
par-là changer l'état de la question. Mais,
sous ce nouveau point de vue, leur
cause devenoit-elle beaucoup plus favorable ?

En tâchant de réduire la contestation
à ces termes, on se procuroit le double
avantage de lier, pour ainsi dire, d'intérêt tous les Protestans à mademoiselle
de Camp, & sur-tout de traiter la
grande question de la validité de leurs
mariages en France.

Les Adversaires ne convenoient point
de l'injure qu'on osoit faire à M. de
Bombelles ; ils traitoient l'imputation
de calomnie atroce ; ils rejetoient toutes
les preuves qu'on administroit, comme
émanées d'une enquête frauduleuse. La
question qu'on élevoit, soutenoient-ils,
étoit tout-à-fait étrangere à la Cause. Ils

pouvoient donc, fans fe relâcher en rien de leurs droits, laiffer le champ libre à l'imagination de leur Adverfaire : auffi fe bornerent-ils à lui indiquer les obftacles qui naturellement fe rencontroient fur fa route.

La premiere difficulté qu'il falloit réduire, c'étoit le préjugé univerfel que les Proteftans, qui, depuis la révocation de l'Edit de Nantes, font fuppofés n'avoir aucune exiftence en France, ne peuvent par conféquent y contracter d'alliances légitimes.

Mais, difoit le Défenfeur de la demoifelle de Camp, il n'eft pas vrai que les Proteftans n'aient point d'exiftence en France : ils y en ont une par le fait ; ils en ont même une dans le droit. Qu'on regarde les provinces méridionales, elles font couvertes de familles Proteftantes qui les labourent & les enrichiffent. Par le fait, ils exiftent déjà en France. Que lit-on à la fin de l'Arrêt qui les a profcrits ? *Ils font invités*, dit le Légiflateur, *à refter dans le Royaume ; ils y pourront*, ajoute-t-il, *continuer leur commerce & jouir de leurs biens.* Leur exiftence parmi nous n'eft donc pas feulement une grace, une simple tolérance, mais un droit qui leur a été conservé, & qui n'a point suivi la ruine de leurs temples & l'abolition de leur culte.

De ce qu'il n'y a eu que la Religion, & point du tout la race de proscrite en France, il en tiroit l'argument, que les Protestans y doivent nécessairement jouir des droits de la Nature, y partager le privilége commun à tous les êtres qui respirent, celui de former leurs semblables. Du droit de se choisir une compagne, sortoit naturellement celui de se donner une postérité ; &, par une suite de la même Loi, de transmettre à leurs enfans les fruits légitimes de leurs travaux & de leurs peines.

Il n'y a point, continuoit-il, & il ne peut y avoir de Loi qui empêche les Protestans de se marier en France ; il n'y en a pas davantage qui attente à la légitimité de leurs unions : l'invitation qu'on leur fait de rester dans le Royaume, est un engagement tacite, mais précis, de respecter leurs mariages & leur postérité. A moins que l'on ne veuille soutenir que le Prince n'ait voulu, en punition d'un crime involontaire,

puisqu'il

puisqu'il est malheureusement vrai que l'erreur s'accommode aussi bien que la vérité à notre foible intelligence, les réduire à l'une ou à l'autre de ces deux alternatives également choquantes, de ne jamais se soulager un instant du fardeau de la vie dans les bras d'une compagne, ou de devenir, à cet instant même, des êtres méprisables, eux, leurs femmes & leurs enfans. Dans l'une ou l'autre de ces deux suppositions, l'invitation de rester dans le Royaume, & la promesse qu'on leur fait de ne les y point troubler, ne seroit, dans la réalité, qu'une insulte réfléchie à des malheureux qu'on ne feindroit de retenir que pour les rejeter avec plus d'outrage.

Mais, dira-t-on, la condescendance de nos Loix a ménagé une ressource aux Protestans. S'ils ne sont pas libres de secouer une erreur qu'il ne dépend pas toujours d'eux de reconnoître, du moins peuvent-ils montrer une docilité qui est toujours en leur pouvoir. Nos temples ne leur sont pas si bien fermés, qu'ils ne puissent, avec des précautions, se les faire ouvrir. En faveur de leur obéissance, on a souvent fermé les yeux sur leur aveuglement, & leurs mariages prosperent à l'abri de nos autels.

A-t-on bien réfléchi à ce qu'on leur demande ? On ne veut donc leur faire de graces qu'à des conditions qu'ils ne peuvent accepter. Si la soumission qu'on exige ne dépendoit que de leur fortune, ou même de leur vie, d'après les sacrifices qu'on les a vu faire, on ne peut douter qu'ils ne voulussent se conformer en cela au reste des Fideles. Mais la Religion est d'une considération supérieure à tout. Tous les intérêts humains fléchissent devant elle; &, pour cela, malheureusement, il n'est pas besoin qu'elle soit vraie ; il suffit qu'elle soit sincere. Alors plus de ménagemens ni de conciliations possibles. Cette Fille du Ciel, qui tend d'un air si tendre ses bras aux Enfans de la Terre, est pourtant inexorable. On leur demande un acte d'obéissance ; dans tous les rapports, quelque étendus qu'ils puissent être, d'eux à leur Maître, ils la jurent, sans y vouloir de bornes & de restrictions. Mais, avant d'exiger davantage, qu'on établisse donc quelque proportion entre Dieu & ce qui n'est pas lui.

On cite l'Edit du 14 Mai 1724. Que porte cet Edit? Il interdit toute affemblée fous prétexte de priere ; il interdit toute cérémonie religieufe, & abolit tous les exercices de la Religion Proteftante. On conclut de là, qu'on ne voit pas comment il leur eft poffible de former des alliances qui foient légitimes : mais on eft tombé dans l'erreur, parce qu'on n'a pas voulu faire une différence effentielle entre les mariages Proteftans & les mariages Catholiques, & qu'on a jugé de la fanction des uns par la fanction des autres.

Le mariage, pour les derniers, eft l'obligation de deux perfonnes qui contractent à la fois, en préfence de deux puiffances réunies, la puiffance laïque & la puiffance eccléfiaftique. C'eft d'abord un contrat qui a toute la force des engagemens ordinaires ; c'eft de plus un ferment devant Dieu & entre les mains de fon Miniftre, que les deux contractans fe donnent l'un à l'autre & s'acceptent mutuellement. C'eft cette intervention du Pafteur qui tire ce contrat du rang des conventions ordinaires, & l'éleve à la dignité de Sacrement. Dans nos Loix, il faut, pour fe conformer au Concile de Trente, le mélange & le concours de ces deux autorités, ou bien le mariage reste imparfait : d'où vient que pour constater un mariage parmi les Catholiques, l'acte de célébration tient le premier rang parmi les preuves.

Il n'en est pas de même pour les Protestans : le mariage, chez eux, n'est que la moitié de ce qu'il est aux yeux de ceux qui ont le bonheur de pouvoir les ouvrir à la vérité. Ils en retranchent tout ce qu'il a de spirituel & de divin pour nous, pour ne lui conserver que ce qu'il tire de force de sa nature de contrat. La sainteté de leurs alliances n'est que dans une volonté libre ; & les expressions de leur cœur une fois consignées, ils entrent, sans d'autres formalités, en possession mutuelle l'un de l'autre. S'ils font intervenir la bénédiction nuptiale, ce n'est qu'une simple cérémonie, qui n'ajoute rien à la solidité de leurs nœuds.

Sans doute que l'erreur où ils sont est blâmable. On doit sur-tout les plaindre de ne pas donner à leurs unions le degré de perfection qui leur manque ; mais il ne s'ensuit pas qu'on doive ni qu'on puisse les annuller. Nous n'accorderons pas à leurs mariages la dignité qui constitue les nôtres ; mais la proscription s'arrête là. Les effets civils qu'obtiennent tous les engagemens faits sans fraude, leur font de droit & légitimement acquis.

Quoique les Protestans ne fassent plus, comme avant la révocation, un Corps dans l'Etat, ils y ont été soufferts, & même retenus ; on a entendu par conséquent leur conserver les droits d'êtres libres & raisonnables, qui peuvent contracter. La même justice qu'ils pourroient réclamer dans une convention où il n'y auroit ni dol ni contrainte, ils font en droit de l'exiger pour leur mariage, qui n'est qu'une convention de même nature, & d'une espece plus sacrée.

» Ainsi donc le Souverain, même en refusant la sanction à un culte qu'il ne croyoit plus devoir tolérer au milieu de sa Religion, en bannissant de ces exercices mécaniques ou ingénieux, qui font la gloire d'une Nation, les esprits opiniâtres qui vouloient avoir d'autres dogmes, d'autres autels que les siens, s'est engagé cependant à les to-

N iij

lérer fur le refte. Il a donné fa parole
de leur conferver la jouiffance de leurs
biens fans trouble ; c'eft-à-dire, le droit
d'en acquérir & de les tranfmettre, &
par conféquent de fe faire eux-mêmes
des héritiers capables de les recueillir. Et
ce n'eft pas encore tout : en portant le
coup mortel à l'exiftence politique de
l'erreur, il a pris des mefures pour fixer
la maniere dont pouvoient fe perpétuer
légitimement les infortunés dont la Providence n'auroit pas encore diffipé l'a-
veuglement.

» C'eft une particularité prefque ignorée ; c'eft un fait fur lequel il eft bien
étonnant qu'on fe foit mépris & qu'on
fe méprenne encore tous les jours.
Non feulement les mariages des Proteftans ne font pas profcrits, mais ils font
autorifés. Non feulement le Légiflateur n'a pas eu le deffein de leur en
interdire la faculté, mais il a eu l'intention de la protéger, de la conferver ;
& cette intention bienfaifante il l'a exé-
cutée au milieu des actes rigoureux
qu'une perfuafion qu'il ne nous convient
pas d'apprécier ici, lui faifoit multiplier d'ailleurs.

» Précifément quinze jours avant la

révocation de l'Edit de Nantes, le 15 Septembre 1685, dans le temps par conséquent où tout le plan de la nouvelle Législation étoit fixé, où la ruine de la liberté des consciences étoit décidée, où les moyens en étoient prêts, où l'Ordonnance qui devoit la consommer étoit dressée, dans ce temps, ce jour-là même, il paroît un Arrêt du Conseil, qui regle la maniere dont les Protestans pourront s'épouser à l'avenir. On leur permet de célébrer leur mariage par l'interposition du Ministre, *pourvu toutefois*, dit l'Arrêt, *que ce soit en présence du principal Officier de Justice, & sous la condition expresse qu'il n'y aura ni Prêtre, ni exhortation, ni exercice religieux d'aucune espece.* Que faut-il de plus, Messieurs ; est-il possible de méconnoître, à un indice aussi frappant, le vœu du Législateur & sa volonté ?

» Et qu'on ne dise pas qu'il l'a lui-même annullé immédiatement après cet oracle émané de sa bouche ; que par l'Arrêt du 15 Septembre, il restreint le droit de marier en présence du Juge, à un certain nombre de Ministres choisis & nommés par les Intendans ; & qu'au contraire, par l'Edit, il enjoint à ces mêmes Ministres d'abjurer & de sortir du Royaume. Ce seroit certainement manquer à la Majesté Royale, que de supposer l'Administration assez variable, assez inconséquente pour se livrer, dans un si court intervalle, à une contradiction aussi visible. De cela seul que l'Arrêt & l'Edit sont de la même époque & de la même main, il s'ensuit qu'ils sont concertés, & il n'est pas difficile en effet de les concilier.

» Dans le premier instant d'une révolution si fâcheuse pour tous les individus qu'elle concernoit, il étoit important de pacifier les esprits & d'éloigner des provinces, des hommes que la nature de leur ministere & l'habitude de la parole, la confiance, le respect qu'inspiroient leurs malheurs, le mérite de la persécution, si imposant pour la multitude, pouvoient faire paroître propres à allumer l'incendie. Il falloit d'une part, éloigner les Ministres, dont l'ame trop fiere ou trop sensible n'auroit pu se prêter à un changement si rude; & de l'autre conserver ceux qu'un caractere plus doux ou mûri par l'expérience, disposoit da-

vantage à la foumiffion ; c'eft ce qu'o-
péroient très-bien ces deux réglemens.

» Par l'Edit, tous étoient indiftinc-
tement compris dans l'alternative de
l'exil ou de la converfion, dont la menace devoit les intimider. Par l'Arrêt, plufieurs étoient exceptés ; on laiffoit aux dépofitaires immédiats de l'autorité royale, le choix de ces Pafteurs
deftinés à confoler déformais leurs ouail-
les, dans l'humiliation à laquelle la politique croyoit devoir les réduire. Ils
étoient chargés de veiller à écarter les
Pafteurs mutins en vertu de la Loi
rigoureufe, & à conferver les dociles
en vertu de la Loi indulgente.

» C'eft encore à peu près aujour-
d'hui l'état où eft cette partie de l'adminiftration. La politique repouffe les
Miniftres Proteftans ; la tolérance fe-
crete les rappelle & les maintient : ils
font connus des Commiffaires départis dans les Généralités. Tant qu'ils n'a-
bufent pas de la confiance dont on les
honore, ils font protégés ; ils ne font
punis que quand, par un éclat dangereux, mais heureufement encore plus
rare, ils bravent les Loix qu'il faut
toujours refpecter, parce qu'enfin ce

N v.

font des Loix, & que tant qu'elles exiftent, il faut, pour le bien commun,
qu'elles foient au moins ménagées en
apparence, lors même que la fageffe
du Gouvernement veut bien, par des
raifons perfonnelles, en fufpendre l'exécution. «.

∞ Si la puiffance laïque autorife leurs
mariages, la puiffance eccléfiaftique les
confacre. Benoît XIV, dont la mémoire fera à jamais chérie de l'Univers
Chrétien, confulté fur l'opinion que
l'on devoit avoir des mariages contractés par les Proteftans entre eux, ou
avec des Catholiques, décide que dans
un cas comme dans l'autre, l'union eft
valide & indiffoluble. Dans le premier, fi les parties reconnoiffent leurs
erreurs, & qu'elles les abjurent, le
changement que la grace opere dans
leur cœurs, n'en apporte aucun à
leur état : ils n'ont pas befoin, pour
affurer leurs liens, *de les renouveler
par l'intervention d'un Prêtre*, quoiqu'aucun Prêtre n'ait concouru à les
former. Dans le fecond cas, l'obftina-
tion de la partie infidelle ne nuit point
à la validité des engagemens de l'autre : *qu'elle fe fouvienne qu'elle eft*

éternellement liée, dit le faint Pere. Il lui eft permis, recommandé même de faire tous fes efforts pour diffiper l'aveuglement de cette malheureufe moitié d'elle-même, mais non pas de s'en féparer «.

Jamais queftion plus importante n'avoit été agitée; mais elle étoit déjà par elle-même d'une nature à refter indécife : enfuite elle portoit toute entiere fur une allégation dépourvue de toute preuve légale. Pour foutenir la légitimité des unions entre Proteftans, on partoit en effet, comme on l'a vu, d'une fuppofition démentie par toutes les apparences. On vouloit que M. de Bombelles fût Proteftant, & fon éducation, fes actes de piété, jufqu'à l'Ordre dont il étoit décoré, tout prouvoit fa catholicité. On alléguoit, il eft vrai, quelques aveux qu'on prétendoit lui être échappés; mais outre que ce feroit mettre une forte d'inquifition fur les confciences, que d'admettre de pareils témoignages, ces témoignages étoient confignés dans un acte profcrit par nos Loix.

On a vu comment la demoifelle de Camp, ne pouvant prouver fon ma-

riage par un acte de célébration, a sou-
tenu que sa qualité de Proteſtante l'en
diſpenſoit; comment elle s'étoit enſuite emparée de la preuve teſtimoniale,
& ce qu'elle a rapporté pour démontrer
que cette preuve établiſſoit ſon mariage.
On a vu comment elle avoit tenté d'é-
luder la rigueur de nos Loix, qui proſ-
crivent toute alliance d'un Catholique
avec une Proteſtante, en faiſant de
M. de Bombelles un Proteſtant lui-
même, & ſauvant par là ſon mariage
de la proſcription générale; & les efforts qu'elle a faits alors pour ſoutenir
la validité des unions proteſtantes en
France. A quelque épreuve, concluoit-
elle, que l'on mette mon mariage, il
eſt en état de ſoutenir l'examen le plus
févere: elle en tiroit la concluſion funeſte au ſecond, que le premier étant
valable, & ne pouvant ſubſiſter avec
celui qui l'avoit ſuivi, il étoit d'une
néceſſité indiſpenſable que le dernier
fût annullé.

Pour établir une demande auſſi juſte,
c'étoit aſſez, ajoutoit-elle, des moyens
de défenſe qu'elle venoit de déduire;
mais par une ſurabondance de droit,
il lui en reſtoit deux qui n'étoient pas

moins victorieux que les premiers. Quels
étoient ces moyens ? On pressent qu'il
s'agit de ces deux actes de célébration,
dont l'un, disoit-on, étoit d'une paroisse de la ville de Bordeaux, & l'autre de la ville de Montauban. Par-là
son mariage, qui n'avoit besoin que
d'une possession bien établie, se trouvoit encore fortifié de deux titres qui
servoient à le constater.

La première objection, & la plus dé-
cisive contre la vérité de ces deux actes, étoit leur duplicité. Pourquoi en
effet deux actes de célébration pour un
seul mariage ? Que deux Protestans se
présentent à nos églises pour mettre
sous l'auspice d'une cérémonie sainte,
leur union, à l'abri des inconvéniens
& de l'incertitude, rien de plus probable ; ils veulent assurer à leur alliance les effets civils des mariages catholiques. Qu'ils prennent cette précaution, à la bonne heure ; mais se faire
bénir au désert, cette démarche paroît d'autant plus absurde, que ceux
de leur secte n'ont jamais distingué
cet engagement d'un contrat purement
civil, & que la bénédiction au désert

étoit une démarche tout à la fois répréhenfible & fuperfluë.

La demoifelle de Camp foutenoit
au contraire que ces deux actes, loin de
fe détruire, fe fecouroient l'un l'autre,
& que c'étoit précifément leur innocente duplicité qui étoit la marque &
le caractere de leur vérité. On a déjà
vu que par l'Arrêt du 15 Septembre
1685, il fut permis aux Proteftans de
célébrer leur mariage par l'intervention d'un Miniftre, pourvu cependant
qu'il fût affifté d'un Magiftrat Catholique : cette permiffion fi gênée & fi
reftreinte, étoit pourtant une reffource
pour les Proteftans; mais ce qu'ils
avoient peut-être le moins fujet de
craindre, ne laiffa pas d'arriver. Par
des craintes mal fondées ou de mauvais préjugés, les Officiers qui devoient
leur fervir de témoins refuferent, fans
avoir des ordres précis, de remplir des
fonctions qu'ils croyoient périlleufes,
de forte que les malheureux Proteftans
ne trouvoient perfonne qui voulût fatisfaire à leur égard aux intentions bien-
faifantes du Prince. Que faire dans cette
privation de tout fecours & de toutes
reffources ?.

» Ils imaginerent d'une part de former leurs vœux, de prononcer leurs
sermens en préfence de leurs Miniftres,
que la tolérance de l'Adminiftration leur
laiſſoit ; & de l'autre, l'efprit toujours
rempli de l'Arrêt de 1685, toujours
attentifs à rendre hommage à la Loi
du pays, à la volonté du Prince, voyant
que parmi nous, les Curés font vrais
Magiftrats dans ce qui regarde le mariage, fongeant que dans l'adminiftration de ce Sacrement, l'autorité laïque
eft mêlée, incorporée à la puiſſance
fpirituelle, que ces deux pouvoirs font
confondus & réunis à l'inftant de la
célébration dans l'individu facré qui,
en ratifiant le confentement prononcé
par les Parties, y attache tout à la fois
les graces du ciel, & les effets civils
de la Loi ; ils s'aviferent de fe préfenter
devant nos Pafteurs, non pour y recevoir un Sacrement dont leur incrédu-
lité les rend malheureufement indi-
gnes, mais pour y conftater juridique-
ment leur union, & en tirer un monument capable de la faire valider. Le
Miniftre continua d'être l'homme de
leur confcience, & le Curé devint à
leurs yeux celui de la Loi.

» C'eſt ce qui explique pourquoi la demoiſelle de Camp ſe trouve munie de deux actes ; elle a ſuivi en cela l'exemple de tous les Proteſtans qui l'ont précédée. Elle a d'abord prononcé ſes vœux entre les mains d'un de ſes Miniſtres ; ce qui lui a procuré ſon premier titre : elle s'eſt préſentée enſuite devant un de nos Paſteurs pour les ratifier ; c'eſt cette ſeconde démarche qui a produit le ſecond acte. Loin donc qu'ils s'entre-détruiſent, c'eſt leur réunion qui les rend inconteſtables. Les Ordonnances qui enchaînent les Catholiques, parmi nous, à l'obligation de ne ſe marier que devant leur propre Curé, ſont préciſes : or le Paſteur qui marie les Proteſtans, n'eſt pas leur propre Curé ; il faut donc prouver que ce ſont des Proteſtáns qui ſe ſont préſentés devant lui, & c'eſt ce que fait l'acte de célébration du Miniſtre. L'un atteſte aux Tribunaux que les Parties ſont étrangeres à la Loi ; l'autre leur fournit le voile favorable dont ils ont beſoin pour déguiſer la diſpenſe néceſſaire qu'ils accordent de cette Loi rigoureuſe. De tous les mariages Proteſtans qui ſe célebrent dans le Royaume, il n'y en a pas un qui ne foit fortifié de cette double formalité ; il n'y en a pas un qu'on ne puiffe juftifier par ce double titre, qui concilie tous les intérêts, & affure aux enfans l'état, l'honneur & la fucceffion de leurs peres «.

Mais, lui répliquoit-on, fi vous étiez convaincue que vos actes étoient finceres & valables, pourquoi avez-vous différé fi long-temps d'en faire ufage ? Lorfqu'on vous a fommé de les produire, auriez-vous répondu que vous n'en rendriez pas compte, que vous n'en deviez pas, que votre qualité vous en difpenfoit ? Ce n'eft qu'après la découverte de l'Arrêt du 15 Septembre, lorfqu'au moyen d'une conciliation imaginaire, vous avez cru donner quelque confiftance à la chimere de ces deux actes, que vous reprenez leur défenfe. Après l'abandon total que l'on vous en a vu faire, après vous être fervie de celui de Bordeaux, avoir publié celui de Montauban, vous nous avez révélé l'idée que vous en aviez vous-même, par la perplexité & l'inquiétude continuelle où vous ont tenue ces deux

pieces, dans tout le cours de l'affaire.
Quand on n'auroit donc à leur opposer
que votre embarras, l'emploi équivoque
& douteux que vous en avez fait, votre
variation perpétuelle, il n'en faudroit
pas davantage pour les taxer de fabrication & de fausseté.

Si nous avons montré quelque timidité sur l'emploi que nous devions
faire, répondoit le Défenseur, ce n'a
été que par respect pour des préventions
dangereuses. La crainte de nous engager
dans une discussion où il nous falloit
combattre des préjugés établis, & notre
éloignement à heurter certaines opinions
qui touchent, dans quelques esprits, à
des vérités qu'il faut qu'on révere, furent les seules considérations qui nous
déterminerent à ne les pas publier; mais,
puisqu'on veut se faire un moyen de
notre silence, & qu'on impute à une
timidité coupable, une réserve qui, de
notre part, n'étoit que discrete, nous
retirons de l'oubli ces nouveaux monumens de l'infidélité de M. de Bombelles, & qu'on ne nous répete pas que
ces pieces seront attaquées. Ce n'est pas
le faire que le dire; elles subsistent tant

qu'elles ne l'ont pas été, & restent sous les yeux des Juges, pour servir de regle à leurs décisions.

L'inscription de faux étoit la seule voie ouverte pour faire périr ces deux titres; mais la longueur d'une procédure nouvelle, & sur-tout le peu de nécessité de faire déclarer nuls des actes indifférens, firent prendre le parti de ne les combattre qu'avec ce qu'ils offroient de défectueux en eux-mêmes, sans avoir recours à aucune voie juridique.

On objectoit d'abord contre celui de Bordeaux, la dénégation formelle du Curé : il certifioit de plus, qu'il n'avoit jamais vu ni connu la demoiselle de Camp & M. de Bombelles. Il atteste encore que les regîtres ont été compulsés avec la plus rigoureuse exactitude, & qu'il ne s'y trouve nul vestige du prétendu mariage.

Il est vrai qu'on pouvoit se rejeter sur la supposition d'un Curé prevaricateur, qui, par une infidélité coupable, auroit soustrait de ses regîtres le monument propre à constater un pareil mariage. C'étoit du moins ce que l'on objectoit, en faisant valoir les risques attachés à cette sorte de prévarication, une complaisance trop facilement soupçonnée d'avarice, & la sévérité des Supérieurs Ecclésiastiques; mais pourtant ce n'étoit qu'une supposition, qu'une conjecture hasardée; &, pour l'anéantir, il suffisoit du désaveu seul du Curé, sur-tout lorsque sa probité étoit attestée & reconnue. Et qu'y avoit-il de commun entre un Curé de Massane & l'honnête Pasteur de Bordeaux, pour conclure du crime de l'un l'infidélité de l'autre ?

M. de Bombelles alloit même jusqu'à offrir la preuve qu'il n'étoit point à Bordeaux à l'époque où l'on plaçoit le prétendu mariage; mais la demoiselle de Camp en offroit une autre, qui sembloit détruire d'avance la premiere; elle présentoit la déposition d'un Officier dans le Régiment de P....., qui témoigne avoir entendu de la bouche même de M. de Bombelles, qu'il *étoit marié*, & qu'il avoit épousé la demoiselle de Camp à Bordeaux. Un autre Militaire déposoit que *M. de Bombelles lui avoit déclaré & avoué son mariage avec la demoiselle de Camp, lui assurant l'avoir épousée à Bordeaux.* Elle soutenoit que toutes les preuves contraires n'étoient plus admissibles après de pareils témoignages. Ces témoignages cependant avoient un défaut radical, c'étoit d'être tirés de l'enquête proscrite ; ils tomboient avec elle.

Pour l'acte de Montauban, s'il est vrai qu'il fût faux, cette fabrication étoit encore, en quelque sorte, plus téméraire ; les suites en devenoient, s'il est possible, encore plus funestes. Mais, remarquoit-on d'abord, cet acte est d'une date bien antérieure à celui de Bordeaux, & il n'a paru que long-temps après ce dernier. C'est lorsque personne n'y croyoit plus, & qu'on n'a plus osé le montrer, qu'on a tâché d'accréditer celui de Montauban ; son apparition tardive le rend donc déjà très-suspect.

Mais d'ailleurs, quelle confiance prendre en une piece aussi ténébreuse ? » En général, un extrait n'est qu'une copie tirée d'un registre qu'on a sous les yeux, & délivrée par un Officier public, dont la signature fait foi en

Juftice ; & , au contraire, c'étoit une prétendue copie d'un regiftre que perfonne n'a vu , délivrée à un Officier public par un inconnu, fur l'unique autorité duquel portoient l'exiftence du regiftre & la foi de l'extrait , & qui amenoit pour garant , non de fa probité ni de fon regiftre , mais de fon individu & de fa dénomination de Murat, deux compagnons eux-mêmes fufpects, dont l'un eft Bernard Cofte, fur le théatre duquel montoit la demoifelle de Camp , & l'autre un neveu du Juge - Mage Merignac, oncle de cette fille.

» Ce qui mettoit le comble à la perplexité , c'eft, d'une part, l'affectation de cet inconnu, de n'avoir déclaré ni dépôt ni domicile où l'on pût aller compulfer & confulter fes prétendus regiftres ; & de l'autre, le refus opiniâtre par la demoifelle de Camp de déclarer, fuivant les fommations qu'on lui en a faites, le domicile du prétendu Jacques Sol - Elios , qui eft dit avoir béni fon mariage, & de ce foi-difant Jean Murat , qui eft dit en avoir délivré & dépofé l'extrait. Par-là toutes les voies étant fermées à la recherche de la vérité, il étoit impossible de savoir s'il y a un regiſtre, ſi ce prétendu mariage y eſt inſcrit, & depuis quand exiſte le regiſtre ou l'inſcription.

» Tout ce que l'on voyoit par l'extrait, c'eſt que le prétendu acte de mariage n'eſt ſigné, ni du Vicomte de Bombelles, ni de la demoiſelle de Camp, ni de ſes parens, qui n'y ſont pas même préſens, ni de Jacques Sol-Elios.

» Il ne fait aucune mention du lieu où il a été paſſé; il n'indique, ni ville, ni fauxbourg, ni campagne où l'on pût aller à la recherche du mariage de la demoiſelle de Camp; il le laiſſe dans un déſert auſſi vague que les eſpaces imaginaires.

» Il ne dit pas non plus quelle partie du monde habitent les trois témoins qui y ſont dénommés. Quand donc il n'eût porté ſur le front aucun autre indice de fauſſeté, il étoit impoſſible, parmi tant d'incertitudes, d'y ajouter la moindre foi «.

On ajoutoit qu'il n'y avoit même jamais eû de Sol-Elios ſur la terre; que ce n'étoit qu'un nom ridiculement controuvé, pour appuyer une imposture dépourvue de vraisemblance.

Le Défenseur de mademoiselle de Camp, qui ne pouvoit représenter la personne même du Ministre Sol Elios, citoit du moins, pour preuve de son existence, une lettre qu'il devoit avoir écrite à un de ses confreres (a) : il

(a) Oui, cher ami, c'est moi qui prêtai mon ministere à M. de Bombelles, pour se lier par les nœuds les plus sacrés avec madame de Bombelles, ci-devant mademoiselle de Camp. C'est donc mal-à-propos que ce Gentilhomme fournit aujourd'hui des doutes à son Avocat sur mon existence, puisqu'il m'a vu, qu'il me connoît, & qu'il devroit se rappeler du peu que je lui dis lorsque je lui départis la bénédiction nuptiale....... M. de Bombelles prétend que je suis un fourbe, un imposteur, dont on a emprunté le nom, ou qui l'a lui-même prêté pour donner quelque couleur à l'imposture. Que ce Monsieur me connoît mal !...... M. de Bombelles prétend qu'il n'y a jamais eu à Montauban, ou aux environs, de Pasteur désigné sous le nom de *Sol* dit *Elios*..... Il n'est du tout point fondé sur cet article, puisque j'ai desservi, en qualité de Pasteur, ce pays-là, l'espace de dix à douze ans; que je suis également connu sous ce nom dans le Périgord, tout comme ici. Cet échappatoire de sa part est d'autant plus grossiére-

prétendoit

prétendoit que cette lettre portoit un caractere de franchise & de vérité auquel il étoit impossible de résister. L'attestation des habitans y ajoutoit un dernier degré de certitude ; d'ailleurs la demeure de Sol-Elios étoit clairement énoncée, & les témoins avoient une existence connue dans la ville ; c'étoit à M. l'Avocat-Général à faire les perquisitions qu'il croyoit nécessaires.

---

ment trouvé, qu'il est aisé de se convaincre de la vérité du fait, par les registres des baptêmes & des mariages de l'un & de l'autre endroit, tout comme par l'attestation que je vous envoie, signée d'un certain nombre de Bourgeois & habitans de cette ville, tout autant de personnes compétentes pour attester que je vis, que j'existois il y a une quarantaine d'années, puisqu'elles m'ont vu naître, & que je laboure ma quarante-huitieme. Je sais qu'il n'est point de plus méchans sourds que ceux qui ne veulent point entendre, & que M. de Bombelles, persévérant toujours dans son impénitence, soutiendra que toutes ces signatures, comme n'étant point munies du sceau de la Ville, sont des pures fictions : mais que ce Monsieur, ou tout autre en qui je puisse me confier, me fournisse un sauf-conduit de la Cour, & je le convaincrai, s'il le faut, de mon existence. *Signé* SOL, dit ELIOS.

D'après ces renſeignemens, on ne pouvoit donc plus dire, qu'après avoir ap-
poſé au bas d'un acte un nom imaginaire, il étoit auſſi facile de le faire
trouver à la fin d'une lettre.

L'acte, il eſt vrai, n'eſt ſigné ni
des témoins, ni des Parties; mais il
eſt d'un uſage conſacré parmi les Proteſtans, de n'exiger, ni de dépoſer dans
leurs regiſtres les noms & ſignatures
des Parties & des témoins. Et s'il n'eſt
pas toujours néceſſaire, entre Catholiques, pour la validité d'un acte, de la
ſignature des témoins & des Parties;
ce qui a été récemment décidé par un
Arrêt en faveur de la dame Lépine,
contre le ſieur Gobaut, qui réclamoit
la Loi qui lie les Catholiques ſur cet
article; à plus forte raiſon ne peut-on
pas ſe faire un moyen de nullité contre
mademoiſelle de Camp, de cette omiſ-
ſion, puiſque c'eſt non ſeulement une
coutume, mais une loi parmi les Proteftans, de ſe contenter de l'atteſtation
ſeule du Miniſtre, comme il eſt facile
de s'en convaincre par la preuve qui
ſuit:

» Nous ſouſſignés, Chapelains, &
Anciens de la Chapelle, Leur Haute-

Puiſſance, nos Seigneurs les Etats-Gé-
néraux des Provinces-Unies, des Pays-
Bas, auprès de Son Excellence M. Leſ-
tevenon de Berkenroode, certifions que
nos regiſtres de mariages ſont uniquement
ment ſignés de nous Chapelains, & que
ledit uſage ne demande, ni même ne
comporte que les Parties & les témoins
ſignent dans noſdits regiſtres. *Signé*
DELABROUE, SERRURIER, DUVAL *cc*.

Mais il y a plus ; les ſignatures des
témoins qu'on exige au bas de l'acte,
& qu'on n'y lit point, parce qu'elles
n'y étoient pas néceſſaires, ſe trouvent
par forme de ſupplément, & comme
pour compléter une entiere ſûreté,
dans l'enquête ſi ſouvent citée. Louis
Lecum, âgé de quarante-ſept ans, dit
qu'étant dans une maiſon à Montauban,
vers le mois de Mars 1766, *il vit la*
cérémonie du mariage du ſieur de Bom-
belles avec la demoiſelle de Camp, ſe
rappelant ce fait très-particuliérement ;
que le Paſteur demanda audit ſieur de
Bombelles, s'il vouloit pour ſa légi-
time épouſe la demoiſelle de Camp ;
qu'ayant répondu avec beaucoup de
ſécurité qu'oui, ledit Paſteur, qui
avoit déjà pris le conſentement de la

O ij

demoiselle de Camp, bénit leur mariage, à la très-grande satisfaction de l'une & de l'autre des Parties.

Les sieurs Jacques Brun & Pierre Mole déposent la même chose.

Mais il restoit contre mademoiselle de Camp une objection terrible. M. de Bombelles étoit mineur, & avoit contracté sans l'aveu & à l'insçu de ses parens. La Déclaration de 1736 exige expressément que les articles du contrat entre mineurs, soient dressés en présence de quatre parens de l'une & de l'autre des Parties. C'étoit déjà une nullité essentielle dans le contrat. Mais il y a plus : si la consommation du mariage s'en étoit ensuivie, & qu'il y eût eu une célébration quelconque par toutes les circonstances qui avoient concouru à jeter M. de Bombelles dans des liens répréhensibles, il en seroit résulté contre mademoiselle de Camp & sa famille, des peines plus rigoureuses que la cassation du mariage.

On représentoit que cette union frauduleuse eût en effet réuni, si elle n'eût pas été chimérique, tous les indices de la séduction & du rapt. L'on sait quelle est la sévérité de nos Loix contre

ces deux espèces d'infractions sociales.
» Voulons, dit l'Ordonnance de Blois,
article 42, que ceux qui se trouveront
avoir suborné fils ou filles mineures de
vingt-cinq ans, sous prétexte de mariage, sans le gré, sçu, vouloir &
consentement exprès de peres, meres,
ou tuteurs, soient punis de mort, sans
espérance de grace & de pardon..... Et
pareillement seront punis extraordinaire-
iment tous ceux qui auront participé au
rapt, en aucune maniere que ce soit «.
Et comme la séduction peut également
venir de l'un ou de l'autre sexe, &
qu'elle n'en est quelquefois que plus
dangereuse pour être le crime de celui
qui paroît le plus foible, elle décerne
une peine égale pour l'un & pour
l'autre.

Or il y avoit plusieurs indices qui
indiquoient un projet de séduction concertée. Une famille étrangere s'empare
d'un jeûne homme de vingt-un ans; elle
lui fait signer l'acte le plus sérieux de
sa vie, & l'on prend toutes les précautions imaginables pour qu'aucun des
parens du jeune homme n'en soit averti.
C'est dans la nuit, au milieu d'une
orgie, environné d'un côté d'étrangers

O iij

qui vont devenir ſes plus cruels ennemis, s'il refuſe ; & de l'autre, la violence d'une maîtreſſe, qui, pour être
plus douce, n'en étoit que plus tyrannique ; c'eſt dans cet inſtant de délire
ou de crainte qu'on le fait ſigner. Le
réduit écarté qu'on avoit choiſi, & la
précaution de faire venir un Notaire
étranger, devenoient de nouveaux ſignes
de ſubornation ; & elle étoit d'autant
plus répréhenſible, qu'il y avoit entre
les familles la diſtance de la roture à
la nobleſſe.

Il étoit dangereux, après cela, pour
la demoiſelle de Camp elle - même,
d'accuſer M. de Bombelles d'apoſtaſie.
S'il étoit vrai qu'elle eût, de concert
avec toute ſa famille, ſéduit ce jeune
homme, à qui ſon extrême amour
ôtoit peut-être juſqu'à la volonté de
réſiſter à toutes ſes inſpirations, elle
reſtoit chargée de tous les crimes qu'elle
lui imputoit. L'apoſtaſie prétendue de
M. de Bombelles n'eût été que l'effet
d'un aveuglement fatal, dont mademoiſelle de Camp étoit la cauſe. Alors
elle conjuroit contre elle toute la rigueur des Loix, & devenoit comptable
d'une déſertion qui outrageoit nos au-

tels. Ce qu'il y avoit donc de plus à craindre pour elle, c'étoit que son imputation eût eu quelque apparence de vérité.

Mais le Défenseur ajoutoit, que mademoiselle de Camp n'étoit pas aussi coupable qu'elle vouloit l'être : on ne voit dans toutes ses tentatives, que les vains efforts d'une femme qui, désespérée de perdre son amant, ne néglige rien de tout ce qu'elle croit propre à le lui conserver. En effet, quelle nécessité pour M. de Bombelles d'abjurer sa Religion ? Ce n'étoit pas à ce prix que s'étoit mise la demoiselle de Camp; ses parens, pour elle, avoient stipulé dans le contrat, que le mariage seroit célébré suivant les Loix du Royaume. Loin que l'acte soit prouvé, il ne paroît pas même que M. de Bombelles ait eu aucune raison vraisemblable de commettre le crime qu'on lui suppose.

Au reproche de séduction, le Défenseur des demoiselles de Camp opposoit le peu de différence dans les âges. Mademoiselle de Camp est née le 27 Mars 1742 ; M. de Bombelles, le 8 Février 1745. C'est dans l'année 1766 que le contrat avoit été signé.

On fait qu'entre les perfonnes de cet
âge , il n'y a d'autre féducteur que
l'amour.

» Mais vous dites, continuoit-il, que
le contrat eft nul , parce que vous l'avez
figné dans votre minorité. Dans quel
temps venez-vous nous objecter cette
nullité ? lorfque la rétractation de vos
fermens va priver une femme abufée
de fon état , & ôter l'honneur à une
famille entiere. La Loi , ajoutez-vous,
défend aux mineurs de contracter de
leur feule autorité ; mais il eft une Loi
antérieure , qui veut qu'on répare le
tort que l'on a fait. Or , s'il étoit poffible qu'on vous permît de violer vos
fermens , quel pourroit être le dédom-
magement capable d'indemnifer la démoifelle de Camp de la perte de fon
état ? Exifte-t-il un équivalent de l'honneur ? La féduction que vous reprochez
à votre malheureufe victime , n'eft
qu'une chimere , puifqu'on fuppofera
toujours que dans l'égalité d'âge, elle
fera plutôt du côté du fexe , qui ,
n'ayant pas les mêmes rifques à courir,
doit être plus hardi & plus entreprenant.
Vous n'avez donc aucun tort à reprocher à la demoifelle de Camp ; &

voyez dans quel état vous voulez la
réduire, elle, sa famille, & votre enfant ! Et vous revendiquez le privilége
de la Loi, qui vous délie d'un engagement contracté dans une minorité
imprudente ; mais elle vous cite devant
cette autre Loi, qui est prise dans le
cœur humain, & qui ne souffre pas
qu'une famille entiere soit déshonorée,
parce qu'il vous plaît d'être infidele,
& que vous trouvez un profit honteux
à rompre des sermens qui ont été reçus
avec confiance, & que vous avez faits
de bonne foi.

» Vous accusez la demoiselle de
Camp de séduction ; mais c'est vous
qui voulez être le séducteur ; & vous
feriez encore, comme on vous l'a dit,
coupable du rapt & de la plus cruelle
trahison ; & la demoiselle de Camp
pourroit vous poursuivre comme tel,
si vous parveniez jamais à rompre vos
chaînes. N'est-ce pas sous la foi donnée,
& sous la garantie des sermens les plus
saints, que vous avez possédé mademoiselle de Camp ? N'est-ce pas sur la
parole sacrée que vous feriez son époux,
que vous avez obtenu ce qu'une femme
vertueuse n'accorde qu'en échange d'un

O v

état honorable dans la société ? Et qu'on
ne dise pas que ce soient de ces vains
sermens dont se rient les amans fri-
voles & parjures ; les vôtres ont été
écrits dans un acte sérieux ; c'est en
présence d'une famille entiere qu'ils
y ont été consignés.

» La demoiselle de Camp n'a donc
rien de commun avec ces femmes qui
se font jurer un amour éternel, auquel
ne croit ni celui qui fait le serment,
ni celle qui le reçoit. Elle a dû vous
croire, parce qu'elle vous a vu prendre
toutes les précautions d'un honnête homme ; elle a dû vous croire, parce qu'elle a
vu toute sa famille concevoir de vous
l'idée favorable qu'elle en avoit elle-même. Argumenter de votre minorité pour
briser vos liens, c'est donc vous accuser
vous-même d'avoir abusé une femme
vertueuse, d'avoir trompé sa famille,
de vous être joué de la crédulité d'une
ville entiere, & d'avoir fait à d'honnêtes citoyens l'affront le plus sanglant
& le tort le plus irréparable : par-là
vous vous êtes rendu coupable du rapt
& d'une lâche séduction, & les Loix
peuvent vous poursuivre pour réparation
de ces deux injustices ».

Il étoit facile de fentir qu'il y avoit de l'exagération dans ces reproches : tous les torts de M. de Bombelles ne paroiffent être que ceux d'un jeune homme qui fuit aveuglément une paffion folle, fans en prévoir les conféquences. Il eft vrai que cette paffion avoit été funeste à mademoifelle de Camp, & qu'on ne voit pas trop quelle pouvoit être la réparation d'un auffi grand outrage ; mais il y avoit fi peu de traces d'un mariage certain, que les Magistrats ne purent que réparer, autant qu'il étoit en eux, le dommage qu'elle avoit fouffert, en condamnant M. de Bombelles à affurer à Antoinette, fa fille, une légitime honnête. Ce fut le feul foulagement qu'ils purent accorder à la mere & à la fille, leurs droits fe trouvant en concurrence avec ceux d'une époufe légitime. Leur Défenfeur les attaqua, & prétendit que le fecond mariage, qui étoit déjà nul par celui qui le précédoit, l'étoit encore en lui-même, par le défaut de formalités auxquelles on étoit contrevenu ; mais on fe contenta de lui objecter que mademoifelle de Camp devoit prouver fon mariage, avant d'attaquer celui de

O vj

sa rivale. On persista à lui soutenir que, loin d'avoir des moyens pour faire déclarer nul celui de mademoiselle C..., elle n'avoit pas même une seule preuve qui pût servir à constater le sien.

Mais si la Loi refusoit à la demoiselle de Camp l'époux qu'elle réclamoit, l'humanité sollicitoit en sa faveur un adoucissement à sa situation. Les Loix punissent le crime, mais elles n'accablent point la foiblesse ; elles permettent aux Magistrats d'être sensibles à des malheurs qu'elles ne peuvent elles-mêmes réparer.

Le Parlement jugea que M. de Bombelles devoit être condamné en des dommages-intérêts envers mademoiselle de Camp, quoiqu'il n'existât point de preuve de mariage. Les Juges furent frappés de la lecture du contrat & du testament. En proscrivant la demande de mademoiselle de Camp, ils crurent qu'ils devoient punir la séduction établie par ces deux actes.

Si M. de Bombelles a su, lorsqu'il a signé le contrat de mariage avec la demoiselle de Camp, que les Loix du Royaume rendoient cette union impossible, il n'en seroit que plus coupable. Si au contraire il ignoroit les dispositions impérieuses de nos Loix, il n'a pu se dissimuler que les droits de la Nature, le droit des gens, & les Loix de toutes les Nations ordonnent de réparer le tort & l'offense.

Ce fut sur ces motifs que le Parlement de Paris, après avoir entendu les Défenseurs des Parties pendant plusieurs Audiences, jugea cette affaire importante, par son Arrêt du 6 Août 1772, rendu sur les conclusions de M. l'Avocat-Général de Vaucresson.

Par cet Arrêt, la demoiselle de Camp & sa fille furent déclarées non-recevables dans leur appel comme d'abus ; il fut donné acte à M. de Bombelles de sa déclaration, qu'il reconnoissoit Antoinette-Louise-Angélique-Charlotte pour sa fille naturelle ; il fut ordonné que mademoiselle de Camp seroit tenue de la remettre dans telle Communauté qui lui seroit indiquée par l'Evêque diocésain : faisant droit sur les conclusions du Procureur-Général du Roi, M. de Bombelles fut condamné à payer à Antoinette-Louise-Angélique-Charlotte, 600 livres de rente ; à l'effet de quoi il seroit fait fonds de la somme

de 12000 livres, dont seroit fait emploi en préfence du Procureur-Général
du Roi, au profit de ladite Antoinette, &c. Il fut condamné en outre
à payer à mademoiselle de Camp la
fomme de 12000 livres de dommages-
intérêts, par forme de réparation civile.

CORDELIER MARIÉ. *Question d'état sur la légitimité de ses enfans.*

JACQUES FORTIN, né en Basse-Normandie, eut de Magdeleine Pillet quatre filles & deux garçons, Macé & Jean-François. Leur fortune étoit des plus bornées : l'aîné conçut le désir d'augmenter sa part de celle de son frere. On prétend qu'il employa d'abord la séduction pour engager son jeune frere dans l'état monastique. Il lui peignit le cloître comme un séjour de paix, comme un refuge assuré contre les infortunes de la vie. Il lui représenta d'un côté la modicité des biens qu'il pouvoit espérer en restant dans le monde, l'impossibilité de former jamais un établissement avantageux ; & de l'autre, il lui montroit dans les maisons religieuses des asiles inaccessibles à l'inquiétude & à la peine, où l'on menoit une vie douce & fortunée, avec la certitude de faire son salut. C'est ainsi qu'en écartant des yeux de son frere,

à peine âgé de quinze ans, le tableau
des dégoûts inséparables de l'état mo-
naſtique, & l'image de cette autorité
févere que les Supérieurs exercent ſur
ceux qui leur ſont ſoumis, il cherchoit
à préparer par degrés un jeune homme
ſans expérience, à un état incompatible
avec ſes ſentimens. Quelques parens
le feconderent dans ſes vûes, s'empa-
rerent de l'eſprit de ſon frere; &, pour
le déterminer plus aiſément, on lui
propoſa la maiſon des Cordeliers de
Valognes, voiſine du lieu qu'habitoit
ſa famille. Le pere du ſieur Fortin étoit
mort dès l'année 1764; ſa mere aimoit
tendrement ſon ſecond fils; mais elle
étoit trop foible pour s'oppoſer efficace-
ment aux vûes de ſon fils aîné. Le jeune
homme, féduit, entraîné par la force
d'un aîné qui avoit réuni dans ſes
mains toute l'autorité, ſe laiſſa conduire, ou plutôt traîner dans le couvent
des Cordeliers de Valognes.

L'épreuve fit tomber de ſes yeux le
bandeau dont on avoit voulu l'aveugler;
il ne trouva point dans cet aſile le
bonheur qu'on lui avoit vanté. Les
contradictions révolterent ſon caractere;
le dégoût entra dans ſon ame, & ſa

répugnance ne fit qu'augmenter tous les jours. Dans cette pofition cruelle, fa fanté s'altéra ; la maladie vint miner fes forces, & ajouter de nouvelles incommodités à la furdité naturelle dont il étoit attaqué ; il fentit qu'il ne s'accoutumeroit jamais aux chaînes dont on l'avoit chargé, & il ne fongea plus qu'à les fecouer. Vingt fois il réitéra fes inftances aux Religieux de Valognes ; mais fes Supérieurs n'y firent aucune attention, perfuadés fans doute que le temps adouciroit fes ennuis & l'affujettiroit peu à peu fous le joug de la vie monaftique. Voyant qu'on n'écoutoit ni fes larmes ni fes prieres, il conçut le projet de rompre lui-même fes fers. Il attend ; il cherche avec impatience le moment où il pourra recouvrer cette liberté qu'il chérit, & que la violence lui a enlevée. L'inftant favorable fe préfente : déjà il a franchi les portes funeftes ; il fuit loin d'un féjour odieux. Mais à peine commence-t-il à refpirer un air libre, que le Portier du couvent vole fur fes pas, l'arrête malgré fes efforts, malgré fes cris, & le ramene dans fes chaînes.

Cependant le moment fatal arrive ;

il s'agit de prononcer des vœux que
fon cœur a toujours rejetés. On traîne
à l'autel cette malheureufe victime
de la féduction & de la crainte, &
là fa bouche articule foiblement quelques mots qui femblent, aux yeux des
hommes, le lier éternellement avec
Dieu, tandis que fon cœur prend ce
même Dieu à témoin de la violence
qui les lui arrache.

Lorfque les parens du fieur Fortin
eurent confommé leur projet, on l'en-
voya à Sées, pour y faire fa Philofophie.
Le frere aîné fe crut alors affuré de
poffeder feul l'héritage qui le rendoit
coupable, fans le rendre riche : mais
la mort vint le punir de fon injuftice,
& lui enleva fa proie. Peu de temps
après, la mere du fieur Fortin fut attaquée
d'une maladie dangereufe ; elle étoit
alors âgée de plus de foixante ans. La
nouvelle en parvint bientôt aux oreilles
de fon fecond fils, qui, n'écoutant
que fa tendreffe, vole à la maifon de
fa mere, & s'occupe du devoir de la
confoler, fans fonger que fa foibleffe
étoit une des caufes de fon malheur.
La vue d'un fils dont elle fe reprochoit
en ce moment la captivité, & fes foins

affidus la rendirent à la vie. Ce fut
dans cet inftant où l'ame fe montre telle
qu'elle eft, qu'elle déclara publiquement » que jamais fon fils n'avoit eu
d'inclination pour l'état monaftique ;
qu'il avoit été tyrannifé par fon frere ;
qu'elle n'avoit jamais confenti à fa
profeffion «. Lorfque la fanté de la
mere du fieur Fortin fut rétablie , il
profita du feul moment de liberté qu'on
lui eût accordé depuis fon malheur ,
& protefta contre fes vœux. Le 6 Mai
1709, il obtint du Pape un Bref fondé
fur les faits de violence , articulés dans
fa Supplique. Mais avant de procéder
à fon entérinement, l'Official de Coutances ordonna qu'il fe retireroit au
couvent des Jacobins de la même Ville ,
pendant l'inftruction. On le pourfuivit
dans cette nouvelle folitude, où il
auroit dû trouver un afile affuré. Forcé
de fe dérober à la perfécution , il
traverfe la France au milieu de la faifon
la plus rigoureufe de l'année ; il paffe
les Alpes dans un temps où les neiges
& les glaces les rendent impraticables :
vingt fois il expofe fa vie dans ce
voyage ; mais il fuyoit l'efclavage , &
voloit après la liberté. Epuifé par les

fatigues d'une route de près de quatre cents lieues, pendant laquelle il avoit souvent manqué des chofes néceffaires à la vie, abattu par les maladies qui avoient interrompu fon voyage; tel eft l'état touchant dans lequel il fe préfenta au Souverain Pontife.

Le Chef de l'Eglife lui expédia un fecond Bref, qui le relevoit de fes vœux *de plano*. Mais à peine eft-il rentré dans fa patrie, tenant en main le titre précieux de fa liberté, qu'il fe trouve expofé aux pourfuites rigoureufes de fes premiers oppreffeurs; ils excitent contre lui l'Official de Coutances; ils obtiennent enfin une Ordonnance qui lui enjoint de fe retirer, fous quinze jours, dans le cloître des Jacobins, & qui les autorife à le conftituer prifonnier dans la Conciergerie de l'Officialité, après l'expiration de ce délai. Il fallut donc choifir entre une prifon perpétuelle & un exil illimité. Il reftoit une mere au fieur Fortin; mais cette mere étoit foible, & fans ceffe obfédée : il lui reftoit des fœurs; mais l'intérêt avoit étouffé dans leurs cœurs tous les fentimens de la Nature : l'intérêt les arma contre leur frere.

Les Religieux de Valognes follici-
terent une Ordonnance qui permettoit
de l'emprifonner ; fa famille fe chargea
de la faire exécuter : la fuite le dé-
roba à ces pourfuites. Ce fut quelque
temps après , que les beaux-freres du
fieur Fortin furprirent de fa mere un
acte par lequel elle leur remit tous
les biens qu'elle pouvoit poffeder, &,
deux jours après, ils firent une tranfaction avec le fieur Fortin , par laquelle
ils s'obligerent de lui payer quarante
livres de rente viagere. L'intérêt avoit
excité leurs pourfuites, l'intérêt les af-
foupit. Cependant le fieur Fortin fe
détermina à fortir d'un pays où il ne
trouvoit que des malheurs, & à s'éloigner d'une famille où il ne trouvoit que
des ennemis de fon repos & de fa liberté. Après avoir laiffé à un parent,
le feul ami qui lui reftoit alors, fa procuration pour pourfuivre la diffolution
de fes vœux, il paffa à la Martinique.
Le Capitaine qui l'avoit tranfporté dans
cette Ifle , le préfenta dans la maifon
du fieur Lamarre. Celui-ci avoit une
fille d'environ quinze ans. Le fieur Fortin conçut pour elle un amour qui dut
être plein de douceurs pour un jeune

homme échappé des liens monaftiques.
Ce fut alors qu'il demanda à fa famille
un certificat. Il lui fut envoyé, & conçu
de maniere qu'on n'y parloit nullement
de fon état de Cordelier. Il préfenta
ce certificat au pere de la fille, & fut
accepté pour gendre. Le mariage fut
célébré le 22 Juin 1722. Dès l'année
1723, le fieur Fortin étoit pere, &,
depuis cette époque jufqu'en 1728, il
eut encore deux filles & un fils. Ce fut
le 4 Février de cette même année, que
fa mere mourut; & le 17 Novembre
1736, le fieur Fortin décéda, au milieu de neuf enfans, deftinés à fuccéder
à fes malheurs, & dont le plus âgé
avoit à peine atteint fa treizieme année.

Cependant les biens du fieur Fortin
avoient paffé dans les mains de fes
fœurs & de leurs époux. En 1749, fon
fils aîné s'embarqua pour venir en France
réclamer fes droits, ceux de fon frere
& de fes fœurs : il périt dans un naufrage.

Son frere entreprit le même voyage,
& arriva en France en 1756. Mais à
peine eut-il formé fa réclamation, que
les fieurs Vautier, qui avoient époufé
les fœurs du fieur Fortin pere, lui objec-

rerent fon origine & l'état de fon pere.
" S'il eft vrai, lui dirent-ils, que vous
" foyez le fils du pere dont vous por-
" tez le nom, enfeveliffez à jamais fes
" erreurs dans le filence. Votre pere,
" après avoir célébré la Meffe, n'a pu
" vous donner le jour fans fe rendre
" coupable d'apoftafie : il s'eft marié
" apoftat, il eft mort apoftat «.

Cette nouvelle fut un coup de foudre
pour le fils du fieur Fortin. Il fuit d'un
pays où il n'ofoit lever les yeux fans
honte, où fon nom étoit devenu un
titre d'opprobre. Avant de partir de la
Martinique, il étoit fur le point de
former un établiffement avantageux : il
fait ferment de renoncer pour jamais
au mariage. Revenu dans fa patrie, il
dévore fon chagrin dans l'amertume de
fon cœur ; il garde pour lui feul ce
fecret funefte, & le cache à fes fœurs :
en vain leur tendreffe, prête à partager
fes chagrins, le preffe d'en révéler la
caufe, rien ne peut l'ébranler. Il étoit
impoffible qu'une fituation auffi douloureufe n'abrégeât pas fes jours : elle
le conduifit bientôt aux portes du tombeau. Alors, ayant fait affembler fes
fœurs : » Je vous ai caché, leur dit-il,

» jufqu'à ce moment, un fecret que
» je ne puis plus vous taire. J'étois né
» fenfible, & le mariage eût fait autre-
» fois le bonheur de mes jours. Depuis
» que j'ai vu la France, il auroit em-
» poifonné ma vie; mes malheurs au-
» roient paffé fur ma trifte poftérité;
» l'idée de fon infortune auroit aug-
» menté la mienne; mon cœur s'eft
» déchiré toutes les fois que mon ef-
» prit s'eft rappelé le nom que nous
» portons. Plufieurs d'entre vous fe def-
» tinent au mariage. Ne donnez point
» le jour à des enfans qui maudiroient
» la naiffance de leur mere & leur
» propre exiftence. Notre pere étoit
» Prêtre, & nous devons le jour à fon
» apoftafie. Voilà ce que j'ai appris en
» France; voilà la caufe de ce chagrin
» que vous défiriez tant de partager;
» voilà ce qui abrege mes jours : le
» moment qui les terminera fera le
» feul moment heureux que j'aurai
» goûté depuis cette nouvelle acca-
» blante «.

Tels furent les derniers adieux que
le fieur Fortin laiffa à fes fœurs. Trois
d'entre elles étoient fur le point de
s'établir : cette fatale nouvelle ne leur
laiffa

laiffa d'autre fentiment que celui de la
douleur ; & il n'eft pas douteux qu'elles
auroient toutes partagé le fort de leur
malheureux frere, fi l'idée qu'on avoit
pu lui en impofer ne fût venue adoucir
leurs inquiétudes. La demoifelle Fortin
paffa en France : elle y apprend que
fon pere n'a jamais été engagé dans les
Ordres facrés, qu'on lui avoit fimplement fait prononcer, au couvent des
Cordeliers de Valognes, des vœux que
fon cœur avoit toujours défavoués, &
qu'il s'en étoit fait relever par le Souverain Pontife. Elle fit donc affigner
tous ceux dans les mains defquels les
biens de leur aïeul paternel avoient
paffé, & demanda compte de la part
héréditaire de Jean-François-Fortin dans
la fucceffion de fes pere & mere.

Le Défenfeur (a) des parens traita
de fable cette narration : felon lui,
Fortin étoit allé, de fon propre mouvement & fans contrainte, faire une
année de noviciat chez les Cordeliers
de Valognes. Au bout de l'an, il fit
profeffion, & déclara dans l'acte, que,
fans aucune contrainte, & par le feul

_____

(a) M. du Caftel.

Tome IV.   P

intérêt de son salut, il faisoit vœu de professer la Regle du séraphique Pere de Saint François. La mort d'un frere, l'aîné des enfans, réveilla son goût pour le monde & pour les héritages : dès-lors la Regle séraphique pesa douloureusement sur son ame inconstante, & il ne chercha qu'à se débarrasser de ses liens.

Son premier pas fut une protestation chez un Notaire de Valognes, au mois d'Octobre 1708 ; c'est là qu'il parle pour la premiere fois des violences de son frere, de ses dégoûts, de la dureté des Religieux pour sa foiblesse, & de l'abus qu'on a fait de sa jeunesse & de sa volonté.

Il obtient un Rescrit du Pape, le 6 Mars 1709 : on procede devant l'Official de Coutances : les Religieux seuls assignés soutinrent la fausseté des faits.

Fortin ne peut rester chez les Jacobins de Coutances, où il devoit attendre le Jugement; il quitte ses habits, court à Rome, & obtient un second Bref, accordé sous prétexte de violences. Sur la procédure, l'Official ordonne qu'il se retirera, dans quinzaine, aux Jacobins de Coutances, & permet de le faire arrêter, s'il est surpris en autre habit que celui de la Religion.

Fortin, dans les liens d'un décret, conserve ses habits féculiers, porte en différens lieux son désespoir & ses remords; enfin le malheureux va dans un autre hémisphere cacher & renouveler ses fautes. Il arrive à la Martinique, s'y marie sans le consentement de sa mere; & de ce mariage naissent les demoiselles Fortin, qui viennent réclamer les successions que leur pere auroit partagées, s'il n'eût pas été Religieux.

Tel étoit le tableau rapide des faits & de la conduite du sieur Fortin, que le Défenseur des parens substituoit à ce qu'il appeloit le Roman de son Confrere (a).

Cette question d'état fut, en 1771, portée devant le Juge de Valognes, dont la Sentence débouta les parens de l'opposition formée à l'état des demoiselles Fortin, les maintint & déclara légitimes, & ordonna qu'en cette qualité, tous moyens de droit, tenans & défenses au contraire, les parens seroient

_____

(a) M. Le Tellier.

tenus, de communiquer les actes dont ils avoient produit l'état à l'Audience, pour être instruit entre les Parties sur le partage demandé.

Les parens appelerent de cette Sentence au Conseil Supérieur de Bayeux.

Les demoiselles Fortin se renfermerent d'abord dans quatre fins de nonrecevoir ; 1°. la reconnoissance de leur état par ceux qui venoient ensuite l'attaquer ; 2°. l'acte de 1716 , passé entre le Cordelier & ses beaux-freres ; 3°. le certificat que sa famille lui avoit envoyé, avant son mariage, à la Martinique ; enfin la possession de leur état commencée par le pere , & continuée dans ses enfans pendant l'espace de trente-six ans.

La demoiselle Fortin, à son arrivée en France, avoit reçu toutes les marques de tendresse que peut attendre une parente chérie & dont on s'honore. Reproches affectueux , sur ce qu'elle avoit préféré la maison d'un étranger; invitations de venir loger dans le sein de sa famille, qui furent enfin acceptées ; séjour de deux mois partagé entre les différens domiciles de ses parens, qui se disputoient le plaisir de loger

cette cousine, & lui prodiguerent tour
à tour l'amitié la plus vive & la plus
sincere. Ce ne fut point une vaine curiosité qui les rassembla autour de cette
parente arrivée du Nouveau Monde.
» Les expressions de la sensibilité, disoit
leur Défenseur, se mêlerent dans leurs
entretiens ; leur bouche, organe de leur
cœur, lui répéta vingt fois le nom si
doux qu'ils lui envient aujourd'hui. Si
l'intérêt a répandu depuis quelques nuages passagers sur les sentimens de la
Nature, la Nature reprendra son empire, & de nouvelles marques de tendresse & de sensibilité rapprocheront des
cœurs que l'intérêt n'a divisés que pour
un moment. Après avoir reconnu si publiquement l'état des demoiselles Fortin dans leur sœur aînée, les Appelans
n'ont plus le droit de s'élever contre
elles pour les en priver ; elles les ont
reconnues pour leurs parentes ; elles
n'ont pu, en leur donnant ce titre, se
réserver la faculté cruelle de le leur
enlever. Dès qu'on a une fois reconnu
l'état des personnes, on n'est plus admis
à le contester «.

Il opposoit ensuite l'arrangement fait
entre le sieur Fortin & ses beaux-freres,

le 19 Novembre 1716 : par cet acte,
signé du sieur Fortin, son beau-frere
s'oblige de lui faire quarante livres de
rente ; & dans le même acte, il a été
employé qu'il n'auroit pu être Cordelier. Si ceux mêmes qui l'avoient poursuivi, qui avoient déterminé contre lui
l'Official de Coutances, & surpris une
Ordonnance pour lui ravir la liberté,
ont reconnu que la seule violence lui
avoit arraché ses vœux, comment peuvent-ils soutenir, soixante ans après,
qu'il a été lié par ces vœux forcés, &
qu'il a toujours vécu esclave, après
l'avoir confessé libre ?

A cette seconde fin de non-recevoir
on en joignoit une troisieme, tirée du
certificat envoyé à la Martinique. Il
étoit signé de la mere du sieur Fortin,
de ses beaux-freres, & de plusieurs parens. Ce certificat n'annonçoit pas même
qu'il eût jamais connu le cloître des
Cordeliers de Valognes ; tout y parloit
de lui comme d'un homme libre. Il y
a donc lieu de présumer qu'il l'étoit
en effet. Il avoit laissé, avant de s'ex-
patrier, une procuration à un de ses
parens, pour poursuivre l'entérinement
de son Bref. Ce fut en 1716 qu'il

abandonna la France, & c'est en 1722
qu'il demande à sa famille ce certificat.
Si le Bref qui le relevoit de ses vœux
n'eût pas été entériné, comment croire
que ceux qui avoient intérêt à révéler
les nœuds dont il étoit lié, auroient
gardé un profond silence sur cet article,
& n'en eussent pas fait mention dans
son certificat? Tout devoit faire présumer que le Bref avoit été entériné.
Si cette Sentence ne se retrouve pas,
disoit-on, il faut s'en prendre à la négligence des Greffiers de ce temps-là :
& une lettre d'un Grand-Vicaire de
Coutances, qui avoit fait des recherches inutiles, attribuoit leur inutilité à
la négligence de ces Officiers comme
à une cause connue.

On ne trouvoit pas non plus de Jugement qui eût débouté le sieur Fortin
de sa demande, & cependant, s'il eût
existé, les Religieux n'eussent pas manqué de le conserver dans leurs regiſtres
& dans leur couvent. Nouvelle raison
de préſumer que le sieur Fortin avoit
réussi, & que, si le titre de sa liberté
avoit disparu, il falloit en accuser la
négligence avouée des Officiers conser-
vateurs de ce dépôt.

P iv

Après tant de préfomptions favorables & des reconnoiffances fi pofitives de la liberté du fieur Fortin, que demander de plus que la poffeffion réelle de cette liberté? Or il avoit joui de fon état pendant quatorze ans, & fés enfans en jouiffoient depuis trente-fix années.

Les Appelans répondirent à ces fins de non-recevoir d'une maniere victorieufe.

L'accueil fait à cette parente étoit dû aux mouvemens d'une curiofité bienfaifante. Un bâtard careffé par les parens de fon pere, ne devient pas pour cela légitime. La demoifelle Fortin pouvoit s'attendre à trouver de la fenfibilité & de la bienveillance dans le cœur des parens de fon pere, fans pouvoir s'en faire un titre pour acquérir des droits fur leurs biens. Tous ces procédés domeftiques ne forment point une reconnoiffance légale de fon état : il faudroit des actes où la famille eût contracté avec elle fous le titre qu'elle lui contefte en Juftice, & l'on n'en produifoit aucun.

Celui de 1716 ne pouvoit paffer pour une reconnoiffance authentique de la

part des parens, que le sieur Fortin ne
fût pas Religieux. Il portoit que les
parens qui l'ont signé, » mus de bonne
volonté pour le sieur Fortin leur frere,
ayant fait ses vœux dans l'état de Cordelier, & n'ayant pu y réussir, lui
promettent de lui payer annuellement
la somme de 40 liv. sa vie durant,
ce que le sieur Fortin a accepté & leur
en a rendu grace «. Que signifioient
ces mots, *n'ayant pu y réussir* ? Rien
autre chose que le dégoût qu'avoit pris
le sieur Fortin pour l'état de Cordelier.
Ces mots ne pouvoient tomber sur les
vœux ; il étoit constant qu'il les avoit
prononcés.

Il étoit clair encore que cet acte
n'étoit qu'un effet de la bonne volonté
des parens, puisque Fortin leur en
rend grace. S'il eût été libre, s'il avoit
pu partager, il n'auroit pas reçu la loi,
il l'auroit faite.

Préténdre qu'il s'étoit fait relever
de ses vœux, & qu'il y avoit eu une
Sentence qui avoit entériné le Rescrit
du Pape, parce qu'on ne trouvoit pas
de Sentence qui l'eût débouté de sa
demande, c'étoit un sophisme des plus
aisés à réfuter : son état certain & connu

P v

étoit l'état Religieux. C'eſt donc à lui
ou à ſes repréſentans à prouver l'exiſtence d'un Jugement qui depuis avoit
anéanti ſa profeſſion & ſes vœux.

Il y a tout lieu de préſumer que
Fortin avoit abandonné ſa réclamation,
& que le fondé de procuration qu'il
avoit laiſſé en France, à ſon départ pour
la Martinique, n'avoit jamais conduit
cette procédure juſqu'à un Jugement
définitif.

Evadé de la retraite que l'Official
lui avoit indiquée, décrété de priſe de
corps, il étoit impoſſible qu'il réuſſît
à ſe faire relever de ſes vœux, ſans
reprendre ſes habits & revenir dans ſa
retraite. Il n'étoit pas relevé de ſes
vœux lorſqu'il partit pour l'Amérique;
il n'avoit donc pu l'être depuis. Tel
étoit l'état des choſes, lorſqu'en 1722,
il demande à ſa famille un certificat
d'origine, de mœurs & de Catholicité.
Quelques parens l'accordent. Le certificat ne diſoit pas que Fortin fût Cordelier, apoſtat, & décrété de priſe de
corps; mais il ne diſoit pas non plus
qu'il fût libre & qu'il n'eût pas fait
profeſſion.

La famille, diſoit-on, n'ignoroit pas

l'ufage qu'il vouloit faire de ce certificat.
Mais où eft la preuve qu'elle fût qu'il
vouloit s'en fervir pour fe marier ? Si
ce certificat étoit donné pour le mariage,
il devoit contenir le confentement de
fa mere, & il ne s'y trouve point ;
du moins devroit-on produire quelques
lettres écrites à la famille fur cet établiffement ; on n'en montroit aucunes.

Dès-lors que devenoit la poffeffion
d'état dont on prétendoit que Fortin
avoit joui paifiblement pendant quatorze
ans ? Fortin étoit Cordelier lorfqu'il
s'eft marié. Il devoit bien favoir qu'il
n'avoit jamais été relevé de fes vœux.
Il connoiffoit donc parfaitement le vice
de fa poffeffion & la nullité de fon
mariage, qu'il avoit contracté malgré
les défenfes de fe marier qui lui avoient
été expreffément faites par l'Ordonnance
de l'Official.

Après ce premier combat fur les fins
de non-recevoir, dont l'avantage ne
reftoit pas aux demoifelles Fortin, on
difputa le fond, & l'on en vint à la
queftion de Droit.

Le Défenfeur des enfans convint du
principe établi par l'article 273 de la
Coutume de Normandie, qui déclare

P vj

le Religieux Profès incapable de fuccéder, & tranfmet fon héritage au parent
le plus proche. Mais il foutenoit que
la profeffion du fieur Fortin étoit nulle,
comme forcée ; & , revenant fur tous
les faits de féduction & de violence
dont nous avons fait le détail , il foutenoit que cette nullité réfultante , non
d'un fimple vice de forme , mais du
défaut de liberté & de confentement,
étoit radicale & deftructive des vœux
que fa bouche avoit articulés.

D'ailleurs , les Refcrits du Saint-
Siége , continuoit-il , l'en ont relevé.
S'ils n'ont point été entérinés , du
moins avoient-ils un effet fufpenfif.
Tant que la proteftation du fieur Fortin
a fubfifté , tant que ces Refcrits n'ont
pas été écartés par un Jugement, Fortin n'a pu être regardé comme vrai
Religieux ; & mourant avant que l'on
ait prononcé fur la réclamation , il eft
mort libre *& integri ftatûs*. Il eft
dans le cas d'un accufé , d'un coupable qui meurt innocent , & jouiffant
de tous les droits civils , s'il meurt
avant que la peine de fon délit foit
prononcée par un Jugement définitif.

Un autre principe veut que les en-

fans fortis d'un fecond mariage , contracté de bonne foi par l'un des deux
époux, foient légitimes ; & l'on n'admet
point cet état bizarre , où un fils feroit
réduit d'un côté à partager la honte
des enfans de la proftitution , & placé
de l'autre au rang honorable des enfans
du pere de famille. Les Jurifconfultes
& la Jurifprudence font d'accord fur
la vérité de ce principe , & fur ces
effets de la bonne foi du pere ou de
la mere , par rapport à l'état de leur
poftérité. Nul doute fur la bonne foi
de la femme Fortin lorfqu'elle l'époufa :
fes enfans font donc légitimes, & doivent hériter des droits de leur pere.

Le Défenfeur des Appelans (a) com-
battit ces moyens avec autant de force
que de précifion.

Dans l'ordre civil , ce font les actes
qui conftituent l'état des citoyens. Un
acte en forme l'emporte fur la dépofition des témoins. Il ne refte d'autre
reffource que de prouver qu'il eft l'ouvrage de la violence & de la féduction ; mais tant que les lettres de reftitution ne font pas entérinées , l'acte

_____

(a) M. du Caftel.

subfifte. En matière de vœux & de mariage, la rigueur de la Loi eſt encore plus ſtricte.

Un Profès ne peut réſoudre ſes vœux ſans un Reſcrit du Pape : ce Reſcrit n'a aucune force en France ſans être entériné ; il ne peut l'être ſans un motif évident ; cette évidence n'eſt point acquiſe ſans des preuves judiciaires : la déclaration du Profès, le conſentement de ſa famille, l'aveu du Couvent ne ſuffiſent point ; il faut un Jugement régulier, qui approuve les cauſes qui doivent diſſoudre ce que la Religion déclare indiſſoluble.

Fortin a réclamé, a obtenu des Reſcrits ; mais ces Reſcrits ne le relevoient de ſes vœux, qu'à la charge de prouver ſes faits & d'obtenir jugement. Ces Reſcrits n'ont point d'effet ſuſpenſif, & ne l'ont point mis dans la poſition d'un accuſé qui, condamné par une Sentence, mais venant à mourir pendant l'appel, meurt dans la poſſeſſion de ſon état : il n'y a point de parité : tout citoyen eſt préſumé innocent ; la Loi veut qu'il ne ſoit convaincu de ſon crime qu'après une Sentence & un Arrêt : s'il meurt avant l'Arrêt,

la conviction légale n'eſt point acquiſe ;
la préſomption de l'innocence eſt pour
lui : tout Profès , au contraire , eſt cenſé
avoir fait ſes vœux librement : s'il prétend le contraire , il faut qu'il le prouve ; s'il meurt ſans le prouver , ſans faire
adopter ſes preuves , il décede Profès.

Autrement tout Religieux qui ſe dé-
goûte de ſon état , qui ſuppoſe des faits ,
qui en impoſe au Pape , qui réclame
contre ſes vœux & abandonne ſa réclamation , pourroit donc ſe marier , donner à l'Etat des enfans légitimes , leur
tranſmettre le droit de ſuccéder qu'il
a lui-même perdu , & mourir libre? Ne
ſeroit-ce pas autoriſer l'apoſtaſie , bleſſer
toutes les Loix , & troubler toutes les
familles ?

Quant à la bonne foi de la mere &
aux effets qu'elle peut donner à un mariage , il faut diſtinguer entre les Laïcs ,
les Prêtres & les Profès.

Entre Laïcs , la bonne foi des conjoints a ſouvent fait tolérer les mariages des bigames , des adultérins , &
cependant, il y a deux obſervations importantes à faire ; 1°. c'eſt que dans
les Arrêts qui ſont dans cette eſpece ,
c'étoient des collatéraux qui venoient

contefter aux enfans leur titre & la
fucceffion paternelle ou maternelle; ce
n'étoient point les enfans qui venoient
difputer aux collatéraux des fucceffions
déjà acquifes.

2°. Ces Arrêts n'ont pas toujours accordé aux femmes l'intégrité de leurs
droits, ni aux enfans les fucceffions des
pere & mere.

Entre un Prêtre & un Laïc, on n'a
jamais étendu le droit de fuccéder à la
ligne collatérale. L'Edit de 1675 porte
que les mariages ne peuvent produire
d'effets civils, relativement aux collatéraux.

Entre les Religieux, tout Religieux
eft mort civilement; fon mariage eft
donc fans effet civil; & fi la bonne foi
de la mere peut légitimer les enfans,
ces enfans du moins ne peuvent fuccéder à leurs collatéraux, parce que le
Profès n'ayant plus de famille n'en peut
donner une à fes enfans, ni leur tranfmettre un droit de fuccéder qu'il n'a
plus lui-même.

De cette diftinction d'efpeces, & de
cette gradation de principes, on concluoit que Fortin n'ayant jamais pu
fuccéder, & étant mort Religieux, fes

enfans ne pouvoient rien prétendre dans la succession de leur aïeul, ni exiger, au nom de leur pere, & par représentation, ce qu'il n'auroit pu exiger lui-même.

Le Conseil Supérieur de Bayeux jugea conformément à ces principes. Par Arrêt rendu au mois de.... de l'année 1772, il déclara les filles de Fortin non-recevables à demander la succession de leur aïeul, & de leur oncle paternel , en confirmant cependant la premiere partie de la Sentence qui les avoit déclarées légitimes.

LES *Fabricateurs de barometres, contre les Faïenciers & Emailleurs.*

L'ART de faire des barometres eft-il mécanique ou libéral? Eft-ce une branche de la phyfique, qu'il foit permis à toutes perfonnes de perfectionner? N'eft-ce au contraire qu'un privilége particulier accordé à la Communauté des Faïenciers & Emailleurs? Cette queftion a donné lieu à la caufe finguliere dont nous allons rendre compte.

Les fieurs Cappy, Bourbon, & autres Artiftes étrangers, font venus s'établir en France. Après avoir travaillé pendant long-temps fous les yeux des Phyficiens les plus célébres qui ont illuftré ce Siecle par leurs découvertes, ils fe font occupés à fabriquer des inftrumens de phyfique & à faire des barometres.

Depuis quelques années, ces Artiftes, encouragés par la protection de l'Académie des Sciences, & éclairés par les Membres de cette Compagnie favante, ont perfectionné un art qui jusqu'alors n'avoit fait que de foibles progrès.

Il étoit digne sans doute des Magistrats de favoriser des Artistes, dont les travaux & les découvertes pouvoient être également utiles & agréables au Public.

Le Magistrat, dont les fonctions sont de maintenir les priviléges des Communautés & d'encourager les talens, leur donna les marques de sa protection, en leur accordant une permission de vendre dans cette ville les barometres & autres instrumens qu'ils fabriqueroient.

L'Académie des Sciences, dont ils avoient mérité la confiance, leur avoit donné les certificats les plus honorables, & le titre *de constructeurs de ses instrumens de physique.*

De pareils témoignages auroient dû, sans doute, assurer aux sieurs Bourbon, Cappy & autres, l'exercice paisible de leur art.

Mais la Communauté des Faïenciers a cru avoir le droit d'y mettre des entraves, & de réclamer le privilége exclusif de faire des barometres & de les vendre.

Ses Jurés, jaloux de conferver les prérogatives du Corps, fe font tranf-portés dans l'atelier du fieur Cappy. Ils y ont trouvé plufieurs barometres, ther-mometres, une quantité confidérable de tubes, canons, &c. & tous les inf-trumens néceffaires pour fon art. Ils ont mis tous fes effets dans des caif-fes, ils les ont faifis, & les ont tranf-portés au Bureau de leur Communauté.

Cappy s'eft pourvu en Juftice, & a demandé main-levée de cette faifie.

Il a d'abord obtenu la remife d'une des caiffes, par une premiere Ordon-nance; mais, par la Sentence définitive, la faifie a été déclarée valable, les ef-fets faifis ont été confifqués; on a or-donné l'exécution des Statuts de la Com-munauté des Faïenciers & Emailleurs, & Cappy a été condamné en cinquante livres de dommages-intérêts.

Cappy a interjeté appel de cette Sen-tence. Plufieurs Artiftes fe font réunis avec lui, & font intervenus pour récla-mer la liberté de leur art.

La Communauté des Faïenciers & Emailleurs n'a rien négligé pour oppo-fer à fes nouveaux adverfaires la défenfe la plus férieufe.

Les Marchands de barometres ont, au contraire, pris le parti de rendre la prétention de cette Communauté ridicule, & de faire sentir par l'histoire de leur art, que si les Faïenciers réussissoient, la France seroit dans peu privée de barometres.

Voici la maniere ingénieuse avec laquelle leur défenseur a présenté leurs moyens dans son Mémoire (a).

» Jusqu'à présent (disoit-il), personne n'avoit soupçonné qu'il y eût la moindre relation entre un barometre & un verre à boire, ni que l'art de peser l'air & d'en prédire les variations, pût être subordonné à celui de vendre des bouteilles de pinte ; c'est pourtant ce que les Jurés Faïenciers soutiennent.

» Loin d'avoir des titres pour réclamer ce privilége, leurs Statuts ne parlent ni des barometres, ni des autres instrumens de physique. La raison est simple, c'est qu'ils n'existoient pas, puisque leurs Statuts sont de l'année 1566, & Maître Haranger n'étoit ni un Galilée, ni un Toricelli.

(a) M. Linguet.

» Jufque-là, continuoit le Défenfeur
des Marchands de barometres, on n'a-
voit étudié la Phyfique que dans Arif-
tote, par conféquent on la connoiffoit
peu. Le fruit que l'on tiroit de fes ouvrages fe réduifoit à quelques notions
plus curieufes qu'utiles, plus multipliées que certaines, fur l'Hiftoire Naturelle, fur la Politique & fur l'Elo-
quence, & à l'art de déraifonner labo-
rieufement fur tout le refte. De ces
nombreux volumes étoit forti cette obfcurité inintelligible qui dégradoit la
fcience. De là étoient nés des mots
barbares, & ces principes extravagans
des *quiddités*, des *qualités occultes*,
de *l'horreur du vuide*, & de tant
d'erreurs fi vivement foutenues par des
hommes qui fe flattoient d'annoncer la
vérité.

» Mais enfin, fuivant la révolution
ordinaire des chofes, la lumiere répan-
due au feizieme fiecle fur la Littéra-
ture, pénétra, dans le dix-feptieme,
jufqu'à des objets plus effentiels. Les
arts agréables, encouragés par Léon X
& fes Contemporains, amenerent des
objets & des recherches plus graves,
c'eft la marche de l'efprit humain. A

l'enfance, qui fe repaît de frivolités, fuccede l'âge mûr, qui fe livre à des occupations férieufes.

» D'un bout à l'autre de l'Europe, on approfondiffoit les Mathématiques ; on cherchoit à lever le voile qui dérobe la nature à nos yeux ; on multiplioit les expériences ; on calculoit la chute des corps ; on analyfoit la lumiere ; on rapprochoit en quelque forte de notre globe ces fources de feu qui la lance dans l'immenfité du firmament ; on alloit, avec des verres artiftement taillés, les fuivre, les faifir & les compter, jufque dans cet afile où la vue humaine n'avoit jamais pénétré.

» Un élément plus imperceptible encore, quoique plus voifin, l'air, fe montroit avec une propriété directement oppofée, en apparence, à fa conftitution ; on le croyoit utile fur-tout par fa légéreté, & on découvroit qu'il ne l'étoit que par fa pefanteur ; c'étoit un domaine inconnu que les Sciences acquéroient, où le foumettoit à la balance. Cette modification de la matiere, fur laquelle aucun de nos fens n'a de prife, s'eft trouvée, par une

induſtrie nouvelle, peſée, diſſéquée,
décompoſée en tout genre, avec une
exactitude qui a impoſé ſilence à l'in-
crédulité la plus opiniâtre.

» Chacun des Savans qui ſe dé-
vouoient à cette fatigue reſpectable,
inventoit des inſtrumens propres à favoriſer ſes découvertes. Les Paſchal, les
Deſcartes, les Huyghens, les Amon-
tons, d'autres génies non moins pro-
fonds, ſe mettoient au nombre des
fabricateurs de ces armes, avec leſquel-
les on livroit à la Nature un combat ſi
glorieux à l'eſpece humaine. C'étoit
ſur-tout du verre qu'ils faiſoient uſage,
ils ne trouvoient rien de plus propre
à leurs opérations, qu'une matiere capable à la fois de la plus forte réſiſ-
tance & de la plus grande denſité,
dure & légere, tranſparente & impénétrable. Ils s'en ſervoient donc ſans
aucun ſcrupule, ſans demander de per-
miſſion aux Maîtres couvreurs de fla-
cons & de bouteilles en oſier. Ceux-
ci, de leur côté, il faut l'avouer à leur
gloire, étoient encore aſſez modeſtès
pour ne pas imaginer que des inſtrumens maniés par des mains ſi illuſtres,

&

& appliqués à des emplois si relevés, fussent exclusivement de leur ressort.

» Peu à peu l'usage en est devenu plus commun. On ne s'est pas borné à en faire les agens des découvertes savantes ; le luxe & la curiosité se les sont appropriés. On a voulu se ménager les moyens de pouvoir deviner, dans tous les appartemens, le secret de la Nature, & de prédire les variations du temps, sans s'y exposer & avant même que la cause en fût développée. Alors il a fallu des Artistes occupés spécialement de cette construction.

» Quoique ce ne fussent plus des inventeurs, quoique leurs travaux n'eussent plus pour objet la recherche des principes primitifs, leur ouvrage ne laissoit pas d'exiger encore une manipulation assez délicate, & une théorie très-fine au dessus des connoissances ordinaires. Il falloit que la décoration fût subordonnée à la justesse, & que des machines agréables à la vue eussent dans le fond un rapport très-prochain avec la science qui les avoit produites.

» Cette classe d'Artistes, ce n'est pas encore chez les Marchands Verriers

Tome IV.   Q

qu'elle s'est formée. Des hommes nés avec du goût & des talens en ont suivi l'impulsion, & sans se réunir au corps, ils ont vraiment hérité de la succession des Toricelli. Ils ont mis tous les jours en pratique les regles démontrées par les Réaumur, les Fahreintheit, & les Nollet.

» Les Boutonniers en émail les ont vus pendant long-temps, sans jalousie, exercer librement cet art, où ils n'avoient point de rivaux; mais insensiblement les Membres de cette Communauté, à force de voir des barometres & des thermometres, se sont familiarisés avec ces instrumens. Ils ont imaginé qu'il étoit facile de joindre ensemble des tubes avec des boules de verre, d'y insinuer du mercure & de l'esprit-de-vin, de coller ensuite le tout contre un tableau chargé au hasard de quelques graduations, d'enrichir cet assemblage d'une bordure dorée, & de le vendre sous des noms connus.

» Les Faïenciers, enorgueillis de ces premiers succès, ont cherché matiere à d'autres triomphes. Ce n'est plus la concurrence qu'ils ont ambitionnée,

ils ont prétendu au droit exclufif. Leurs
Officiers fe font mis en poffeffion de
maltraiter ces hommes vraiment utiles, qui cultivóient en paix l'art avec
lequel les Pafchal, les la Condamine
ont mefuré tout à la fois la hauteur
des montagnes les plus élevées, & celle
de notre athmofphere. Non feulement
on affectoit de les humilier avec un
dédain outrageant, mais on les pilloit
avec une injuftice encore plus révoltante. Des Jurés courant avec la légéreté qui diftingue ces fortes d'inva-
fions, fans être affiftés d'un Commiffaire, fans formalités, fous la direction
d'un fimple Huiffier, faififfoient, dépofoient dans leur bureau & vendoient
à leur profit les dépouilles gagnées dans
le combat facile fur des Artiftes ti-
mides.

» Dans tous les arts mécaniques,
continuoit le Défenfeur des Marchands
de barometre, le développement de l'induftrie amene des variations qui ref-
treignent ou étendent le domaine de
chaque métier ; ce font des conquê-
tes paffageres qu'une profeffion fait fur
l'autre. La Loi les tolere, parce qu'il eft

impoffible de les empêcher. Elle ne peut prévoir ni punir ces fortes d'ufurpations légitimes, & c'eft fur-tout en ce genre qu'on peut dire, que tout ce qui n'eft pas défendu eft permis.

» *Ce font des ouvrages paffés par le feu*, s'écrient les Adverfaires; *on les fond au fourneau, on les fouffle dans la verrerie, à l'aide du brafier, qui fait éclore une maffe diaphane & compacte d'un mélange de fable & de cendres incorporés; on les foude à la lampe de l'Emailleur. Ce font des verres provenant de la fcience de verrerie; eux & leurs fabricateurs font donc des fraudeurs pris en contravention.*

» On ne réfutera pas ici la differtation érudite des Faïenciers fur l'influence du feu dans la conftruction des barometres; mais on leur demandera pourquoi ils ne font pas aux Horlogers la même querelle? Les verres des montres, les criftaux des pendules font également le fruit de l'action du feu fur le fable & la cendre; on les fond de même au fourneau; on les courbe avec le fecours du charbon. Pourquoi donc

les Maîtres Patenôtriers ne revendi-
quent-ils pas le privilége exclufif de
vendre des montres & des pendules ?
Oh ! diront-ils, ce n'eft pas la même
chofe, l'induftrie des Horlogers entre
pour beaucoup dans les productions de
leur art. Ils ne prennent de nous qu'une
portion de matiere fans mouvement,
& dont l'ufage eft de commodité pour
eux, plus que de néceffité. Ce qui conftitue ces machines admirables avec lefquelles on mefure le mobile de toutes
les chofes connues, ce n'eft pas l'enveloppe tranfparente qui les garantit de
la pouffiere fans en intercepter la vue.

» Mais ce fable métamorphofé par
l'ardeur du feu, ces tubes, ces globes,
ces fiphons ne font pas ce qui conftitue
intégralement les barometres ou ther-
mometres ; ce ne font que des dépouilles inanimées, des enveloppes mortes,
qu'un peu d'éclat extérieur ne tire pas
de la plus profonde inertie. Tant qu'ils
y reftent, fans contredit ils appartiennent aux Faïenciers ; mais ce mercure,
cet efprit-de-vin qui les vivifie, ces
liqueurs fenfibles que l'approche du
beau temps dilate, & à qui le voifi-

Q iij

nage de la tempête inspire une sorte d'effroi qui les resserre, ce secret de rendre leurs mouvemens palpables & apparens, dans le temps même que la cause qui les nécessite se dérobe encore aux organes les plus fins, ce talent qui ajoute à cet égard aux facultés de l'homme, & perfectionne en quelque sorte l'ouvrage de la création ; ce n'est pas là ce que Me. Harenger désignoit par *la science de la Verrerie*, ni ce que l'Edit de 1566 appelle *des jolivetés dépendant du métier des Patenôtriers*.

» Encore si c'étoit à leur Communauté que le Public fût redevable, on ne dit pas de l'invention primitive, mais du moins de quelques-uns des accroissemens qu'elle a reçus depuis ; ou si l'on veut encore, de quelques secours donnés aux mains qui s'appliquoient à ces travaux précieux, leur prévention, sans être plus juste, sembleroit devenir plus excusable.

» Or c'est ce qui n'est pas ; jamais on n'a vu figurer le nom d'un Faïencier dans la liste des Génies respectables, ou des Artistes industrieux qui ont contribué à la perfection de ces instrumens.

» On voit dès le commencement Defcartes réveillé par le bruit des expériences de Toricelli, & curieux d'y ajouter, fe plaindre de l'impuiffance où le réduifoit à cet égard la mal-adreffe des Marchands Verriers (a). On voit d'autres Savans avoir le même défir & les mêmes regrets.

» Si on examine les différentes efpeces de barometres (b), on trouve à côté de chacun d'eux des noms illuftres, mais pas un Faïencier. Toricelli laiffe fa découverte imparfaite, comme c'eft le fort de tous les inventeurs : il n'imagine pas d'attacher la boule au tube. Huyghens, Defcartes, de la Hire, le fameux Bourgmeftre de Magdebourg, doublent les tuyaux, pour rendre l'élévation ou l'abaiffement de la liqueur plus remarquable : Bernoully les incline, dans l'efpérance d'en obtenir

_____

(a) Voyez la Lettre de M. Chanut, imprimée à la fin du Traité fur l'équilibre des liqueurs.

(b) Le Traité du Barometre du Chevalier de la Broffe.

le même réfultat : Morlandin les affemble en angle droit; Paffement, Hook,
l'Abbé Nollet, Fortin, imaginent d'autres directions plus ou moins favorables, & leurs effais en ce genre font
fuivis, complétés par les mêmes fabricateurs que les Faïenciers préfentent aujourd'hui. Le fieur Bourbon, Cappy,
&c. ont eu l'honneur d'être affociés
aux premiers Phyficiens de l'Europe,
& de fatisfaire dans tous les temps les
Maîtres de l'art, qu'une longue habitude de bien faire avoit certainement
rendus difficiles.

» Aucun Faïencier a-t-il jamais eu
cet avantage ? De quel droit voudroient-
ils donc fe rendre ici feuls & uniques
poffeffeurs d'une découverte, à la premiere idée & au développement de
laquelle ils n'ont en rien contribué ?
Ceux à qui cet honorable héritage a
été tranfmis, & qui l'ont acheté par
leurs études, n'y ont-ils pas plus de
droits que des Vitriers, qui n'ont d'autres titres pour y prétendre, que des
Patentes qui les en excluent ? L'exercice de cet art ne doit-il pas être libre
comme le Génie qui l'a créé ? Si les

Inventeurs n'ont pas pu être esclaves des Statuts des Faïenciers, pourquoi leurs vrais successeurs le seroient-ils ?

» Si on prétend leur imposer cette sujétion, parce qu'ils mettent le mercure dans les tuyaux de verre, il faudroit donc aussi défendre aux cabaretiers de débiter du vin dans des bouteilles, & réserver exclusivement aux Maîtres Faïenciers le commerce des liqueurs ainsi subdivisées ; il faudroit défendre aux Confiseurs d'envoyer leurs gelées & leurs sirops dans des pots de faïence, ou dans des fioles de verre ; il faudroit saisir les Apothicaires qui livrent la bouteille où sont renfermés leurs remedes, avec la médecine ou l'apozeme qu'elle contient ; tout deviendroit matiere à contravention : la plus tyrannique des Communautés seroit celle des Marchands Verriers, parce que c'est d'elle que les autres arts emploient le plus de secours dans la partie matérielle de leur manipulation.

» D'ailleurs, ce qui doit achever de faire évanouir les vains prétextes des Faïenciers, c'est l'objet & la nature

Q v

même de la science qu'ils prétendent s'approprier exclusivement : la restrein-dre dans leurs boutiques, ce seroit en gêner les progrès, ce seroit l'anéantir. Il n'en est pas de la Physique comme des autres arts ou des professions or-dinaires de la vie : on a pu sans con-séquence donner un privilége exclusif aux Cordonniers, parce que tout le monde ne peut pas être tenté de faire des souliers. Les réflexions que peut occasionner la forme d'une pantoufle ne s'étendent pas bien loin ; ainsi on perd peu à diminuer le nombre des mains & des esprits qui peuvent s'en occuper.

» Mais la Physique est la science de tous les yeux & l'art de toutes les mains ; il n'y a personne qui ne puisse s'y ap-pliquer & y faire même des découver-tes utiles. Le génie n'a guere fait en ce genre que profiter des présens du hasard, & peut-être est-ce bien assez. Si on admettoit la prétention des Faïen-ciers, on risqueroit donc de priver le Public d'une multitude d'inventions qui ne peuvent être le fruit que de la li-berté «.

La défense des Faïenciers n'avoit

rien de remarquable : ils fe bornoient à foutenir qu'ils avoient eu le droit de faifir les effets qu'ils avoient trouvés chez le fieur Cappy. » Nos Statuts nous donnent, difoient-ils, le privilége exclufif de fabriquer le verre, de faire des tubes & autres inftrumens qui appartiennent *à la fcience de la Verrerie*. Nous avons feuls le droit d'employer le foufflet, la lampe & le chalumeau : il fuffit de parcourir nos Statuts, pour être convaincu de cette vérité.

» Or, nous avons trouvé, dans l'atelier du fieur Cappy, des tubes, des canons, &c.... un foufflet, une lampe, un chalumeau. Ce particulier n'avoit aucun droit d'avoir ces effets & ces inftrumens chez lui.

» Si nos Statuts ne parlent point des baromètres, c'eft que, lors de leur rédaction, on n'avoit pas encore fait cette découverte; mais la vente de *ces machines* eft une fuite des priviléges qui nous ont été accordés. Nous ne pouvons donc en être privés fans porter atteinte à nos Statuts «.

Telle étoit la défenfe des Faïenciers; mais le Parlement de Paris trouva que

Q vj

la saisie faite par cette Communauté étoit une entreprise dangereuse, qui pouvoit mettre des entraves à un Art libéral; &, le 29 Août 1772, la saisie fut déclarée nulle; on ordonna la restitution des effets saisis, & il fut fait défenses aux Faïenciers de troubler les Fabricateurs de barometres dans leur Art.

SUPPOSITION DE PART.

LA suppofition d'un enfant n'eft pas un de ces crimes qui révoltent d'abord par leur baffeffe ou leur atrocité ; cependant le préjudice que cette impofture porte à la fociété, mérite toute la févérité avec laquelle les Loix l'ont toujours punie. Il eft contre l'ordre des fucceffions naturelles, qu'un étranger entre par fupercherie dans une famille, pour fruftrer les véritables héritiers d'un bien qui leur appartenoit. La femme qui donne à fon mari un enfant qu'elle ne doit fouvent qu'au hafard, même en prenant tous les foins imaginables d'un être abandonné, fe rend coupable d'un véritable délit ; elle trompe fon mari, vole des collatéraux, & bouleverfe tout l'ordre de la fociété.

La malheureufe dont il s'agit ici, effuyoit de fon époux des reproches fur fa ftérilité ; elle s'imagina que tous les défagrémens & les chagrins de fon mariage provenoient de cette caufe ; elle ne vit point d'autre remede que de feindre une groffeffe , & , après des couches fimulées , de faire adopter à fon époux un de ces fruits d'un amour malheureux, que la mifere ou la honte relegue dans les hôpitaux : mais il lui falloit de toute néceffité une confidente, & cette confidente ne pouvoit être qu'un Chirurgien , ou une Sage-Femme.

Elle s'adreffe à une nommée *Marguerite D*...., qui faifoit les fonctions de Sage-Femme. Celle-ci , qui auroit dû prévoir quelles pouvoient être les fuites attachées à une pareille complaifance , entra dans le projet de la nommée B....; & , ne voyant toutes les deux dans cette fupercherie , qu'un enfant à qui elles donnoient un état, un mari qui feroit enchanté d'être pere , & fa femme heureufe par fon erreur, elles ne s'occuperent plus que des moyens de bien conduire leur entreprife. La femme B.... joua toutes les légeres indifpofitions qui précedent une groffeffe , & , après l'avoir ainfi prévenu, elle lui déclara qu'elle étoit enceinte. Son mari, dans la fuite , s'en rapporta aveuglément à tout ce qu'elle voulut lui faire accroire ; feulement elle eut foin de s'habiller , vers le terme de fa

prétendue groffeffe, de maniere à tromper les yeux exercés.

Les neuf mois à peu près révolus,
elle fe retira chez la D...., fous prétexte d'y faire fes couches; mais là,
elle n'eut d'autre occupation que d'é-
pier elle-même, dans la nuit, l'inftant
où l'on apporteroit un enfant dans la
maifon qui fert de retraite à ces infortunés qui font rejetés, en naiffant, du
fein de leur mere. L'occafion fe préfenta, &, fous prétexte de le porter
elle-même, elle prit des mains d'un
inconnu une fille, qu'elle adopta dès
l'inftant. De retour chez la Sage-Femme, elle fe mit au lit, & fit dire à
fon mari qu'elle étoit accouchée. L'enfant, qui avoit été baptifé, reçut le
baptême une feconde fois, fous le nom
de l'époux trompé. Le fecret fut fidé-
lement gardé, & la femme B.... pro-
diguoit à cet enfant étranger tous les
foins & la tendreffe d'une mere.

Cependant les parens véritables eurent quelque inquiétude fur la deftinée
de leur malheureufe fille; ils voulu-
rent du moins favoir fi celui qu'ils en
avoient chargé l'avoit remis au dépôt
des Enfans trouvés. Ils firent des infor-

mations. Il se trouva qu'au jour & à l'heure indiquée, on n'avoit reçu aucun enfant. Leur tendresse se réveilla ; ils sommerent l'inconnu de leur dire ce qu'étoit devenu leur fille ; il avoua qu'il l'avoit remise entre les mains d'une femme, qui s'en étoit chargée pour la porter elle-même. On lui demanda s'il la connoissoit ; il la nomma. Le Minis-tere public fut instruit ; il fit faire des informations. Après plusieurs confron-tations & éclaircissemens, la femme B.... & Marguerite D.... furent convain-cues, l'une d'avoir supposé un enfant, & l'autre, d'avoir favorisé l'imposture. Par Sentence du Châtelet du 18 Août 1772, la prétendue mere fut con-damnée à faire amende honorable, ayant au front un écriteau portant ces mots : *Femme qui a ravi un enfant pour s'en supposer mere* ; & la Sage-Femme un autre, avec cette inscrip-tion : *Sage-Femme qui, en abusant de son état, a conseillé & favorisé une supposition de maternité* ; celle-ci con-damnée en outre à être renfermée pour le reste de ses jours à la Salpêtriere ; & la premiere bannie à perpétuité de la Ville & Prévôté de Paris. Il fut ordonné encore qu'il seroit fait mention de la Sentence en marge des regiſtres des Paroiſſes où l'enfant avoit été baptiſé & rebaptiſé.

Sur l'appel, le Parlement, par Arrêt du 27 Octobre 1772, modéra les peines prononcées contre la Sage-Femme, & la condamna ſeulement à être admoneſtée en une aumône de 3 livres.

BIGAME.

ON a toujours regardé la bigamie comme un crime qui intéreſſoit l'ordre public. La pureté des mœurs & la ſainteté de notre Religion, qui a élevé l'union des époux à la dignité de Sacrement, ne permettent pas de fermer les yeux ſur un abus qui rompt un lien indiſſoluble par ſa nature, & détruit l'engagement le plus ſacré de la ſociété. Auſſi voyons-nous, en parcourant les monumens de la Juriſprudence Françoiſe, que ce délit a été puni, dans tous les temps, de la maniere la plus ſévere. Dans le quinzieme ſiecle, on infligeoit encore aux coupables la peine de mort; mais on a adouci, dans le ſiecle ſuivant, un châtiment auſſi rigoureux. Le progrès des lumieres a fait ſentir que ſi la bigamie devoit être punie, c'étoit une barbarie & une cruauté que de livrer à la mort un malheureux qui n'eſt coupable que d'avoir violé un engagement qu'il auroit dû reſpecter. On a donc proportionné davantage la peine au délit, & on s'eſt contenté de dévouer les bigames à l'infamie, par un supplice plus honteux que cruel. Tous les Parlemens du Royaume les condamnent; savoir, les hommes au carcan, avec deux quenouilles, & les femmes, avec deux chapeaux (a). Une affaire de cette espece a été jugée récemment par le Parlement de Paris.

Le nommé B...., né dans une condition obscure, épousa Marie L..... en 1753 : leur mariage fut célébré à Paris, dans l'Eglise de Saint-Sulpice, le 5 Septembre de la même année. B.... a vécu pendant quinze ans dans l'union la plus étroite avec sa femme, & trois enfans nés de ce mariage étoient une preuve de l'amour réciproque des deux époux.

(a) Les Suisses ont une Jurisprudence plus cruelle. Un de nos plus célebres Arrêtistes rapporte que lorsque deux femmes réclament un mari en Suisse, & que le crime de bigamie est prouvé, les Juges ordonnent que le corps du bigame sera coupé par la moitié, pour être divisé en deux parties. Il faut avouer qu'une Jurisprudence aussi barbare doit produire son effet, & qu'il doit y avoir peu de Suisses qui soient tentés de devenir bigames.

Ce fut après un temps auffi long, que B...., s'étant livré au libertinage, fe vit bientôt, par le défordre qu'il avoit mis dans fes affaires, obligé de fuir de la capitale, pour éviter les pour-fuites de fes créanciers ; il abandonna fa maifon, & laiffa fa femme à Paris.

Il choifit la ville de la F.... pour le lieu de fa retraite. La vie oifive qu'il avoit menée dans la capitale, & le goût pour la pareffe qu'elle infpire ordinairement, le déterminerent, pour éviter les horreurs de l'indigence, d'en-trer, en qualité de domeftique, dans la maifon du fieur N...., Officier : il y fut admis comme garçon. La Dame N.... avoit une femme de chambre nommée Marie M.... Cette fille, jeune & jolie, fit promptement impreffion fur le cœur du mari déguifé. La facilité qu'ils avoient de fe voir, leur infpira une paffion mutuelle. B.... propofa à fa compagne de devenir fon époux. La fille N...., féduite par cette promeffe, aveuglée par l'amour, ne fut pas long-temps fans devenir la victime du projet criminel que B.... avoit formé ; mais elle fut bientôt avertie des fuites que fa foibleffe devoit avoir.

L'Officier fit alors un voyage avec sa femme à Paris, & les deux amans les y fuivirent; mais leurs Maîtres s'étant apperçus de leur commerce criminel, les renvoyerent. La fille M.... fe retira chez fes parens, qui lui défendirent de fe préfenter devant eux & de rentrer dans leur maifon, jufqu'à ce que fon féducteur eût réparé la faute qu'il lui avoit fait commettre. Chaffée de la maifon paternelle, elle fe retira chez une Sage-Femme, où elle accoucha d'un enfant qui fut baptifé fous le nom de B...., en l'Eglife de Saint-Euftache. Pour obtenir fa grace de fes parens, elle preffa B.... de remplir fes pro-meffes & de rendre leur union légi-time. B...., attendri par les pleurs de fa maîtreffe, craignant pour fa liberté, que fes parens vouloient lui ravir, craignant pour lui-même les fuites d'une accufation en rapt de féduction, dont on le menaçoit, oublia qu'il étoit déjà marié & que fa femme étoit vivante, & il époufa la fille M.... Leur mariage fut célébré en la Paroiffe de Saint-Euf-tache, le 2 Octobre 1770. Soit que la premiere femme de B.... ait découvert la perfidie de fon mari, foit que d'autres personnes aient été inſtruites de ſon crime, le Miniſtere public ne fut pas long-temps ſans en être averti. Sur ſa plainte & ſur l'information, B.... fut décrété & conſtitué priſonnier. Les preuves de bigamie étant multipliées, le Châtelet le condamna, par Sentence du 18 Novembre 1772, *au carcan, ayant deux quenouilles, au fouet, & aux galeres pour cinq ans.*

Sur l'appel *à minima*, le Parlement, par Arrêt du 23 Décembre 1772, a réformé la Sentence du Châtelet, & *a ſeulement condamné B.... au carcan, ayant deux quenouilles, & au banniſ-ſement pour cinq ans.*

SÉPARATION de corps & d'habitation, demandée par une femme de qualité.

Dans le Droit Romain, le divorce étoit une désunion réelle, entiere & parfaite, qui remettoit les deux Parties dans leur premier état, leur rendoit toute l'étendue de leur liberté, & en faisoit deux individus absolument étrangers l'un pour l'autre. Dans le Christianisme, & d'après les Loix canoniques subordonnées à ses préceptes, le divorce n'est qu'une désunion fictive, imparfaite, & qui relâche la chaîne sans la briser.

De cette différence il s'ensuit que le divorce adopté parmi nous renferme une sorte de contradiction, en séparant de fait ce qui reste pourtant réellement uni & inséparable, & que ce n'est qu'un remede violent, introduit par nécessité, & par l'obligation naturelle de choisir entre deux maux celui qui est le moindre.

Et sans même consulter la Religion,

combien de ménagemens & de cautions n'exige pas l'application du remede dont le but, il est vrai, est de prévenir de plus grands malheurs, mais qui, même lorsqu'il est juste, entraîne toujours des maux graves & certains ? Le scandale des mœurs, le danger de l'exemple, la division des familles, l'éducation & le sort des enfans compromis, souvent le goût du libertinage favorisé, ce sont-là les effets plus ou moins lents, plus ou moins visibles du divorce ; car telle est la destinée des loix & des tolérances que la dépravation des mœurs rend nécessaire, que chaque remede particulier accroît le mal public, & que la Loi, pour avoir une fois fléchi, est bientôt forcée de fléchir encore davantage, & de se corrompre en quelque sorte avec l'homme.

Les Romains l'éprouverent à l'occasion du même divorce. Après des siecles écoulés sans qu'un seul mari eût usé du privilége qu'il avoit seul de répudier sa femme, il s'en trouva enfin un qui osa le premier hasarder ce dangereux exemple. Bientôt les imitateurs se multiplierent, & l'abus se propagea au point que, pour établir une balance, on fut

obligé

obligé d'accorder aux femmes la liberté réciproque de quitter leurs maris ; au lieu d'arrêter le torrent, c'étoit lui ouvrir deux paſſages. Les femmes abuſerent à leur tour de leur nouveau droit ; bientôt elles compterent les années par le nombre des maris qu'elles avoient eus, plutôt que par celui des Conſulats ; & la diſſolution fit des progrès ſi rapides, qu'il fallut que les Empereurs Théodoſe & Valentinien fixaſſent & ſpécifiaſſent dans une Loi les ſeules cauſes & les cas particuliers où le divorce pourroit être autoriſé.

Cet exemple ſi remarquable ſervira toujours de réponſe victorieuſe aux prétendus avantages qu'on pourroit eſpérer de la faculté d'étendre & de favoriſer les ſéparations des poux. Qui ſait même ſi, la Religion à part, l'indiſſolubilité du mariage n'eſt pas chez nous un frein néceſſire, un contrepoids utile pour baancer & fixer la légéreté nationale ?

Cependant il fat dire auſſi d'un autre côté, que les nommes ſont trop imparfaits, trop *foibles*, trop changeans, pour que les Loix qui les gouvernent puiſſent toujrs reſter inflexibles & ſans

Tome IV   R

exception. De tout temps le torrent des mœurs entraîna les Loix ; il faut nécessairement qu'elles suivent l'homme de loin , qu'elles se prêtent , qu'elles cedent un peu à ses écarts.

Or , quelle Loi doit plus se relâcher de la rigueur & souffrir les tempéramens & les exceptions , que celle qui impose un joug aussi long que la vie à deux êtres inégaux , dont l'un a pour lui la force & l'autorité dont il peut abuser contre la foiblesse de l'autre ? Comment ne pas plaindre & secourir la victime infortunée qui , au lieu de trouver un ami dans son époux , n'y rencontre qu'un tyran odieux , dont les emportemens menacent à chaque inftant sa vie ; ou qui , par une cruauté lente & ménagé , lui fait de la vie un long supplic plus affreux que la mort ? Tant que l'homme pourra se tromper , change & se corrompre , tant que mille intérêt , tout différens d'un amour & d'une eime mutuelle , pourront déterminer les unions , tant que l'autorité despotique des parens pourra traverser le choix du cœur , enchaîner la vertu au vice & lié ensemble des humeurs & des caractere insociables , il fera juste, il fera néceffaire de ne pas rejeter la plainte de la partie oppri-mée, de prêter attention au récit de fes maux; & s'ils font graves, s'ils ré-voltent l'humanité, de l'enlever à fon oppreffeur.

Telles font les deux faces du tableau qu'il faut envifager enfemble, lorfqu'il eft queftion de toucher au nœud facré des époux : trop d'indulgence pour leur inconftance offenferoit la Religion, nui-roit à l'ordre de la Société, encoura-geroit le vice, & avanceroit la corrup-tion des mœurs.

D'un autre côté, une rigueur trop inflexible infulteroit l'humanité, écra-feroit à force de juftice la foibleffe op-primée, changeroit les douleurs en dé-fefpoir, & fe rendroit complice des crimes en les néceffitant.

D'après ces principes, on peut juger que des caufes légeres ne fuffifent pas pour donner atteinte au lien du ma-riage, & que pour autorifer une fépa-ration de corps, il faut des caufes gra-ves, des excès qui révoltent, des mal-heurs qu'on ait lieu de redouter & qu'il foit effentiel de prévenir ; fi le mari a profané la coupe nuptiale fous les yeux

R ij

de son épouse ; s'il a attenté à ses jours
par le poison ou par le fer ; s'il l'a
frappée comme on frappe un esclave ;
s'il l'a diffamée publiquement & dans
les Tribunaux de la Justice, en formant
contre elle une accusation d'adultère
dont il n'ait pu fournir les preuves.

Voilà des causes dignes d'alarmer la
Société, d'intéresser la Loi au secours
de la victime ; il est temps alors de la
soustraire aux fureurs de son tyran : ces
causes sont le résultat des Loix Canoniques sur cette matiere : ce sont celles
qui ont été fixées par les Empereurs
Romains dans la Loi 8, au Code *de*
Repudiis, & les Novelles 22 & 117,
& par les Papes Alexandre III, Innocent III, dans la décrétale *litteras &*
extrinfecas.

Avant qu'on fasse à cette Cause l'application de ses principes, il est essen-
tiel de faire connoître quels étoient les
acteurs de cette contestation. Il n'est
pas indifférent qu'on connoisse leur situation respective, ce qu'ils étoient
avant d'être unis, & ce qu'ils sont de-
venus depuis. Dans les affaires où il
s'agit de séparation de corps, on sait
que les Juges ne se décident guere moins

fur le rang & l'état des perfonnes, que fur l'efpece de faits & de délits confignés dans les plaintes réciproques.

La demoifelle de R...., veuve du Comte de V...., époufa en fecondes noces le Marquis de G...., Maréchal-de-Camp. Avec un nom & l'efpérance d'un avancement rapide, il jouiffoit, dit-il alors, de plus de trente mille livres de rente, en deux belles Terres dans la Picardie. Il avoit encore l'affurance d'une place auprès de Mefdames, long-temps occupée par une tante à lui, & qui étoit réfervée à celle qui deviendroit fon époufe. La demoifelle de R.... n'étoit pas, avec une fortune confidérable, à beaucoup près auffi riche au moment de fon mariage, qu'elle l'eft devenue depuis. Son mari ne fait monter fes revenus d'alors, qu'à vingt-quatre mille livres de rente, quoiqu'elle porte fa dot à dix-huit mille, & fon douaire à fix mille livres. Sa fortune, il eft vrai, a reçu un accroiffement inopiné par la mort de M. de Riq....; mais ce qui prouve que c'étoit moins l'opulence que la fociété d'une femme agréable que recherchoit le Marquis en époufant mademoifelle de R...., c'eft

R iij

que le riche parent dont elle a hérité,
étoit alors dans la force de la jeuneffe,
& qu'une fanté robufte lui promettoit
de longues années.

Si l'on en croit le mari & même les
lettres de la Marquife, les deux époux
porterent avec une fatisfaction égale la
chaîne qu'ils s'étoient impofée, pendant
les douze premieres années de leur mariage. S'il paroiffoit de loin en loin
quelques légers nuages, ils étoient éphé-
meres, dit le Marquis, & le calme &
la férénité revenoient auffi-tôt.

La Marquife ne fe loue pas, à beaucoup près, autant de fon mariage. Soit
qu'elle ait voulu calomnier les premieres années d'une union qui avoit fait
fon bonheur, pour rendre fon mari
plus odieux, foit que le fens détourné
qu'elle donne à fes lettres ne foit pas
une explication forcée, & qu'en effet le
fens qu'elle préfente fût, comme elle
le dit, une adreffe de fa part pour
forcer, pour ainfi dire, fon époux, par
un hommage fimulé de vertus chimériques, à fe corriger de défauts malheureufement trop réels, & qu'en fei-
gnant d'être heureufe & contente, elle
dévorât au fond de fon cœur une dou-

leur ameté il eft certain du moins
qu'elle fit remonter dans une de fes
deux plaintes fes griefs contre le Marquis, jufqu'à l'époque même de leur
mariage. Elle n'épargna pas un feul jour
de leur union. Dans fes lettres, fi le
Marquis eft un homme *doux*, *préve-*
nant, *aimable*, *fenfible*, il change
bien de face dans la plainte : c'eft le
plus avare des époux pour fa femme,
& le plus prodigue pour lui-même. Il
eft féroce de fang froid, ou fujet à ces
accès de rages intermittentes ; il ne s'en
faut guere qu'il ne foit devenu le plus
méchant & le plus ingrat des hommes.

Selon le mari & même la Marquife
dans fes lettres, à quelques petites altercations près, dont ne font pas même
exempts les meilleurs ménages, les
douze ou même les dix-fept premieres
années furent donc affez conftamment
empreintes d'une félicité permanente ;
mais tout a un terme dans la vie ; l'habitude gâte les fatisfactions les plus
douces, & le poifon de la fatiété corrompt les jouiffances qui femblent le
plus faites pour être durables. Il paroît
d'ailleurs que la Marquife eft douée
d'une fenfibilité très-active. Ce don

précieux & funeste en même temps, fruit trop ordinaire d'organes foibles & délicats, en faisant quelquefois le charme de la vie, en est plus souvent le supplice. La Marquise, disoit-on, étoit sujette à cette maladie cruelle, qui est connue sous le nom de *vapeurs*. On fait assez que les personnes de ce tempérament, plus ardentes à jouir, font communément plutôt rassasiées, & que pour elles il n'est presque point d'état intermédiaire entre l'épuisement & la fureur de la passion.

Arrivés tous les deux, dit le Marquis, à cet âge où la tranquille amitié succede à l'emportement de l'amour, mais qui pourtant lui ressemble encore, du moins par la douceur, la Marquise parut s'accommoder difficilement de cette révolution inévitable. Les goûts du mari devenoient plus sérieux. Deux fils à élever, une fille à établir lui faisant un devoir d'être plus économe, le rendirent plus réservé dans ses dépenses. Cependant la Marquise n'en respiroit pas moins les distractions bruyantes, & ne pouvoit se détacher de ces plaisirs faux ou réels que l'on trouve à se répandre dans le monde. De cette

différence d'humeurs, il réfulta naturellement entre les deux époux une
prévention fâcheufe. Plus le mari fembloit pencher vers la retraite, plus fon
époufe affectoit la diffipation & l'efprit
d'indépendance. Dès-lors l'attrait qui
les avoit fi long-temps réunis, fe mé-
tamorphofant en un fentiment contraire, au lieu de chercher à fe rapprocher, tous deux, par un éloignement
volontaire, s'accorderent à ne plus vivre
enfemble.

Dans l'abfence l'un de l'autre, ils
menoient chacun de leur côté le genre
de vie qui leur convenoit; mais une
fcene malheureufe les réunit un inftant, & ce fut pour les brouiller davantage. La Marquife donnoit des foupers affez prolongés dans la nuit, & le
Marquis étoit dans l'habitude de fe
coucher de bonne heure. Pour céder
à fon époufe l'appartement le plus commode, il avoit eu la complaifance de
fe réduire au rez-de-chauffée; de forte
que les voitures qui étoient dans fa
cour, venant heurter fans ceffe contre
fes croifées, par l'impatience des chevaux, il étoit importuné & troublé dans
fon fommeil. Il fit faire des repréfen-

R v

tations & dire à sa femme qu'il attendoit de sa complaisance & de celle de
ses amis, qu'à minuit & demi, heure
de son coucher, il n'y auroit plus de
voitures dans sa cour. La Marquise fit
répondre qu'elle ne se chargeoit point
de cette iniquité envers sa société. Le
mari donna des ordres exprès au Suisse
de ne laisser entrer aucune voiture passé
neuf heures. La porte se trouva effec-
tivement fermée : les amis de la Marquise entrerent & se plaignirent. Le
lendemain elle fait monter le Suisse &
le menace de le chasser. Le domestique se réfugie près de son Maître, qui
lui réitere ses ordres, & qui députe en
même temps son Sécretaire vers la Marquise, pour se plaindre à elle-même
de ce qu'elle vouloit renvoyer un de
ses gens pour avoir exécuté ses ordres.
La Marquise paroît au même instant
dans l'appartement du mari. Il faut
croire que la scene devint très-vive,
puisque le Marquis manda un Commissaire.

On s'efforçoit de jeter de l'odieux
sur le Marquis, en représentant l'ordre
qu'il avoit donné de faire venir un
Commissaire, comme un dessein pré-

médité d'outrager sa femme ; mais il
se juftifioit par la néceffité où l'avoit
mis la Marquife de recourir à cette
affligeante reffource. Il avoit épuifé tous
les moyens poffibles de la calmer ; pour
éviter les voies de fait que fembloit à
toute force, dit-il, provoquer la Marquife, il avoit même tenté, mais inutilement, de s'évader.

Dans cette trifte extrémité, quel parti
vouloit-on qu'il prît ? Quel autre moyen
lui reftoit-il, que celui d'envoyer chercher un Officier public dont il connoiffoit la prudence, pour conftater, en
cas de befoin, à fes Juges, quelle conduite il avoit tenue dans cette étrange
fcene ?

C'eft avec des couleurs bien différentes que les défenfeurs de la Marquife nous la repréfentent dans ce moment d'éclat où l'inimitié jufque-là
circonfpecte des époux s'eft manifeftée.
Si la Marquife, difoit-on, s'étoit ha-
fardée dans l'appartement de fon def-
pote, ce n'avoit été que pour lui faire
des repréfentations humbles, fur ce que
l'heure à laquelle il vouloit que la porte
fût fermée, étoit précifément celle des
vifites ; pour lui dire que c'étoit expofer

R vj

des femmes âgées qui compofoient prefque toute fa fociété, à des incommodités fâcheufes, que de les forcer à tra-
verfer, par toutes fortes de temps, une
cour fpacieufe ; qu'il vouloit donc détruire tout commerce entre elle & le
refte du monde, & la réduire par un
ordre auffi rigoureux, à la plus affreufe
folitude. La Marquife, ajoutoit-on, faifoit entrer dans les plaintes le charme
& l'intérêt d'une femme qui, preffée
du fentiment de fa propre infortune,
fe foulage à le répàndre. La pitié s'em-
paroit du Marquis, elle étoit prête
à triompher dans fon cœur de l'orgueil
& de la dureté ; pour fe dérober aux
fentimens qui le gênoient, il voulut fuir.
Le moment pouvoit devenir trop intéreffant pour le laiffer échapper ; la Marquife s'oppofe à fon paffage, non pas
avec une hauteür impérieufe, mais dans
l'attitude la plus fuppliante. C'eût été
là, pour tout autre, l'inftant de la réconciliation ; le Marquis, de peur de
devenir fenfible, aima mieux outrager
fa femme, il eut la cruauté de la menacer d'un Commiffaire. Ce mot feul
change tout le cœur de la Marquife,
& l'indignation fuccédant à l'attendrif-

fement : Eh bien ! qu'il vienne , s'é-
cria-t-elle , & qu'il foit à la fin le témoin & le dépofitaire de vos indignités.

Le Commiffaire mandé , reçut non
feulement la plainte du Marquis , mais
encore celle de fa femme. Les mécontentemens de part & d'autre pour cette
fois en refterent là ; les deux époux
recommencerent encore à vivre, chacun
de leur côté , à leur maniere accoutu-
mée; ce ne fut qu'en Octobre de l'année derniere , que la Marquife fe décida à rendre une plainte en regle , &
à fe faire autorifer par la Juftice à pourfuivre fa féparation.

Dans la plainte , les griefs de la Marquife fe trouverent réduits à quatre
claffes ; emportemens , avarice , mépris
pour elle , diffamation : à l'Audience
on y joignit l'irrégularité des mœurs &
des excès licencieux dont la plainte ne
parle pas ; fur quoi le Défenfeur du Marquis remarque que c'eft déjà une confi-
dération importante, que cette reticen-
ce ; ce myftere affecté fur un objet
indifférent, il eft vrai , par fa nature
dans la caufe , mais qu'on n'auroit pas
dû laiffer à l'écart , fi on l'a cru digne d'être cité ; ou qu'il ne falloit pas

citer, après avoir jugé à propos de le laisser à l'écart.

Avant d'entrer dans le détail des motifs sur lesquels la Marquise fondoit sa demande en séparation de corps, le Défenseur du mari (a) rappelle quelques uns des principes de la Jurisprudence sur cette matiere, pour être en quelque sorte la pierre de touche, où il prétend vérifier si les plaintes ont quelque apparence de légitimité. Il établit donc, d'après la disposition de nos Ordonnances, qu'il faut qu'une femme qui sollicite une pareille séparation, articule des faits *précis*, *graves*, *personnels & récens*. Or les griefs que la Marquise a présentés dans sa plainte ou articulés à l'Audience, ont-ils quelqu'un de ces caracteres ?

D'abord, quant au reproche postérieur à la plainte de la conduite déréglée du mari, & de son désordre licencieux; ce reproche, disoit le Défenseur, fût-il aussi fondé que le contraire est bien établi, il ne pourroit en résulter aucune conséquence avantageuse à la Marquise. Son Défenseur avoit dit

_____

(a) M. Linguet.

lui-même, en propres termes, quelques années auparavant, » que ce seroit ignorer nos mœurs & nos principes, que de regarder le concubinage de la part du mari, comme un moyen de séparation.... que les raisons avoient déterminé enfin à n'admettre la femme, dans aucun cas, à se plaindre de son mari «.

Les emportemens & les fureurs du Marquis, second grief de la Marquise, avoient reçu plus de développement & plus d'étendue à l'Audience & dans la plainte. On l'avoit représenté sous le double rapport d'un homme qui, dans les accès de rage auxquels il étoit sujet, égorgeoit ou estropioit tous ceux qui se trouvoient sous sa main; & d'un méchant de sang froid, qui savoit s'asservir jusqu'à ses fureurs, & en modérer ou accélérer à volonté tous les mouvemens. Pour ôter à ces imputations le soupçon d'être témérairement hasardées, la Marquise entroit dans le détail de plusieurs faits qu'elle demandoit à prouver; par exemple, qu'un nommé Monford avoit manqué de périr d'un coup de barre de fer que lui portoit le Marquis, & qu'avoit heureusement détourné la Marquise; que dans le

Château de Versailles il avoit fendu
la tête à un nommé Canada , &c. &c.
On concluoit de ces accès de rage ,
que les jours de la Marquise n'étoient
pas en sûreté auprès d'un mari aussi
emporté.

Une réflexion fort simple & que faisoit le Défenseur du mari, c'est que
dans tout ce qu'on citoit des violences
du Marquis , il n'y avoit rien de per-
sonnel à son épouse. Cette considération
seule suffisoit pour écarter de la cause
tout cet appareil de fureurs dont la
Marquise feignoit d'être si effrayée. Ce
qui auroit dû , ce semble, la rassurer
sur les craintes de l'avenir , c'étoit
vingt-deux ans de mariage passés , pendant lesquels elle n'avoit jamais cessé
d'être, au milieu même des prétendues
victimes de son mari, & dans le temps
des fureurs qu'elle lui reproche , un
objet d'égard & de respect ; » des crimes , ajoutoit le Défenseur , on peut
aller jusque là , commis au préjudice
de l'Univers, n'autoriseroient pas l'éloignement de l'épouse, qui n'auroit que le
malheur d'en être le témoin «.

Mais toutes ces atrocités n'avoient
même jamais eu de réalité que dans

l'imagination chagrine de la Marquise.
On repréfentoit en effet le Marquis
entouré de vieux domeſtiques, qui tous
le béniſſoient pendant que ſon épouſe
le calomnioit, & qu'on diſoit être tout
prêts à dépoſer en faveur de la bonté
& de la bienveillance de leur Maître.

Il y a plus; la Marquiſe demandoit
la preuve de tous les faits qu'elle articuloit; mais en prouvant tous ces faits,
quelles étoient ſes prétentions? de démontrer à ſes Juges que ſon mari étoit
le plus violent & le plus orageux de
tous les hommes. Mais la démonſtration
contradictoire étoit conſignée dans ſes
propres lettres. Voici ce qu'elle écrivoit en Octobre 1752.

» Autant par plaiſir que par juſtice, j'en conviens de bonne fois, cher
ami, vous êtes doux comme un agneau;
la jolie lettre que vous m'avez écrite
en réponſe de mon aigrelette Epître,
m'auroit fait découvrir cette bonne
qualité en vous, ſi je ne l'y avois pas
trouvée il y a long-temps; mais ne
croyez pas que le ſoin particulier que
j'ai pris de vous connoître depuis que
je vis avec vous, m'ait portée à vouloir abuſer des découvertes favorables

que j'ai faites dans votre caractere. Les bonnes qualités dont je l'ai trouvé formé, n'ont produit d'autre effet fur mon cœur, que celui de m'attacher davantage à vous ; & par une fuite nécef- faire de la plus vive tendreffe, je me fuis trouvée plus fufceptible qu'un au- tre des troubles que peut faire éprouver le manque de retour. Loin de me pré- valoir vis-à-vis de vous, de cette même douceur dont je viens de faire l'éloge, mes réflexions m'ont toujours portée à trou- ver qu'elle contrebalançoit fi bien votre vivacité, qu'elle en faifoit fur le champ à mes yeux une qualité de votre dou- ceur, en l'empêchant de dégénérer en foibleffe. Voilà, cher ami, les couleurs fous lefquelles mes obfervations vous peignent fans ceffe à mon imagination fur tous les points ; lorfqu'elles m'ont fait remarquer en vous quelque petit défaut, je ne leur ai permis de fe fervir, pour me les faire connoître, que du pinceau de la compenfation des bonnes qualités ; & fans être flatté, le portrait finiffoit toujours par être peint en beau «.

Six ans après, le 13 Juin 1758, elle écrivoit :

» J'ai laiffé ta maman fort bien pour

la santé, & tout au plus satisfaite de
la lettre du Général.... Elle me l'a mon-
trée ; il dit mille biens de toi, & sur-
tout de ta modération «.

En Décembre 1753.

» Tu es aussi charmant, mon roi, que
je suis haïssable ; mais ne vas pas prendre
cet exposé au pied de la lettre, & me
haïr autant que tu m'as chagrinée. En
réponse de ma lettre de furie, j'en ai
reçu une de toi, toute adorable, hier
à cinq heures du soir, quand j'eus
quitté Madame. Malheureusement le
tome second de ma fureur étoit parti
à sept ; j'aurois voulu le retenir, & qu'il
ne te parvînt pas ; mais comment faire ?
la poste en étoit en possession, & la
cruelle te l'aura sûrement porté : qu'au-
ras-tu dit ce matin en la recevant ?....
Dans mon premier mouvement, premier mouvement que je condamne &
redoute tant, je t'exposai tout ce que
j'avois sur le cœur : que ne peux-tu lire
tout ce que ce cœur renferme ! Tu
verrois qu'il n'est que tendresse pour
toi, & qu'il désavoue toujours la vivacité où mon esprit peut me porter «.

Par une suite de dates qui n'étoient
pas équivoques, le Marquis justifioit

ainfi dix-fept ans de fa vie, par les
aveux mêmes de fon épouſe, des prétendus emportemens dont elle l'accuſoit.
Il ne lui reſtoit plus que la reſſource
de rapprocher les emportemens de ſa
derniere plainte, & de les placer dans
les quatre années récentes ; mais il reſtoit toujours le préjugé terrible, qu'un
homme dont elle a conſtamment vanté
la douceur & la modération durant
dix-fept années conſécutives, n'a pas
paſſé ſubitement d'une humeur patiente
& à peu près toujours égale, à des eſ-
peces de rages intermittentes. Mais,
diſoit-on, les lettres ne contiennent
qu'un éloge feint.

C'étoit une maniere adroite dont ſe
ſervoit la Marquiſe, pour corriger ſon
époux ſans bleſſer ſon amour-propre.
En lui faiſant honneur de ces qualités
aimables qu'elle lui prêtoit, c'étoit le
faire rougir en ſecret de ne les pas avoir.
Elle crut que la meilleure façon de les lui
inſpirer, étoit de lui en faire un hommage gratuit. Mais le Marquis, malgré ces leçons indirectes de douceur &
d'humanité, n'en étoit pas moins un
homme violent, dont le ſang entroit
dans une fermentation terrible à la moin-

dre contrariété ; & qui s'élançoit comme
un furieux fur tous ceux qui avoient
le malheur de l'approcher dans ces inf-
tans de convulfions meurtrieres.

On remarqua qu'il y avoit de la contradiction à foutenir que le Marquis
étoit fujet à ces inflammations foudai-
nes , à ces éruptions d'un caractere
violent , lorfqu'en même temps on prétendoit que *fes fureurs étoient métho-*
diques. S'il étoit affez peu maître de lui,
pour ne pas s'abftenir d'étrangler de fes
deux mains un malheureux que fa condition mettoit hors d'état de fe défendre , ou en maffacrer un autre d'un
coup de barre de fer ; c'eft une conféquence de fon caractere , qu'il a été
incapable de la barbarie atroce & com-
binée dont on l'accufe encore : on veut
parler de cette imputation odieufe d'a-
voir formé & fuivi le projet d'affaffiner
fon époufe , en détail , & de fauver
les apparences de fon meurtre , en ne
diftillant fur fes jours , que goutte à
goutte, le poifon dont il corrompoit ha-
bituellement fa vie. Cette double accufation , par cela même qu'elle eft
contradictoire , eft peut-être la meilleure
réfutation & du fyftême de cruauté ré-

fléchie, & des convulfions meurtrieres.
Un fcélérat auffi compliqué n'eft point
dans la Nature. De tout cela on concluoit que la Marquife ne s'étoit occupée que du foin de forger des torts
à fon mari, & d'entaffer des faits contre lui, dans fa plainte, fans s'inquié-
ter de la vraifemblance, pas plus que
de la vérité. Dès lors le propos qu'elle
lui fait tenir, *de favoir jufqu'à quel
point on peut rendre une femme malheureufe, fans lui fournir des moyens
de féparation*, tombe de lui-même,
& devient feulement une calomnie un
peu plus hardie, en ce qu'elle tend à
montrer le Marquis fous l'afpect odieux
d'un homme abominable.

Le troifieme grief que la Marquife
reprochoit à fon mari, étoit une parcimonie qui tenoit de la plus odieufe
avarice. Il étoit auffi injufte que barbare, difoit-on, de réduire une femme
de qualité qui avoit enrichi le Marquis
de fon opulence, à une privation abfolue des commodités & des jouiffances qui ne font pas moins de néceffité
que d'agrément, dans le rang & la
place qu'occupoit la Marquife.

Mais ce moyen pouvoit tout au plus

indisposer les cœurs honnêtes contre
le Marquis, & ne pouvoit jamais devenir aux yeux de la Justice un motif
légal de séparer un mari de son épouse.
La prodigalité, répondoit-on, entraîne
des suites plus funestes que l'avarice.
Cependant une femme seroit-elle ac-
cueillie dans une demande en séparation de corps avec son mari, pour cause
de prodigalité ?

Si l'inculpation du plus avare des
Harpagons, ne donnoit à la réclamation de la Marquise aucun avantage en
Justice réglée, elle ne laissoit pas que
d'être préjudiciable au Marquis, en ce
que l'avarice, jointe à l'ingratitude,
formoit un concours odieux des deux
vices les plus capables de couvrir un
homme de haine & de ridicule. » Un
avare, disoit le Défenseur même du
Marquis, est l'objet du mépris, &
même de l'horreur universelle. Comme
il redoute & qu'il persécute en général
tous les autres hommes, il en est aussi
généralement redouté : ses plaisirs sont
odieux, parce qu'ils portent toujours
l'empreinte de la bassesse habituelle qui
flétrit toutes ses démarches. Ses peines
n'inspirent aucun intérêt, parce que

n'ayant d'autre ami que fon or, il ne mérite
pas de trouver des confolateurs fenfibles. Ifolé au milieu de la Nature, re-
légué parmi fes richeffes, qui écartent
de lui la pitié, la générofité, le goût
même des vertus, il n'éprouve, il ex-
cite aucun fentiment honnête ; fon nom
n'eft jamais prononcé qu'avec indignation ; la feule époque où il puiffe faire
naître l'alégreffe, eft celle où la mort
juftifiant enfin le Ciel, vient délivrer la
Société du reptile infatiable qui l'a fi
long-temps rongée.

» Telle et la trifte deftinée d'un
avare, telle eft l'idée affreufe que ce
mot réveille dans tous les efprits; mais
plus les fuites en font cruelles, plus il
femble qu'une époufe fur-tout auroit
dû bien réfléchir avant d'en faire l'application à fon mari ; plus on eft en
droit d'exiger d'elle des preuves claires
& palpables d'une accufation fi atroce,
plus elle devient criminelle, fi elle ne
la prouve pas avec une évidence qui
prévienne même jufqu'à l'idée de la
réplique. C'eft ce que la Marquife de
G.... a fenti dans l'intervalle d'une
plaidoirie à l'autre. Auffi a-t-elle cor-
rigé, reftreint fes affertions fur cet article.

ticle. Ce n'eſt plus indiſtinctement, ni
envers tout le monde, que le Marquis
de G... eſt avare. On a plaidé en dernier lieu qu'il étoit prodigue pour tout
autre que pour ſa femme : elle eſt ſeule
l'objet, la victime d'une parcimonie
qui vient moins du caractere de l'é-
poux, que d'une envie formelle de la
perſécuter.

Plus le portrait étoit odieux, plus il
importoit au Marquis de montrer, en
développant ſa conduite avec ſa femme, aux yeux de ſes Juges, qu'entre
la peinture de l'avare & lui, il n'y
avoit d'autre reſſemblance que celle
qu'une invention aveugle s'étoit figurée
à elle-même & vouloit réaliſer aux
autres. Comme tout eſt relatif dans la
vie, pour réſoudre ce problême d'avarice réelle ou ſuppoſée, il falloit établir d'abord de quelle fortune, en réu-
niſſant aux revenus de ſon épouſe ſes
biens perſonnels, jouiſſoit le Marquis,
qu'on inculpoit d'une cruelle parcimonie.

Ici chacune des Parties calcule à ſa
maniere, & les réſultats deviennent
tout-à-fait différens.

Tome IV.   S

La Marquife fait monter les revenus de fon mari jufqu'à la recette opulente de cent foixante mille livres annuelles, & le Marquis la réduit, déduction faite *des charges & non-valeurs*, à la fomme de quarante-neuf mille livres.

En partant de l'évaluation que fait la Marquife des biens de fon époux, dont la portion la plus confidérable venoit de fon chef, elle lui reprochoit qu'il ne l'avoit ni logée, ni nourrie, ni entretenue d'une maniere décente, relativement à fon rang & à fa fortune.

Elle ajoutoit au reproche de parcimonie, une intention qui auroit rendu le Marquis bien plus coupable, fi elle eût été vraifemblable. On fe hafarda jufqu'à dire que ce n'étoit pas encore tant par un fond naturel d'avarice, que par un projet concerté de faire périr, pour ainfi dire, fa femme d'inanition, en la réduifant, ou dans fes abfences, ou dans le temps qu'il s'éloigna d'elle, à la néceffité de faire des dietes longues & pénibles ; qu'il ne faifoit fervir fur fa table qu'une quantité bien modique d'alimens groffiers & mal fains, auxquels la foible fanté

de fa femme , & la délicateffe de fon
tempérament, l'empêchoient de toucher.
De crainte apparemment qu'une barbarie auffi incroyable ne fît pas fortune ,
on donna enfuite une autre direction
au deffein du Marquis , mais qui tendoit pourtant au même but. On dit
qu'en condamnant fa femme à un jeûne
habituel , il avoit voulu par-là détacher
d'elle fes parens & fes amis , que l'approche d'une table pauvre & mal faine
ne manqueroit pas d'effrayer ; on vouloit par-là la réduire à la plus trifte
folitude, où les ennuis & les chagrins
viendroient à bout , bien plus vîte ,
de fa malheureufe exiftence.

Ces affertions étoient graves , odieu-
fes; mais fi elles n'étoient que vagues ,
& que les faits & les preuves , bien
loin de venir à leur appui, dépofaffent
contre elle, la feule perfonne à laquelle
elles fuffent préjudiciables , étoit celle
même qui les avoit avancées.

» A quel temps, difoit le Défenfeur
du mari, la Marquife fixe-t-elle le beau
projet de la faire mourir de faim au
milieu d'une famille auffi nombreufe
qu'opulente ? Ce n'eft pas depuis fa

S ij

derniere plainte du 2 Janvier 1771. Il
est prouvé, par un état constaté des
fournitures en tout genre, que ses dépenses journalieres n'étoient point au
dessous de ses revenus ; & il est facile
au Marquis de prouver, par ses quittances, qu'on pouvoit, sans courir le
risque de mourir, venir partager les
dîners de sa femme. Il faut donc qu'elle
fasse remonter ses griefs à une date antérieure. Mais elle s'est trahie elle-
même dans cette plainte du 2 Janvier ;
elle y avoue que sa table a toujours été
servie *de deux plats & deux entremets.*
Elle ajoute, il est vrai, que ce n'est
que depuis que son fils est à la maison
avec son Gouverneur. Mais si l'intention du Marquis avoit été que cette
abondance eût été exclusivement pour
son fils, ne pouvoit-il pas laisser le
jeune homme plus long-temps dans
une pension, ou l'appeler près de lui,
ou lui donner une table à part ? Cette
inconséquence n'est-elle pas manifeste-
ment une contradiction dans un homme
qu'on accuse d'avoir médité une mort
clandestine, & choisi la famine de préférence pour commettre un homicide
sur sa femme « ?

La Marquife cependant articuloit deux faits, qui, s'ils n'étoient pas meurtriers, ne dépofoient pas du moins en faveur de la générofité du Marquis. Elle apportoit en preuve du premier, l'aveu même de fon époux ; & la preuve du fecond fe tiroit d'une atteftation du Curfinier du Marquis même.

» Vous quittez la ville, difoit la Marquife à fon époux, & votre abfence doit au moins durer fix mois ? Eft-il une plus grande preuve de léfinerie que ce que vous avez fait avant de vous éloigner de moi ? Vous me réduifez, avec mes amis, à vingt bouteilles de vin ; vous avez fi bien réfolu qu'il n'y auroit que les vingt bouteilles de bues, que vous vous êtes emparé des clefs de votre cave, & y avez fait mettre les fcellés ; de forte qu'il m'a fallu avoir recours aux Marchands de vin, & que j'ai eu la douleur de voir plufieurs de ceux qui avoient bien voulu partager avec moi les menus foupers que vous me faifiez faire, incommodés, par la feule complaifance d'être venus m'arracher un inftant à ma trifte folitude «.

S iij

D'abord à cela, le Marquis répondoit que sa femme & son Médecin, qui pour lors étoit, pour ainsi dire, son unique compagnie, ne buvoient que de l'eau ; par conséquent il·lui avoit paru fort inutile de laisser une plus grande quantité de vin : s'il avoit emporté les clefs, ce n'étoit que par prudence. Son Maître-d'Hôtel étoit sur le point de le quitter. Il ne lui étoit pas indifférent que sa cave ne fût pas livrée au pillage des domestiques. C'étoit d'ailleurs la première fois qu'on s'étoit avisé de se faire un moyen de séparation, de ce qu'un mari avoit forcé sa femme d'avoir recours au Marchand pour fournir sa table de vin.

L'autre fait, que la Marquise fait venir à l'appui du double projet qu'elle prête à son mari, ou de la faire mourir de faim, ou de détacher d'elle ses parens & ses amis, est l'ordre cruel qu'elle prétendoit que le Cuisinier avoit reçu de lui, de ne préparer pour la Marquise, & ne lui servir à manger *précisément que ce qu'il lui falloit pour remplir son estomac.*

Elle rapportoit en preuve, comme

on l'a déjà dit, l'atteftation même du Cuifinier, qui certifioit en effet, *que M. le Marquis de G.... l'ayant laiffé à Paris pour le fervice de madame la Marquife, avoit défendu expreffément d'apprêter autre chofe pour les repas de Madame, que ce qu'elle pouvoit manger elle-même pour remplir fon eftomac.*

» D'abord, fans examiner, répondoit le Défenfeur du Marquis, comment elle s'eft procuré le certificat, l'énoncé en eft combattu par l'aveu même que contient ce prétendu certificat. Quoi ! le Marquis, ce Maître fi économe, fi attentif fur les moindres objets d'épargne, laiffe à Paris, en fon abfence, un Cuifinier exprès pour le fervice de fa femme, & la miffion de ce Cuifinier eft de ne rien faire ! Il s'en prive lui-même, afin qu'il foit inutile à la Marquife ! Rien de plus contradictoire. La feule attention de le faire refter à Paris, exclut l'ordre ridicule dont on le fuppofe chargé.

» Et qu'on ne dife pas qu'il étoit là comme un furveillant de confiance, comme l'exécuteur affidé du complot

S iv

formé par le Marquis, de faire mourir
fa femme d'inanition, & deftiné à ne
pas fouffrir qu'on appelât des aides
pour remplir un miniftere dont il ne
s'acquittoit pas. L'aveu même fait par
ce domeftique prouveroit affez qu'il
n'étoit pour rien dans le projet barbare qu'il révéloit. En feroit-il convenu, s'il en avoit été le complice,
s'il s'y étoit prêté conftamment pendant huit mois? La feule menace de
le regarder comme un *impofteur*, au-
roit-elle fuffi pour l'engager à une pareille confeffion, fi préjudiciable à fon
Maître, & fi propre à démafquer le
plan fecret auquel il s'étoit affocié? Or,
fi fa fonction n'étoit pas d'empêcher
qu'on fît la cuifine à la Marquife, elle
étoit donc de la faire lui-même.

» Mais enfuite cette confeffion eft
encore détruite par une autre piece
bien moins fufpecte; c'eft la plainte de
la Marquife, du 7 Janvier 1771 : elle y
reconnoît qu'on lui fert à chaque repas,
*deux entrées & deux plats d'entre-
mets*. A la vérité, elle prétend que cet
ordinaire n'a lieu que depuis qu'un de
fes fils eft à la maifon avec fon Gou-

verneur. Mais fi l'intention du Marquis avoit été que cette abondance fût exclufivement pour le fils, auroit-il fouffert que la mere la partageât? n'auroit-il pas pu laiffer le jeune homme plus long-temps dans une Penfion, ou l'appeler auprès de lui, ou lui donner une table à part? Qui croira que celle de la Marquife fût fubordonnée à une léfinerie fi cruelle, quand on la voit auffi honnête à l'arrivée d'un Gouverneur avec fon Elevé?

» D'ailleurs, quelle confiance doit-on au certificat d'Aillaud en lui-même? Il eft démenti par celui qui l'a donné. Voici une déclaration que ce domeftique a exigé qu'on lût à l'Audience:

» Je déclare qu'ayant entendu dire
» par mes camarades, qu'on montroit à
» l'Audience un écrit de moi, où il
» étoit queftion d'un ordre donné à
» moi par M. le Marquis de G..., de
» ne donner à madame la Marquife de
» G..., à manger que de quoi remplir
» fon eftomac, je n'ai fait ledit écrit
» que par crainte des menaces de ma-
» dame la Marquife, qui m'a fait mon-

S v

» ter chez elle , & m'a ordonné d'écrire
» ce qu'elle me difoit ; que lui ayant
» répondu que je ne favois pas écrire,
» elle m'a dit de copier le modele
» qu'elle me préfentoit, qui m'a paru
» être écrit de la main de fa femme
» de chambre , & que, par crainte,
» j'ai copié fur le champ, comme j'ai
» pu, ledit modele, ayant hâte de la
» fatisfaire, & d'être hors de fa chambre
» & de fa préfence. Fait à Paris, ce
» 13 Avril 1772, AILLAUD «.

Nous paffons fur plufieurs détails,
comme le reproche que faifoit la Marquife à fon époux, de fe faire voiturer
dans des équipages magnifiques, pendant qu'elle étoit à peine traînée par
deux mauvais chevaux ; cette autre
plainte d'avoir refufé , malgré les follicitations de fes parens & de fon Médecin, de la loger plus commodément
qu'au Louvre ; la propofition qui l'avoit
fi fort choquée, de s'habiller , pour
paroître au mariage du Dauphin, de
ces gazes fauffes, mais qui n'en font pas
moins parantes ; quoiqu'il foit d'ufage
de fe fervir , dans ces jours d'une re-
préfentation paffagere, de cette efpece

d'étoffe, qui donne l'idée du luxe le plus riche, fans en avoir ni le prix ni la réalité.

Parmi ce nombre infini de détails, nous avons fait un choix de ceux qui avoient une apparence plus férieufe, afin de donner une idée de l'efpece de griefs que la Marquife avoit articulés dans cette Caufe.

» Il en réfulte, difoit le Défenfeur du mari, que la Marquife eft dans l'ufage de s'affecter vivement de tout, de peindre tout avec énergie; qu'elle a dans l'efprit un penchant fingulier à voir tout en noir; qu'une mélancolie dévorante la domine : on en conclura, non pas qu'elle eft folle, comme elle voudroit perfuader que fon mari l'a fait, mais que cet état trifte dans lequel elle languit, a pu l'abufer elle-même fur le motif des démarches du Marquis; on en conclura, non pas qu'elle n'eft point à plaindre, & qu'un mari, capable de partager avec fa femme des peines auffi légeres, n'a mérité les outrages dont elle l'accable aujourd'hui, ni l'affront cruel qu'elle fe flatte de lui faire effuyer par le miniftere des Tribunaux «.

Sur ces confidérations, la Marquife éprouva le même fort qu'elle avoit eu au Châtelet ; fa demande en féparation fut également rejetée, par Arrêt du 21 Janvier 1773.

DONATION déguisée, faite par un Mousquetaire à une Actrice, attaquée de nullité.

Tout ce qui intéresse les mœurs ou la stabilité des engagemens, présente un objet également important pour les Magistrats & le Public. On trouve toujours dans des Causes semblables, des exemples utiles qui peuvent arrêter la corruption & prévenir les malheurs, qui ne portent que trop souvent le trouble dans le sein des familles.

Par acte du 12 Mai 1768, la demoiselle Manjeau de la Grandcour fit une donation de 50000 livres à la dame veuve Lescot, Danseuse de la Comédie Italienne. Voici les principales conditions qui furent insérées dans cet acte.

Il fut arrêté, » 1e. que les 50000 liv. seroient fournies aussi-tôt qu'il se présenteroit quelqu'un dont les facultés seroient connues, & qui prendroit cette somme à constitution, au profit de la veuve Lescot.

» 2°. Que la rente ne pourroit être cédée d'avance par la veuve Lefcot, ni faifie par fes créanciers.

» 3°. Qu'elle toucheroit feule, fur fes fimples quittances, les arrérages de la rente viagere, fans avoir befoin de l'autorifation de fon mari, fi elle venoit à fe remarier.

» 4°. Enfin, que la rente feroit réverfible, après fa mort, fur la tête de fa mere & fur celle de fa fille ; &c. «.

La perfonne folvable qui devoit fe charger des 50000 livres, ne tarda pas à paroître. En effet, par acte paffé devant les mêmes Notaires, le 16 Mai fuivant, M. N....de S...., Moufquetaire, créa & conftitua, au profit de la dame Lefcot, une rente viagere de 2400 liv. réverfible fur la tête de fa mere & de fa fille, conformément à l'acte de donation fait quatre jours avant, c'eft-à-dire, le 12 Mai 1768. Le Moufquetaire reconnut, dans ce contrat de conftitution, avoir reçu les 50000 liv. qui formoient le capital de la rente viagere ; &, par une derniere claufe, il s'étoit réfervé la faculté de faire un fonds pour répondre de l'engagement qu'il contractoit.

Telles font les difpofitions des deux actes dont le Moufquetaire demandoit la nullité. Comme les deux Parties n'étoient point d'accord fur la caufe de ces actes, il eft néceffaire de rapporter les faits fur lefquels chacune d'elles appuyoit fa défenfe.

Le Moufquetaire expofoit que, dans un âge où les paffions font très-vives, il avoit eu occafion de connoître la dame Lefcot. Cette Actrice, jeune & féduifante, lui infpira bientôt une paffion dont il ne prévoyoit pas alors tous les dangers. Il prétendoit que dans les premieres vifites qu'il lui avoit faites, elle avoit affecté tous les dehors de la retenue la plus févere. Ce manége, dicté par la coquetterie & l'intérêt d'une Actrice adroite, réuffit vis-à-vis le Moufquetaire; il dura quelque temps : mais elle ne fut pas plus tôt affurée que fon nouvel amant joignoit à la délicateffe des fentimens l'amour le plus violent, qu'elle feignit de partager fa paffion. Le Moufquetaire, fe croyant aimé par une femme fenfible, céda aux mouvemens de la reconnoiffance, & paya de toute fa tendreffe un attachement imaginaire.

L'Actrice, pour entretenir l'opinion avantageuse qu'elle avoit su inspirer à son amant de ses sentimens, cachoit avec soin le projet qu'elle avoit formé de lever sur lui de fortes contributions. Elle refusoit ses présens, & feignoit de ne les accepter enfin, après une longue résistance, que par pure complaisance. L'Amant, inquiet de trouver l'occasion de prouver sa tendresse par sa générosité, faisoit chaque jour de nouvelles tentatives, toujours infructueuses. L'Actrice, croyant avoir assez fasciné les yeux du Mousquetaire, se décida enfin à lui confier les chagrins qui dévoroient son ame, & ses inquiétudes sur l'avenir. Il reçut avec joie cette fausse confidence. Charmé d'avoir trouvé un moyen facile de prouver la force de sa passion, il ne s'occupa plus que du soin d'assurer le repos & le bonheur d'une femme qu'il aimoit. Il lui communiqua aussi-tôt le projet que sa générosité & son cœur lui avoient inspiré. Elle rejeta ses offres avec hauteur; mais elle le fit presser secrétement par une de ses parentes, Danseuse à l'Opéra, d'exécuter le dessein qu'il avoit conçu. Tout étoit d'acçord avec un Notaire, qui fut indiqué au Mousquetaire. Celui-ci vola aussi-tôt chez l'Officier public, & lui demanda des conseils. Le Notaire, d'intelligence, présenta un projet d'acte de constitution, qui fut aussi-tôt rédigé & signé par le Mousquetaire.

Peu de temps après, l'Actrice, contente du succès, congédia le Mousquetaire, & changea le rôle d'amante qu'elle avoit joué pendant quelques mois, en celui de créanciere, qu'elle avoit résolu de jouer toute sa vie, si le Mousquetaire eût voulu être un débiteur aussi complaisant qu'il avoit été amant facile.

Mais ayant découvert la trame que la perfidie & la séduction avoient ourdie pour le priver d'une partie de sa fortune, il eut recours à la Justice, pour faire anéantir un acte fait sans cause, & contraire aux bonnes mœurs. Il obtint des Lettres de rescision, & en demanda l'entérinement. Par Sentence du 22 Juillet 1772, le Châtelet déclara l'acte de constitution nul & de nul effet.

Tels étoient les faits sur lesquels le Mousquetaire appuyoit sa défense.

L'Actrice foutenoit, au contraire, que tous ces faits n'étoient qu'un Roman, qui ne pouvoit détruire les clauses précifes d'un acte authentique; qu'il étoit faux qu'elle eût reçu le Moufquetaire comme amant, puifqu'elle vivoit alors avec un des Acteurs de la Comédie Italienne ; qu'elle demeuroit chez lui; qu'elle paffoit pour fa femme, & qu'elle avoit été engagée dans la Troupe fous ce nom. Elle ajoutoit, que fi la Juftice autorifoit des réclamations auffi indifcretes que celle de fon Adverfaire, les actes les plus folennels & les conventions les plus facrées ne feroient pas à l'abri des tentatives de la mauvaife foi. Elle foutenoit enfin, que le Moufquetaire n'étoit pas recevable à demander la nullité d'un contrat qu'il avoit figné librement, & qui prouvoit l'exiftence & la vérité du payement de la fomme de 50000 livres qu'elle lui avoit fait.

D'après ce détail, la Caufe fe réduifoit à favoir fi le contrat de conftitution étoit férieux, fi le capital de la rente avoit été fourni, ou, au contraire, fi c'étoit une donation déguifée & un avantage fait à une concubine contre

le vœu des Loix & de la Jurifprudence.

Comme de pareilles conteftations ne
fe préfentent que trop fouvent dans
les Tribunaux, nous croyons que le
Public nous faura gré de rappeler les
principes qui doivent fervir à leur décifion.

» Tout contrat eft nul quand il eft
formé fans liberté & contre les bonnes
mœurs ; cette maxime d'équité naturelle n'a pas befoin d'être autorifée par
les Loix ni par les Arrêts. Un contrat
n'eft que le concours de plufieurs volontés : or, point de volonté véritable
fans liberté.

» Cette liberté tant défirée & fi peu
connue, n'eft pas affurément le pouvoir de faire tout ce qu'on défire. Dans
l'état naturel, la liberté de l'homme
n'eft que le pouvoir de faire ce que
veut fa raifon ; &, dans l'état civil,
lé pouvoir de faire tout ce que permet
la raifon des Loix. Dans tous les états
de l'homme, les paffions font les plus
grands ennemis de fa liberté. Nous ne
parlons pas de ces paffions utiles au
genre humain, & fans lefquelles toute
fociété languiroit; mais il en eft d'autres

qui font l'objet de la défiance des Loix.
Tous les engagemens qu'elles contractent font anéantis, ou pour le moins
fuspects.

» De toutes les paffions, la plus fatale, fans doute, c'eft l'amour ; maladie contagieufe du cœur humain, efpece de fievre dans fon printemps,
irréfiftible mouvement, par qui, depuis
la plante jufqu'à l'homme, toute la
Nature eft agitée ; paffion étonnante,
où, pour conferver l'ordre éternel, la
Nature le renverfe en un moment ;
où le plus fort eft foumis au plus foible ; où ce font les yeux inflexibles qui
pleurent, & la molleffe qui refufe. A
l'inftant où l'homme aime, fes fens
font altérés, & fa raifon eft détruite.
Ainfi, quand un fils aime un indigne
objet, une mere pleure ; mais la Loi
le veille, elle l'inveftit tout entier ;
fon invifible main tient les lifieres de
cet enfant furieux. Dans fon emportement, rien ne peut fuffire à fa paffion ;
il ne trouvera point affez d'inftrumens
pour écrire fes largeffes ; &, depuis
l'écorce jufqu'au papier, il voudra tout
couvrir de fes dons & de fon amour.
Il croit tout faire, & il n'a rien fait ;

'a Loi, qui l'épie, fouftrait à l'inftant les dangereux ouvrages, & les brife à fes yeux, fans pitié.

» L'amour le plus légitime, l'amour conjugal lui-même, n'eft pas à l'abri de la défiance des Loix.

» Mais fi les engagemens faits fans liberté exigent le fecours des Loix, ceux qui offenfent les mœurs méritent leur indignation. Les mœurs & les Loix font deux fœurs qui doivent fe protéger, & c'eft de leur union que dépend la félicité publique. Ainfi tout contrat qui eft contraire aux bonnes mœurs, porte atteinte aux Loix mêmes, & par conféquent doit être anéanti.

» Telle doit être la deftinée de tout engagement contracté par un homme en faveur d'une concubine. De pareils actes offenfent à la fois les mœurs & la liberté ; ils portent l'empreinte de tout ce que l'amour a de plus funefte, l'efclavage & le vice. Ainfi c'eft une maxime confacrée par les Loix & la Jurifprudence, que toute libéralité faite à une concubine, doit être anéantie.

» Mais, parmi les concubines, il en eft d'une efpece prefque inconnue à

nos peres, & qui, de nos jours, on
formé un nouveau patrimoine à l'amour:
ce font les femmes qui remplissent nos
théatres.

» De tous les engagemens que les
Citoyens contractent, il n'en est point
qui soient plus suspects aux yeux des
Loix, que les donations faites à des
Actrices par leurs amans. La Justice
s'est toujours empressée d'anéantir ces
actes extorqués par la passion, & dé-
restés par les mœurs.

» Cette proscription ne s'étend pas
seulement aux donations déclarées, elle
enveloppe encore toutes celles qui font
déguisées fous quelque forme que ce
foit. Ce principe est fondé fur la dispo-
fition précise de l'Ordonnance de Louis
XIII, article 133.

» Ainsi, quand on présente à la
Justice un acte de donation d'un amant
à celle qu'il aime, elle en interdit
pour toujours l'exécution; mais quand
on lui offre une reconnoissance, ou un
contrat mutuel, alors elle en suspend
seulement l'effet, jusqu'à ce qu'elle soit
éclaircie fur la fincérité de cet acte.

» La présomption de la séduction

s'éleve contre la concubine, & c'est
a elle que la Loi impofe la néceffité
de prouver la fincérité de l'acte.

» Les Loix ont pouffé la défiance
fi loin fur les contrats qui fe font entre
les deux fexes, que, lorfqu'il s'agit
d'actes paffés entre deux époux, pendant leur mariage, elles impofent à
l'époufe la même obligation d'en prouver la fincérité.

» Une époufe n'a cependant contre
elle que le foupçon d'avoir perfuadé
fon époux; une concubine, au contraire, eft foupçonnée d'avoir corrompu
fon amant. Mais les Loix & la Religion
ne s'offenfent point de la premiere
féduction; elles s'elevent au contraire
avec indignation contre une concubine
qui joint la tyrannie au fcandale «.

Tels font les principes établis par
les Loix, & confirmés par la Jurifprudence : il étoit facile d'en faire l'application à la Caufe de la dame Lefcot
& du Moufquetaire, qui réclamoit le
pouvoir de la Juftice contre la féduction
qu'elle avoit employée pour le dépouiller de la plus grande partie de fon
patrimoine.

En effet, la profeſſion de cette femme
élevoit déjà contre elle un ſoupçon
violent contre la ſincérité de l'acte dont
elle demandoit l'exécution. La conduite
qu'elle avoit tenue publiquement dans
cette ville, en vivant avec un des Acteurs de la Comédie Italienne, ajoutoit
encore une nouvelle force à la juſte
défiance que ſa qualité d'Actrice inſ-
piroit.

D'un autre côté, ſi on examinoit les
différentes circonſtances qui accompagnoient les actes ſur leſquels les Juges
avoient à prononcer, il étoit impoſſible
de réſiſter à la conviction qui réſultoit
de leur concours, & qui démontroit la
ſimulation des deux contrats.

D'abord il étoit conſtant que l'Actrice de l'Opéra, qui avoit oſé em-
prunter dans le premier acte le caractere
de donatrice, loin d'être en état de
fournir une ſomme de 50000 livres,
languiſſoit dans l'indigence.

D'ailleurs, cette prétendue donation
n'étoit revêtue d'aucune des formalités
preſcrites par les Ordonnances; aucune
tradition effective, aucune acceptation,
enfin aucune inſinuation : que falloit-il
de

de plus pour prouver l'illufion de cet acte ?

Le contrat de conftitution n'avoit pas un caractere plus impofant que la donation qui en étoit la bafe ; l'un & l'autre n'avoient été concertés que pour donner une forme fpécieufe à des difpofitions purement gratuites. L'Actrice avoit imaginé que l'intervention d'une Danfeufe de l'Opéra pourroit rendre la donation vraifemblable ; mais il étoit aifé d'appercevoir les motifs fecrets de cette intrigue ; & s'il fut jamais une circonftance à laquelle on pût appliquer l'axiome, *nimia præcautio, dolus*, c'étoit fans doute celle où fe trouvoit la dame Lefcot.

Une derniere preuve qui ne laiffoit aucun doute fur fa fimulation de l'acte de conftitution, réfultoit de ce que le Moufquetaire avoit reconnu avoir reçu un capital de 50000 livres, & qu'il ne s'étoit obligé de payer qu'une rente de 2400 livres.

Il étoit donc évident que l'acte de donation fait par la Danfeufe de l'Opéra en faveur de l'Actrice de la Comédie Italienne, & le contrat de conftitution

Tome IV. T

fait par le Moufquetaire, au profit de cette Actrice, n'étoient que le fruit de l'intrigue, & la récompenfe d'une paffion criminelle.

Ce fut auffi fur ces motifs, que le Parlement de Paris confirma la Sentence du Châtelet, par fon Arrêt du mois de Février 1773.

MERE accusée d'avoir tué son enfant.

Louise Bunel, du diocese d'Avran-
ches, née à la campagne, de parens
pauvres, avoit eu une conduite irréprochable jusqu'à l'âge de vingt-quatre
ans. Ce terme fut à peu près celui de
son innocence & de sa tranquillité. Le
moment où elle commit la premiere
faute, fut celui où la Nature développa
chez elle le germe de la fécondité.
On étoit alors au fort des travaux champêtres. Elle essuya, pendant le mois
d'Août, dans l'ardeur de la canicule,
des fatigues si excessives, que, lorsque le
cours de la Nature cessa chez elle, dans
l'ignorance où elle étoit de son état,
elle attribua cet accident au travail pénible qu'elle avoit supporté.

Dans cette idée, elle va consulter
les Religieux de la Charité de Pontor-
son, qui ont dans le pays une sorte
de réputation. Sur quelques symptômes
à la poitrine, ces Religieux la croient
menacée de pleurésie. Cependant les
regles ne reparoissent point, le ventre

T ij

& les extrémités inférieures enflent, le
sein se gonfle ; tous les symptômes communs à la grossesse confirmée & à l'hydropisie commençante, qui est souvent
elle-même une suite de la suppression
des regles, se déclarent. Les mêmes
Religieux conseillent l'usage de la ra-
cine d'asperges, & autres diurétiques
recommandés dans le traitement de
l'hydropisie.

La grossesse avançoit, & en même
temps la malade éprouvoit nécessairement différens accidens dépendans de
son état & de l'action des remedes. Ses
parens, ses amis, tout le Public la
regardoient comme hydropique. La fille
Bunel, trompée comme eux sur le
genre de sa maladie, n'hésite point à
prendre un époux ; elle se marie vers
le milieu du mois de Février 1768.
Son hydropisie reconnoissoit pour cause
la suppression des regles ; ainsi, en at-
taquant cette cause, on devoit détruire l'effet. En conséquence, la malade
se détermine, sur les instances réitérées
de sa belle-mere, à prendre de la sabine,
infusée dans du vin blanc.

Cependant le moment arrive où son
erreur va se dissiper : les douleurs de l'en-

fantément viennent lui révéler ce secret
terrible qu'elle avoit jufqu'alors ignoré.
Qu'on fe figure cette mere infortunée,
feule, éloignée de fa belle-mere, de
fon mari, de fon beau-pere, aux prifes,
pour ainfi dire, avec la Nature, luttant
entre la mort & la vie, déchirée de
remords au fouvenir du moment où
elle avoit conçu, & envifageant déjà
dans l'avenir, la honte & le déshonneur
qui attendent le fruit infortuné de fa
foibleffe, & qui ne laiffent à fa mere
d'autre efpoir que celui d'une vie malheureufe. Quel parti prendre dans cette
crife douloureufe? Appellera-t-elle des
fecours étrangers? mais fa foibleffe ne
le lui permet pas : & que dira ce Public,
qui jufqu'alors avoit ignoré fa groffeffe,
comme elle l'avoit ignorée elle-même?
Ceux qui l'ont vue prendre des breuvages, ne fe figureront-ils pas qu'elle
ne les a pris que pour détruire dans
fon fein l'enfant qu'elle ignoroit y porter? Ne répandront-ils pas leurs foupçons injuftes dans le Public? Et, s'il
faut que l'enfant qu'elle met au monde
foit privé de la vie, n'a-t-elle pas à
craindre que la voix de la prévention
ne s'éleve auffi-tôt contre elle, & ne

l'accufe de patricide ? Toutes ces idées
confufes fe préfentent en défordre à
fon efprit ; elle frémit à l'afpect du
glaive des Loix, qu'elle fe figure déjà
levé fur fa tête. La malheureufe étouffe
dans un pénible filence les fanglots de
la douleur, & elle attend, en gémif-
fant, le moment de la délivrance. Cependant, lorfque revenue à elle-même,
& cherchant quelque fouffle de vie à
cet enfant qu'elle venoit de mettre au
monde, elle le trouva inanimé, &
qu'elle réfléchit aux fuites que pouvoit
avoir fon accouchement, s'il devenoit
public ; lorfqu'elle fe figura la honte
qui alloit flétrir le cours de fa vie ;
lorfqu'elle fongea à l'impreffion qu'un
pareil événement feroit fur fon mari,
fur fa belle-mere, fur toute fa famille ;
lorfqu'elle envifagea d'un coup-d'œil
la fuite non interrompue des malheurs
qui la menaçoient ; affurée que fon enfant étoit fans vie, tyrannifée par la
honte, vaincue par la crainte, elle fe
détermina enfin à dérober la connoiffance de fon malheur. Elle entoure fon
enfant d'un linge, &, furmontant fa
foibleffe, elle le porte dans un champ
voifin, où elle le couvre de feuilles.

Huit jours s'écoulerent fans que perfonne eût connoiffance de cet événement : il fut découvert par un accident
imprévu. Un chien apporta chez la
veuve Feron la moitié du corps d'un
enfant nouveau-né : auffi-tôt les Juges
du lieu dreffent leur procès-verbal , &
ordonnent la vifite de cette portion de
cadavre par les Chirurgiens Jurés.

On foupçonne alors la femme Fremont d'être la mere de cet enfant : elle
eft en conféquence décrétée & interrogée ; on entend des témoins.

L'accufée avoue qu'elle eft la mere
de l'enfant ; qu'elle en eft accouchée
feule , fans aucun fecours , fans témoins,
pendant que fon mari & fa belle-mere
étoient allé travailler aux champs ; que
fon accouchement a été fuivi d'une hé-
morragie confidérable , & d'une foibleffe qui dura quatre heures ; que fon
enfant n'a donné aucun figne de vie
depuis l'inftant de fa naiffance , & que
c'eft la raifon pour laquelle , étant revenue de fa foibleffe , elle a été l'expofer tout entier dans un foffé voifin
de la maifon , afin de dérober la connoiffance de fa groffeffe & de fon accouchement à fon mari , à fa belle-mere ,

T iv

& au Public; qu'elle ignore absolument comment il a pu être séparé.

Sur ces réponses & sur le procès-verbal, l'accusée est condamnée à faire amende honorable & à être pendue, comme dûment atteinte & convaincue d'avoir célé sa grossesse, d'avoir pris de la sabine & autres breuvages capables de faire périr son enfant, &c.

Elle appela de cette Sentence au Conseil Supérieur de Bayeux. Son généreux Défenseur (a) prêta le secours de son éloquence à cette malheureuse femme.

» C'est une vérité constante, dit-il, que l'on ne peut condamner à mort une femme accusée d'avoir caché sa grossesse, que lorsqu'il est prouvé qu'elle a fait périr son fruit «.

Il n'y a, suivant l'opinion du célebre M. de Buffon, que les mouvemens du fœtus, devenu assez fort environ le quatrieme mois pour les rendre sensibles, qui puissent assurer l'état de grossesse, & qui en soient par conséquent le signe le moins équivoque, si on les distingue bien du remuement

(a) M. Vieillard de Boismartin.

d'entrailles. Ainfi , fi l'on en croit ce Naturalifte , les langueurs , les vomif-femens , la ceffation du flux périodi-que , la fécrétion du lait dans les ma-melles , ne font pas toujours un figne certain de groffeffe chez les femmes ; & il eft certain qu'une femme pour-roit éprouver tous ces accidens fans être enceinte , fans que les Médecins eux-mêmes puffent certifier fon état.

Il réfulte de cette autorité & de l'exemple de plufieurs femmes , dont les unes fe font regardées comme hy-dropiques , quoiqu'elles fuffent encein-tes , & les autres fe font crues encein-tes , quoiqu'elles fuffent attaquées d'hy-dropifie , que l'état de groffeffe eft quel-quefois accompagné de fignes très-équi-voques , qui peuvent tromper les fem-mes même les plus intéreffées à le con-noître.

La femme Fremont a-t-elle été trom-pée de même fur fon état? On avoit entendu huit témoins ; & l'informa-tion ne préfentoit point de preuve con-cluante qu'elle l'eût connu.

Mais comment pénétrer dans le cœur d'une femme ? comment fonder fa pen-fée ? Quelque forte que foit la voix

T v

de la Nature, ce préjugé fatal qui flétrit dans l'esprit du Public une femme
plus foible que criminelle, étouffe quelquefois le cri du sang ; & le soin de
conserver son honneur aux yeux des
hommes, porte quelquefois une mere à
un attentat dont frémit la Nature.
Comment distinguera t-on celle qui
aura trempé sa main dans un sang
innocent, de celle qui a eu le malheur de perdre, au moment de sa
naissance, un enfant qu'elle ignoroit
porter dans son sein ? Quel parti prendre, lorsque le crime & l'innocence par-
leront tous deux le même langage ?

Il n'est malheureusement que trop
vrai qu'un préjugé cruel met quelquefois le fer du parricide dans les mains
d'une mere, qui n'eût jamais été barbare, si le soin de conserver sa réputation n'eût étouffé dans son sein la tendresse maternelle. Que le sang de leurs
enfans retombe sur ces meres dénaturées
qui osent y plonger leurs mains. Toutes
les fois qu'une femme accusée d'avoir
caché sa grossesse, & soupçonnée d'a-
voir privé son enfant de la vie, pré-
tendra qu'elle ignoroit son état, &
que son enfant est venu mort, exami-

nez d'abord avec une attention scru-
puleuse sa conduite & ses mœurs ; en-
visagez d'un œil pénétrant tous les
momens de sa vie. Si cette femme ,
esclave d'une passion funeste , est accou-
tumée à se livrer à des plaisirs honteux ,
plus exposée à concevoir , elle doit s'attendre à devenir mere; & si elle déclare
qu'elle a pris les signes de sa grossesse
pour les symptômes d'une maladie , sa
déclaration doit être suspecte. Bientôt
le bruit public viendra fortifier ce
soupçon.

Mais il s'éleve une présomption très-
forte que l'accusée a parlé le langage
de la vérité , lorsqu'elle a dit qu'elle
n'avoit jamais fait qu'une faute dont
elle ignoroit les suites. Le Public , sa
famille , son mari , qui ne l'étoit point
encore alors , & qui ne l'est devenu
que trois mois avant l'enfantement ,
c'est-à-dire , dans le temps où la grossesse est le plus apparente , s'y sont
trompés comme elle ; enfin le Religieux
Chirurgien qu'elle avoit consulté s'y
étoit mépris. Quand on supposeroit
qu'au lieu d'une faute elle en auroit
commis un plus grand nombre , on
ne pourroit encore en conclure qu'elle

n'ignoroit pas fa groffeffe. Les exemples de femmes mariées qui ont pris
leur groffeffe pour une hydropifie, prouvent le contraire. Une femme mariée
étoit enceinte & fur le point d'accou-
cher. Elle s'étoit toujours crue hydropique : les premieres douleurs de l'enfantement fe faifant fentir, elle crut
toucher au terme de fa vie. Elle fonge
à fe préparer à la mort ; elle envoie
chercher un Prêtre ; elle fe confeffe :
les douleurs de l'enfantement redou-
blent ; elle demande le Viatique , on
vole à l'églife. Elle accouche : le premier moment où elle s'apperçut de fa
groffeffe fut celui où on lui préfenta
l'enfant qu'elle venoit de mettre au
monde (a).

Si elle eût connu fon état , fe feroit-elle mariée trois mois avant d'ac-
coucher ? Que peut fe promettre d'une
pareille union celle qui, fachant qu'elle
recele un enfant dans fon fein , a l'audace d'époufer un homme qui n'eft
point l'auteur de fa groffeffe ? Le trouble qui fuit toujours une pareille fo-

_____

(a) Cet événement eft arrivé dans Bayeux
même.

ciété, & qui n'eſt jamais ignoré du
Public, la diſcorde qui vient ſe placer
entre les deux époux, & qui les empêche de jamais ſe rapprocher, ne lui
laiſſent d'autre eſpoir que de voir ſes
malheurs ſe multiplier de jour en jour,
& ſa honte augmenter en ſe commu-
niquant à celui qu'elle épouſe. L'accuſée
a pris des infuſions de racines de frai-
ſier & d'aſperges, parce qu'elle ſe
croyoit hydropique, parce que le Chirurgien qu'elle avoit conſulté la croyoit
hydropique, parce que ces plantes
étoient propres pour l'hydropiſie. Elle a
pris des infuſions de ſabinier, parce
qu'elle avoit auſſi entendu dire qu'il
étoit propre pour les hydropiſies. Pré-
ſumera-t-on que ſon intention, en prenant ces breuvages, a été de faire périr
ſon enfant ? .... Mais des préſomptions
ne ſeront jamais des preuves. L'homme
n'eſt point méchant par ſa nature.

» Vous qui jugez les hommes, dit
M. Servan, tenez-vous en garde contre
ce faux principe, que les hommes ſont
tous également capables de tout, que
le cœur humain, né pervers, enfante des
monſtres ſans effort, & qu'il ne faut
qu'un moment pour mêler l'innocence

& le crime ; ne déshonorez point votre nature par un noir penchant à la foupçonner ; ayez toujours égard à une vie jufqu'alors innocente & pure ; montrez que vous êtes vertueux vous-mêmes par une noble confiance en la vertu ; en un mot, pour bien juger du préfent, confultez attentivement le paffé (a) «.

» Le pays des conjectures (dit le célebre Cochin) eft entrecoupé de mille routes obfcures, dans lefquelles on fe perd & on s'égare fans ceffe. L'un eft touché d'une circonftance à laquelle l'autre fe trouve infenfible. Souvent ces circonftances fe combattent les unes les autres. L'une paroît favorifer un parti, l'autre femble lui être contraire. On s'épuife en raifonnemens pour les faire valoir ; & tout le fruit de ces recherches hafardées, eft d'avoir enveloppé la vérité de tant de nuages, qu'elle devient inacceffible à la Juftice «.

» Il n'y a point de demi-preuve, dit Serpillon, l'Auteur qui a le mieux connu les droits de l'humanité : c'eft un nom barbare & imaginaire ; ce qui

_____

(a) Difcours fur l'adminiftration de la Juftice criminelle.

eſt ſi vrai, que l'on ne trouve pas un
ſeul texte de Droit qui en parle. On
ne peut découvrir à demi la vérité, il
n'y a point de demi-vérité ; ce qui eſt
vrai eſt entiérement vrai, & ce qui n'eſt
vrai qu'à demi eſt entiérement faux.
Quiconque voit une choſe enveloppée,
ne voit pas la choſe, il n'en voit que
l'enveloppe. Tout ce qui ne prouve
rien, & qui n'eſt capable que de donner du ſoupçon, doit être rejeté en
matiere criminelle «.

Le fœtus a été trouvé mort ; l'accuſée eſt accouchée ſeule, & on ne peut
lui conteſter qu'elle n'a vu donner aucun ſigne de vie à l'enfant.

Les Chirurgiens ont-ils pu prononcer
qu'on avoit fait périr cet enfant dès ſa
naiſſance ? Le Juge, incapable de donner ſon avis ſur un objet purement
médical, a-t-il pu le penſer, & le faire
inférer dans ſon procès-verbal ?

Exiſte-t-il des moyens de diſtinguer
ſi un enfant eſt venu au monde vivant
ou non ? Tous les Médecins répondront
qu'il n'en exiſte qu'un ſeul, encore
n'eſt-il pas exempt de toute eſpece
d'équivoque. Ce moyen conſiſte à s'aſ-
ſûrer, par l'expérience, ſi l'enfant a

respiré ou non. Le Juge pouvoit ignorer que le fœtus ne respire point dans
le ventre de sa mere ; mais les Chirurgiens devoient être instruits de ce point
de Physiologie incontestable ; ils devoient donc tenter l'expérience que le
Physicien le moins éclairé devine aisément : elle consiste, cette expérience
recommandée par tous les Auteurs de
Jurisprudence médicale, & décrite dans
tous les Livres de Physiologie, à ouvrir
la poitrine du fœtus ; on détache avec
précaution le poumon, sans rien enta-
mer de son tissu, avec l'instrument
tranchant ; on place le poumon dans un
vase que l'on remplit d'eau : si le poumon va au fond, l'enfant, à coup sûr,
n'a pas respiré, & par conséquent n'a
pas vécu ; s'il surnage, on en conclut
qu'il s'y est introduit de l'air, & on
penche à croire que l'enfant est venu
vivant au monde. Cependant plusieurs
circonstances peuvent jeter quelque
doute sur ce second point : ces circonstances sont toutes celles qui pourroient
favoriser l'introduction de l'air extérieur
dans le poumon de l'enfant après sa
mort. Si le scalpel avoit fait la moindre ouverture au poumon, l'expérience

feroit nulle ; s'il y avoit le moindre figne de putréfaction commençante à ce vifcere, ellé pourroit encore induire en erreur : ainfi ce moyen unique de prononcer avec une certitude phyfique fur le point propofé, n'eft pas abfolument infaillible.

Comment donc les Chirurgiens ont-ils pu prononcer fi affirmativement, que l'on avoit fait périr cet enfant dès fa naiffance ? Ils n'ont pu faire cette expérience, puifqu'ils n'ont vifité que la partie inférieure.

L'Arrêt déchargea la femme Bunel de l'accufation.

Fin du Tome quatrieme.

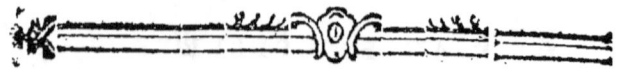

TABLE

DES CAUSES

Contenues dans ce quatrieme Volume.

Fin de la Table du quatrieme Volume.

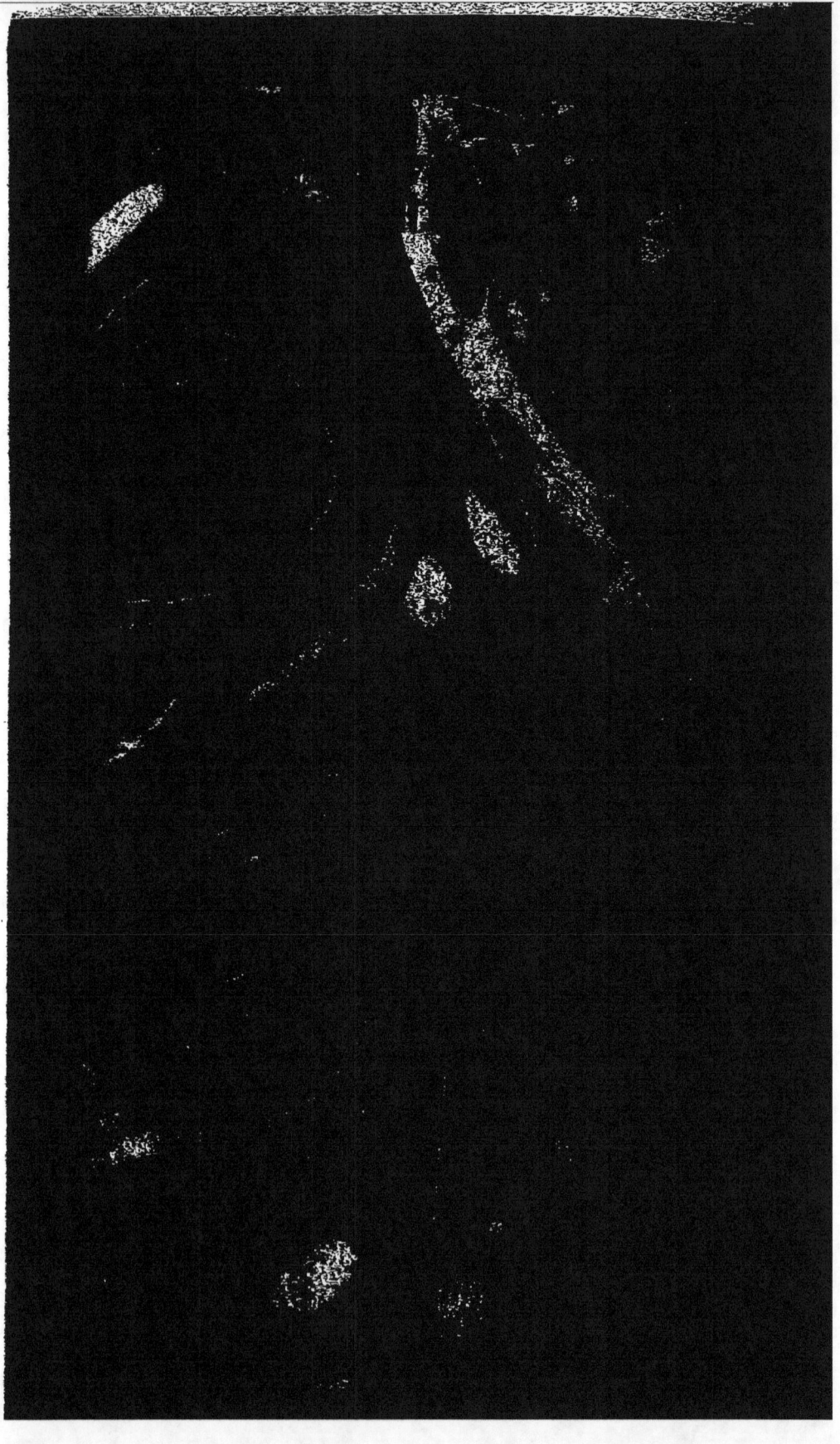

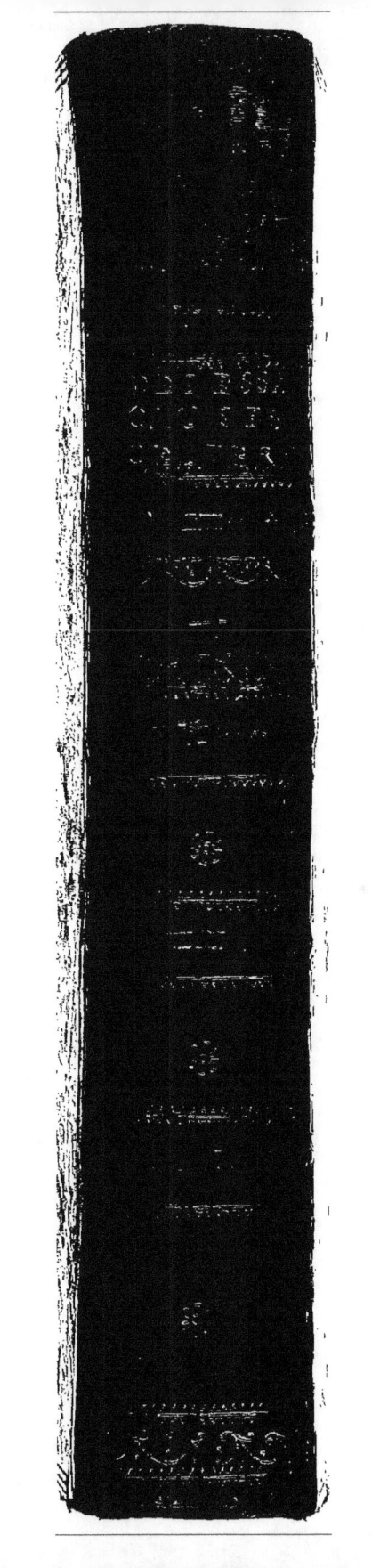

www.ingramcontent.com/pod-product-compliance
Lightning Source LLC
Chambersburg PA
CBHW070747030726
47504CB00003B/457